Hobbit Presse
PAPERBACK

ROGER ZELAZNY

DIE CHRONIKEN VON AMBER

2

DIE GEWEHRE VON AVALON

Aus dem Englischen
von Thomas Schlück

KLETT-COTTA

Die Übersetzung wurde für diese Neuausgabe vollständig überarbeitet.

MIX
Papier aus verantwortungsvollen Quellen
FSC® C083411

Hobbit Presse
www.hobbitpresse.de
Die Originalausgabe erschien unter dem Titel
»The Guns of Avalon« im Verlag Gollancz, London

Printed in Germany
Cover und Illustration: Birgit Gitschier, Augsburg
Gesetzt von Dörlemann Satz, Lemförde
Gedruckt und gebunden von CPI – Clausen & Bosse, Leck
ISBN 978-3-608-98128-5

1.

Ich stand am Strand und sagte: »Leb wohl, *Schmetterling*!«, und das Schiff wendete langsam und glitt dann ins tiefe Wasser hinaus. Ich wusste, dass es an den Steg des Leuchtturms von Cabra zurückkehren würde, denn jener Ort lag nahe den Schatten.

Als ich mich abwandte, fiel mein Blick auf die schwarze Linie der Bäume in der Nähe. Mir war klar, dass mich ein langer Marsch erwartete. Ich setzte mich in diese Richtung in Bewegung und nahm dabei die notwendigen Anpassungen vor. Nächtliche Kühle lag über dem stummen Wald, und das war gut.

Ich hatte etwa fünfzig Pfund Untergewicht und sah immer noch gelegentlich alles doppelt, doch es wurde besser. Ich war mit der Hilfe des verrückten Dworkin den Verliesen Ambers entkommen und hatte mich in Gesellschaft des trinkfesten Jopin wieder etwas erholt. Jetzt musste ich mir einen Ort suchen, einen Ort, der einem anderen Ort ähnlich war – einem, den es nicht mehr gab. Ich machte den Weg ausfindig. Ich schlug ihn ein.

Kurze Zeit später verweilte ich an einem großen hohlen Baum, mit dem ich gerechnet hatte. Ich griff hinein, nahm meine versilberte Klinge heraus und gürtete sie um. Es zählte nicht, dass sich die Waffe irgendwo in Amber befunden hatte – jetzt war sie hier, denn der Wald, durch den ich schritt, befand sich in den Schatten.

Ich wanderte mehrere Stunden lang; die unsichtbare Sonne irgendwo links hinter mir. Dann ruhte ich mich eine Zeitlang aus, dann marschierte ich weiter. Es tat gut, die Blätter und Felsen und die toten Baumstümpfe zu sehen, die lebenden Stämme, das Gras, die dunkle Erde. Es tat gut, all die zarten Gerüche des Lebens aufzunehmen und sein Summen, Surren und Zwitschern zu hören. Bei den Göttern! Wie teuer mir meine Augen waren! Nach fast vierjähriger Dunkelheit wieder sehen zu können, war einfach unbeschreiblich. Und mich frei zu bewegen …

Mein zerschlissener Umhang flatterte im Morgenwind, während ich tüchtig ausschritt. Mit meinem faltigen Gesicht, dem abgemagerten, dürren Körper muss ich ausgesehen haben, als sei ich über fünfzig Jahre alt. Wer hätte in mir den Mann erkannt, der ich wirklich war?

Ich ging weiter, wanderte durch die Schatten, einem bestimmten Ort entgegen, aber ich erreichte ihn nicht. Offenbar war ich etwas weichherzig geworden. Es passierte Folgendes …

Ich stieß auf sieben Männer am Straßenrand. Sechs waren tot, grausig zerstückelt. Der siebente lehnte halb zurückgeneigt mit dem Rücken am moosbedeckten Stamm einer alten Eiche. Er hielt die Klinge im Schoß, und an seiner rechten Seite hatte er eine große Wunde, aus der Blut strömte. Im Gegensatz zu einigen der anderen Toten trug er keine Rüstung. Seine grauen Augen waren offen, wirkten allerdings glasig. Die Knöchel seiner Schwerthand waren zerschunden, und er atmete nur langsam. Unter buschigen Brauen beobachtete er die Krähen, die den Toten die Augen aushackten. Mich schien er nicht wahrzunehmen.

Ich streifte die Kapuze über und senkte den Kopf, um mein Gesicht zu verbergen. Dann trat ich näher.

Ich hatte ihn früher einmal gekannt – oder jemanden, der ihm sehr ähnlich war.

Als ich mich näherte, begann seine Klinge zu zucken, die Spitze wurde gehoben.

»Ich bin ein Freund«, sagte ich. »Möchtet Ihr einen Schluck Wasser?«

Er zögerte einen Augenblick und nickte dann.

»Ja.«

Ich öffnete meine Flasche und reichte sie ihm.

Er trank und hustete, trank noch mehr.

»Sir, ich danke Euch«, sagte er und gab mir die Flasche zurück. »Ich bedaure nur, dass das Getränk nicht kräftiger war. Verdammte Wunde!«

»Auch damit kann ich dienen. Wenn Ihr sicher seid, dass Ihr so etwas vertragt?«

Er streckte die Hand aus; ich entkorkte eine kleine Flasche und reichte sie ihm. Nach einem Schluck von dem Zeug, das Jopin immer trank, hustete er etwa zwanzig Sekunden lang.

Dann lächelte die linke Seite seines Mundes, und er zwinkerte mir zu.

»Viel besser«, sagte er. »Hättet Ihr etwas dagegen, wenn ich ein paar Tropfen davon auf die Wunde schütte? Ich verschwende ungern guten Whisky, aber …«

»Nehmt alles, wenn Ihr müsst. Doch wenn ich es mir recht überlege – Eure Hand scheint zittrig. Vielleicht sollte ich das lieber übernehmen.«

Er nickte, und ich öffnete seine Lederjacke und schnitt mit dem Messer sein Hemd auf, bis ich die Wunde freigelegt hatte. Es war ein tiefer. hässlicher Schnitt, der sich einige Zentimeter über dem Hüftknochen bis zum Rücken hinzog. An Armen, Brust und Schultern hatte er weitere, weniger schlimme Verwundungen.

Aus der großen quoll das Blut, ich tupfte es ab und wischte mit meinem Taschentuch die Wundränder sauber.

»Gut«, sagte ich. »Jetzt beißt die Zähne zusammen und schaut weg.« Ich ließ den Whisky herabtropfen.

Ein gewaltiger Ruck ging durch seinen Körper, dann begann er zu zittern. Doch kein Laut kam über seine Lippen, womit ich auch nicht gerechnet hatte. Ich faltete das Taschentuch zusammen und drückte es auf die Wunde. Dort band ich es mit einem langen Stoffstreifen fest, den ich mir unten von meinem Umhang gerissen hatte.

»Noch einen Schluck?«, fragte ich.

»Wasser«, sagte er. »Dann muss ich wohl schlafen.«

Er trank, dann neigte sich sein Kopf nach vorn, bis das Kinn auf der Brust ruhte. Er schlief ein, und ich machte ihm ein Kissen und bedeckte ihn mit den Mänteln der Toten.

Danach saß ich an seiner Seite und beobachtete die hübschen schwarzen Vögel.

Er hatte mich nicht erkannt. Aber wer konnte mich in meinem Zustand schon erkennen? Hätte ich mich ihm offenbart, wäre ihm mein Name vielleicht bekannt vorgekommen. Wir hatten uns wohl nie kennengelernt, dieser Verwundete und ich. Doch auf eine seltsame Weise waren wir trotzdem miteinander vertraut.

Ich schritt durch die Schatten und suchte einen Ort, einen ganz besonderen Ort. Er war vor langer Zeit zerstört worden, doch ich besaß die Macht, ihn erneut zu erschaffen, denn Amber wirft unendlich viele Schatten. Ein Kind Ambers kann sich zwischen den Schatten bewegen, auch ich hatte dieses Erbe. Nennen Sie sie Parallelwelten, wenn Sie wollen, Alternativuniversen, wenn Ihnen das lieber ist, Produkte eines verwirrten Geistes, wenn Ihnen das besser gefällt. Ich nenne sie Schatten, wie auch alle anderen, die die Macht besitzen, sich durch sie zu bewegen. Wir wählen eine Möglichkeit und gehen, bis wir sie erreichen. Auf gewisse Weise erschaffen wir sie zugleich. Lassen wir es für den Augenblick dabei bewenden.

Ich war über das Meer gefahren und hatte meinen Marsch nach Avalon begonnen.

Vor vielen Jahrhunderten hatte ich dort gelebt. Das ist eine lange, komplizierte, stolze und schmerzhafte Geschichte, auf die ich später vielleicht noch eingehe – wenn ich in der Lage sein sollte, meinen Bericht bis dahin fortzusetzen.

Ich befand mich bereits in der Nähe meines Avalons, als ich den verwundeten Ritter und die sechs Toten fand. Wäre ich vorbeigegangen, hätte ich einen Ort erreichen können, wo die sechs Toten am Straßenrand lagen und der Ritter unverwundet gewesen wäre – oder eine Stelle, wo er tot war und sie lachend um ihn herumstanden. Manche Leute sind der Meinung, dass es darauf gar nicht ankomme, da es sich bei all diesen Dingen nur um verschiedene Möglichkeiten handelte und es sie deshalb alle irgendwo in den Schatten gibt.

Niemand von meinen Brüdern und Schwestern – ausgenommen vielleicht Gérard und Benedict – hätte sich weiter um den Vorfall gekümmert. Ich jedoch bin wohl etwas sentimental geworden. So war ich nicht immer, doch es kann sein, dass mich die Schatten-Erde, auf der ich so viele Jahre verbracht habe, ein bisschen gemäßigt hat, und vielleicht hat mich auch die Zeit in den Verliesen Ambers ein wenig an die schreckliche Pein menschlichen Leidens erinnert. Ich weiß es nicht. Ich weiß nur, dass ich nicht achtlos an der Qual eines Mannes vorbeigehen konnte, der große Ähnlichkeit hatte mit einem guten Freund aus der Vergangenheit. Hätte ich dem Verwundeten meinen Namen ins Ohr gesagt, hätte er mich vielleicht verflucht, auf jeden Fall hätte ich eine Leidensgeschichte zu hören bekommen.

Das war die Lage. Ich war bereit, einen gewissen Preis zu zahlen: Ich wollte ihn wieder aufpäppeln, dann meines Weges ziehen. Das richtete keinen Schaden an, und vielleicht wurde sogar etwas Gutes getan.

Ich saß da und beobachtete ihn, und nach mehreren Stunden erwachte er.

»Hallo«, sagte ich und öffnete meine Wasserflasche. »Noch etwas zu trinken?«

»Vielen Dank.« Er streckte die Hand aus.

Ich sah ihm beim Trinken zu, und als er mir die Flasche zurückgab, sagte er: »Entschuldigt, dass ich mich nicht vorgestellt habe. Ich war nicht ganz bei mir …«

»Ich kenne Euch«, sagte ich. »Nennt mich Corey.«

Er sah mich an, als wollte er fragen: »Corey von Woher?«, doch er überlegte es sich anders und nickte.

»Sehr wohl, Sir Corey«, degradierte er mich. »Ich möchte Euch danken.«

»Mein Dank ist die Tatsache, dass Ihr schon besser ausseht«, erwiderte ich. »Möchtet Ihr etwas zu essen?«

»Ja, bitte.«

»Ich habe Trockenfleisch dabei und auch Brot, das nicht mehr ganz frisch ist. Außerdem ein großes Stück Käse. Esst so viel Ihr wollt.«

Ich reichte ihm alles, und er griff zu.

»Was ist mit Euch, Sir Corey?«, fragte er.

»Ich habe gegessen, während Ihr schlieft.«

Vielsagend sah ich mich um. Er lächelte.

»… Und Ihr habt die sechs allein erledigt?« fragte ich.

Er nickte.

»Ein großartiger Kampf. Was soll ich jetzt mit Euch machen?«

Er versuchte mir ins Gesicht zu schauen, vergeblich.

»Ich verstehe nicht, was Ihr meint«, sagte er.

»Wohin wolltet Ihr?«

»Ich habe Freunde, etwa fünf Längen nordwärts. Ich war dorthin unterwegs, als diese Sache passierte. Und ich bezweifle sehr, dass mich ein Mensch, und sei er der Teufel selbst, auch nur eine Meile weit auf dem Rücken schleppen könnte. Und könnte ich stehen, Sir Corey, werdet Ihr besser erkennen, wie groß ich bin.«

Ich stand auf, zog meine Klinge und hieb mit einem Streich einen jungen Baum um, dessen Stamm etwa zwei Zoll Durchmesser hatte. Dann hackte ich Äste und Rinde ab und schnitt ihn auf die richtige Länge zurecht. Das wiederholte ich und flocht aus den Gürteln und Mänteln der Toten eine Bahre.

Er sah mir zu, bis ich fertig war, dann bemerkte er: »Ihr führt eine tödliche Klinge, Sir Corey – und eine silberne, wie es aussieht …«

»Seid Ihr bereit für eine Reise?«, fragte ich.

Fünf Längen sind in dieser Welt etwa fünfzehn Meilen.

»Was geschieht mit den Toten?«, wollte er wissen.

»Wollt Ihr ihnen etwa ein anständiges christliches Begräbnis geben?«, fragte ich. »Zum Teufel mit ihnen! Die Natur kümmert sich um die Ihren. Wir sollten hier verschwinden. Sie stinken ja schon.«

»Ich würde sie zumindest gerne bedecken. Sie haben gut gekämpft.«

Ich seufzte.

»Also gut, wenn Ihr dann besser schlafen könnt. Ich habe keinen Spaten und muss ihnen daher ein Steingrab bauen. Das Begräbnis wird sich allerdings sehr einfach gestalten.«

»Einverstanden«, sagte er.

Ich legte die sechs Leichen nebeneinander. Ich hörte ihn etwas murmeln, vermutlich ein Gebet für die Toten.

Dann zog ich einen Ring aus Steinen um sie. Es gab genügend Felsbrocken in der Nähe. Ich suchte mir die größten aus, damit ich schneller vorankam. Und das war ein Fehler. Einer der Steine muss gut vierhundert Pfund gewogen haben, und ich verzichtete darauf, ihn zu rollen. Ich stemmte ihn hoch und setzte ihn an Ort und Stelle ab.

Ich hörte ein erstauntes Schnaufen aus seiner Richtung und begriff, dass er das bemerkt hatte.

Sofort fluchte ich los.

»Hätte mich an dem fast verhoben!«, schimpfte ich und wählte danach nur noch kleinere Steine aus.

»Also gut«, sagte ich, als ich fertig war. »Seid Ihr bereit loszuziehen?«

»Ja.«

Ich nahm ihn auf die Arme und legte ihn auf die Bahre. Dabei biss er die Zähne zusammen.

»Wohin?«, fragte ich.

Er machte eine Handbewegung.

»Zurück auf den Weg. Folgt ihm nach links bis zur Gabelung. Dort geht nach rechts. Wie wollt Ihr denn überhaupt …?«

Ich nahm die Bahre in die Arme und hielt ihn wie einen Säugling in einer Wiege. Dann machte ich kehrt und ging so auf den Weg zu.

»Corey?«

»Ja?«

»Ihr seid einer der kräftigsten Männer, die ich je gesehen habe – und mir will scheinen, dass ich Euch kennen sollte.«

Ich antwortete nicht sofort. Dann sagte ich: »Ich versuche in Form zu bleiben. Ein gesunder Lebenswandel und so.«

»… Und Eure Stimme kommt mir auch ziemlich bekannt vor.«

Er starrte nach oben, versuchte noch immer mein Gesicht zu erkennen.

Ich wollte so schnell wie möglich das Thema wechseln.

»Wer sind die Freunde, zu denen ich Euch bringe?«

»Unser Ziel ist die Burg von Ganelon.«

»Dieser falsche Rotzeck!«, sagte ich und hätte meine Last beinahe fallen gelassen.

»Ich verstehe zwar den Ausdruck nicht, den Ihr gebraucht habt, doch es scheint sich um eine Beschimpfung zu handeln«, erwiderte er. »Jedenfalls nach Eurem Tonfall zu urteilen. Wenn das der Fall ist, muss ich zu seiner Verteidigung eintreten …«

»Haltet ein«, sagte ich. »Ich habe das Gefühl, dass wir über zwei verschiedene Männer sprechen, die nur denselben Namen tragen. Tut mir leid.«

Durch die Bahre spürte ich, wie sich eine gewisse Anspannung verflüchtigte.

»Das ist zweifellos der Fall«, sagte er.

So trug ich ihn, bis wir den Weg erreichten, und dort wandte ich mich nach links.

Er schlief wieder ein, und während er schnarchte, bewegte ich mich im Trab dahin und wandte mich an der Weggabelung nach rechts, wie er gesagt hatte. Ich begann mir Gedanken über die sechs Burschen zu machen, die ihn angefallen und fast besiegt hatten. Ich hoffte, dass sich nicht noch Freunde von ihnen in der Gegend herumtrieben.

Als sich sein Atemrhythmus veränderte, ging ich wieder langsamer.

»Ich habe geschlafen«, sagte er.

»… und geschnarcht«, fügte ich hinzu.

»Wie weit habt Ihr mich getragen?«

»Etwa zwei Längen, denke ich.«

»Und Ihr seid nicht müde?«

»Ein bisschen«, sagte ich, »aber noch nicht genug, um schon auszuruhen.«

»*Mon Dieu!*«, sagte er. »Ich bin froh, dass ich Euch nie zum Feind gehabt habe. Seid Ihr sicher, dass Ihr nicht der Teufel seid?«

»Oh ja, ganz sicher«, antwortete ich. »Riecht Ihr nicht den Schwefel? Und mein rechter Huf bringt mich noch um.«

Er schnüffelte tatsächlich ein paarmal, bevor er zu lachen begann, was mich etwas kränkte.

In Wirklichkeit hatten wir nach meiner Berechnung bereits über vier Längen zurückgelegt. Ich hoffte, dass er wieder einschlafen würde und sich keine weiteren Gedanken über die Entfernungen machte. Meine Arme begannen zu schmerzen.

»Was waren das für Männer, die Ihr erschlagen habt?«, fragte ich.

»Wächter des Kreises«, erwiderte er. »Und sie waren keine Männer mehr, sondern Besessene. Betet zu Gott, Sir Corey, dass ihre Seelen in Frieden ruhen.«

»Wächter des Kreises?«, fragte ich. »Welcher Kreis?«

»Der dunkle Kreis – ein Ort der Schlechtigkeit, voller widerlicher Ungeheuer …« Er atmete tief ein. »Der Usprung der Krankheit, die auf diesem Land liegt.«

»Mir scheint das Land nicht besonders krank zu sein«, sagte ich.

»Wir sind weit weg von jenem Ort, und Ganelons Reich ist

noch zu groß für die Eindringlinge. Doch der Kreis breitet sich aus. Ich spüre, dass die letzte Schlacht hier ausgetragen werden wird.«

»Ihr habt meine Neugier geweckt.«

»Sir Corey, wenn Ihr nichts davon wisst, wäre es besser für Euch, wenn Ihr meine Worte schnell wieder vergesst, um den Kreis einen Bogen macht und Eures Weges zieht. Zwar täte ich nichts lieber, als an Eurer Seite zu kämpfen, doch ist dies nicht Euer Kampf – und wer weiß, wie er ausgehen wird?«

Der Weg begann, sich aufwärts zu winden. Durch eine Lücke zwischen den Bäumen sah ich plötzlich eine ferne Erscheinung, die mich stocken ließ und mich an einen anderen, ähnlichen Ort erinnerte.

»Was …?«, fragte mein Schützling und drehte sich um. Dann rief er aus: »Ihr seid ja viel schneller vorangekommen, als ich ahnte. Das ist unser Ziel, die Burg von Ganelon!«

Da dachte ich an den *einen* Ganelon. Ich wollte es nicht, doch ich konnte nichts dagegen tun. Er war ein Mörder und Verräter gewesen, und ich hatte ihn vor vielen Jahrhunderten aus Avalon verstoßen. Ich hatte ihn durch die Schatten in eine andere Zeit und an einen anderen Ort verbannt, so wie es mein Bruder Eric später mit mir getan hatte. Ich hoffte, dass ich ihn nicht gerade hier abgesetzt hatte. Das war zwar nicht besonders wahrscheinlich, aber auch nicht auszuschließen. Zwar war er ein Sterblicher mit begrenzter Lebensspanne, und ich hatte ihn vor etwa sechshundert Jahren aus jenem Reich verbannt, doch schien es möglich, dass nach den Gegebenheiten dieser Welt erst wenige Jahre vergangen waren. Auch die Zeit ist eine Funktion der Schatten, und selbst Dworkin kannte sich nicht hundertprozentig damit aus. Oder vielleicht doch. Vielleicht war er gerade deswegen wahnsinnig geworden. Das größte Problem mit der Zeit ist meiner Erfahrung nach die Notwendigkeit, sie zu durchleben. Jedenfalls hatte ich das Gefühl, dass dieser Mann nicht mein alter Feind und früherer Vertrauter sein konnte, denn *der* hätte sich zweifellos keiner Welle der Bösartigkeit widersetzt, die sich über das Land auszubreiten drohte. Er hätte sich mit den widerlichen Ungeheuern verbündet, davon war ich überzeugt.

Schwierigkeiten machte mir auch der Mann, den ich trug. Sein Doppelgänger hatte zur Zeit der Exilierung in Avalon gelebt, was darauf hindeutete, dass der Zeitsprung stimmen konnte.

Ich hatte keine Lust, jenem Ganelon gegenüberzutreten, den ich von früher kannte, und womöglich von ihm erkannt zu werden. Er wusste nichts von den Schatten. Er würde nur glauben, dass ich Schwarze Magie angewandt hatte, als Alternative zur Hinrichtung, und obwohl er diese Alternative überlebt hatte, mochte sie die schlimmere gewesen sein.

Doch der Mann in meinen Armen brauchte eine sichere Bettstatt und Ruhe, also stolperte ich weiter.

Und ich dachte nach …

Ich schien etwas an mir zu haben, das dem Mann vage bekannt vorkam. Wenn es an diesem Ort, der Avalon zugleich ähnelte und nicht ähnelte, Erinnerungen an einen Schatten meiner selbst gab, welche Form hatten sie dann? Zu welchem Empfang meines tatsächlichen Ich würden sie führen, sollte meine Identität enthüllt werden?

Die Sonne begann unterzugehen. Ein kühler Wind machte sich bemerkbar, Vorbote einer kalten Nacht. Da mein Schützling wieder zu schnarchen begann, beschloss ich, den Rest der Strecke im Laufschritt zurückzulegen. Mir missfiel der Gedanke, dass es in diesem Wald nach Einbruch der Dunkelheit von den scheußlichen Bewohnern irgendeines verdammten Kreises wimmeln mochte, von dem ich nichts wusste, die sich aber von ihrer unangenehmsten Seite zeigten, wenn man sich in diese spezielle Gegend verirrte.

So hastete ich durch die länger werdenden Schatten und versuchte, das aufsteigende Gefühl abzuschütteln, dass ich verfolgt, beobachtet, in einen Hinterhalt gelockt würde, bis es nicht mehr ging. Das Gefühl schwoll zur Stärke einer Vorahnung an, und plötzlich vernahm ich die Geräusche hinter mir: ein leises *Pat-pat-pat*, wie Schritte.

Ich setzte die Bahre ab und zog im Umdrehen meine Klinge.

Sie waren zu zweit. Katzen.

Ihre Fellzeichnung war exakt die von Siamkatzen; allerdings hatten sie die Größe von Tigern. Ihre Augen waren ganz sonnengelb und pupillenlos. Als ich mich umwandte, hockten sie sich hin und starrten mich ohne zu blinzeln an.

Sie waren etwa dreißig Schritte von mir entfernt. Mit erhobener Klinge stand ich seitlich zwischen ihnen und der Bahre.

Im nächsten Augenblick öffnete die Katze links das Maul. Ich wusste nicht, ob ich mich auf ein Schnurren oder ein Brüllen gefasst machen sollte.

Stattdessen sprach es: »Mensch, höchst sterblich«, sagte es. Die Stimme hatte nichts Menschenähnliches. Sie klang zu schrill.

»Aber er lebt doch noch«, sagte die zweite Katze in einem ähnlichen Tonfall.

»Töten wir ihn hier«, meinte die erste Katze.

»Was ist mit dem, der ihn mit der Klinge bewacht, die mir gar nicht gefällt?«

»Sterblicher Mensch?«

»Kommt und findet es heraus«, sagte ich sanft.

»Er ist dünn und vielleicht alt.«

»Aber er hat den anderen vom Grab an diesen Ort getragen, schnell und ohne Rast. Wir wollen ihn umzingeln.«

Als sich die beiden Geschöpfe in Bewegung setzten, sprang ich vor, und das Wesen zu meiner Rechten schoss auf mich zu.

Meine Klinge spaltete ihm den Schädel und bohrte sich bis tief in die Schulter. Als ich meine Waffe freizerrte und kehrtmachte, huschte die andere Katze an mir vorbei. Ihr Ziel war die Bahre. Mit einer heftigen Bewegung schwang ich die Waffe.

Die Schneide traf den Rücken und fuhr durch den ganzen Körper. Das Wesen stieß einen Schrei aus, der an das schrille Quietschen von Kreide auf einer Tafel erinnerte, und stürzte, in zwei Teile gespalten, zu Boden. Dort begann es augenblicklich zu brennen. Das andere Wesen brannte ebenfalls.

Doch das Geschöpf, das ich halbiert hatte, lebte noch. Der Kopf wandte sich in meine Richtung, und die funkelnden Augen begegneten meinem Blick und ließen ihn nicht los.

»Ich sterbe den letzten Tod«, sagte die Katze, »und so erkenne ich dich, Wegbereiter. Warum tötest du uns?«

Und im nächsten Augenblick hüllten die Flammen den Kopf ein.

Ich machte kehrt, reinigte meine Klinge und steckte sie wieder in die Scheide, nahm die Bahre auf, ignorierte alle Fragen und ging weiter.

Eine erste Erkenntnis hatte sich in mir gebildet bezüglich dessen, was das Ding war, was es gemeint hatte.

Und noch heute sehe ich den brennenden Katzenkopf zuweilen in meinen Träumen, und dann erwache ich schweißgebadet und zitternd, und die Nacht kommt mir viel dunkler vor und scheint von Gestalten zu wimmeln, die ich nicht zu bestimmen vermag.

Die Burg von Ganelon hatte einen Graben ringsum und verfügte über eine Zugbrücke, die hochgezogen war. An den vier Ecken, wo die hohen Mauern zusammenstießen, erhob sich je ein gewaltiger Turm. Hinter den Mauern ragten andere Türme noch höher empor, schienen den Bauch der tiefhängenden dunklen Wolken zu kitzeln, welche die ersten frühen Sterne verhüllten und pechschwarze Schatten über den Hügel warfen, auf dem die Burg stand. In mehreren Türmen zeigte sich bereits Licht, und der Wind wehte leises Stimmengemurmel herüber.

Ich stand vor der Zugbrücke, setzte meine Last ab, legte die Hände an den Mund und rief: »Holla! Ganelon! Zwei Reisende sind in der Nacht gestrandet!«

Ich hörte Metall auf Stein stoßen und hatte das Gefühl, von oben gemustert zu werden. Mit zusammengekniffenen Augen starrte ich empor, doch mein Sehvermögen ließ noch viel zu wünschen übrig.

»Wer da?«, tönte eine laute, dröhnende Stimme.

»Lance, der verwundet ist, und ich, Corey von Cabra, der ihn hierhergetragen hat.«

Ich wartete, während er die Information einem anderen Wächter zurief, und hörte den Klang anderer Stimmen, die die Botschaft ins Innere weitergaben.

Einige Minuten später kam auf demselben Wege eine Antwort.

Dann brüllte der Wächter zu uns herab: »Tretet zurück! Wir lassen die Zugbrücke hinunter! Ihr dürft eintreten!«

Noch ehe er zu Ende gesprochen hatte, begann das Knirschen, und nach kurzer Zeit knallte das Ding auf unserer Seite des Grabens auf den Boden. Noch einmal hob ich meinen Schützling auf und trug ihn hinüber.

So brachte ich Sir Lancelot du Lac in die Burg von Ganelon, dem ich vertraute wie einem Bruder. Nämlich überhaupt nicht.

Überall waren Menschen um mich herum, und ich fand mich von Bewaffneten eingekreist. Doch sie strahlten keine Feindseligkeit aus, sondern nur Besorgnis. Ich befand mich in einem großen kopfsteingepflasterten Innenhof voller Schlafsäcke, der von Fackeln erleuchtet wurde. Ich konnte Schweiß, Rauch, Pferde und Küchendünste riechen. Eine kleine Armee hatte hier ihr Lager aufgeschlagen.

Viele waren herangekommen und hatten mich mit aufgerissenen Augen murmelnd angestarrt, doch schließlich näherten sich zwei, die voll bewaffnet waren, als wollten sie in den Kampf ziehen, und einer von ihnen berührte mich an der Schulter.

»Hier entlang«, sagte er.

Ich setzte mich in Bewegung, und sie nahmen mich in die Mitte. Die Menge teilte sich. Die Zugbrücke bewegte sich bereits wieder rasselnd empor. Wir näherten uns dem Hauptgebäude aus dunklem Stein.

Drinnen schritten wir durch einen Flur und passierten eine Art Empfangszimmer. Dann erreichten wir eine Treppe. Der Mann zu meiner Rechten bedeutete mir, dass ich emporsteigen solle. Im ersten Stockwerk blieben wir vor einer massiven Holztür stehen, und der Wächter klopfte an.

»Herein!« rief eine Stimme, die mir leider nur allzu bekannt vorkam.

Wir traten ein.

Er saß an einem schweren Holztisch vor einem breiten Fenster, durch das man auf den Hof hinabschauen konnte. Er trug eine braune Lederjacke über schwarzem Hemd, die Hosen waren ebenfalls schwarz und bauschten sich über den Schäften seiner dunklen Stiefel. Um die Hüften trug er einen breiten Gürtel, in dem ein Dolch mit Horngriff steckte. Ein Kurzschwert lag auf dem Tisch vor ihm. Sein Haar und Bart waren rot und zeigten erste graue Strähnen. Die Augen waren dunkel wie Ebenholz.

Er blickte mich an und wandte sich dann zwei Wächtern zu, die mit der Bahre eintraten.

»Legt ihn auf mein Bett«, sagte er und fuhr fort: »Roderick, kümmere dich um ihn.«

Roderick, sein Arzt, war ein alter Mann, der nicht den Eindruck machte, als könne er großen Schaden anrichten, was mich etwas erleichterte. Ich hatte Lance nicht die weite Strecke getragen, um ihn verbluten zu lassen.

Schließlich wandte sich Ganelon wieder an mich.

»Wo habt Ihr ihn gefunden?«, fragte er.

»Fünf Längen südlich von hier.«

»Wer seid Ihr?«

»Ich werde Corey genannt«, erwiderte ich.

Er musterte mich ein wenig zu eingehend, und unter dem Schnurrbart deuteten seine wurmähnlich zuckenden Lippen ein Lächeln an.

»Was ist Eure Rolle bei dieser Sache?«, wollte er wissen.

»Ich weiß nicht, was Ihr meint«, entgegnete ich.

Ich ließ absichtlich die Schultern hängen und sprach langsam, leise und stockend. Mein Bart war länger als der seine und völlig verschmutzt. Ich bildete mir ein, dass ich wie ein alter Mann aussehen müsste. Seine Haltung deutete darauf hin, dass er ebenfalls diesen Eindruck hatte.

»Ich möchte wissen, warum Ihr ihm geholfen habt«, sagte er.

»Nächstenliebe und so weiter«, erwiderte ich.

»Ihr seid Ausländer?«

Ich nickte.

»Nun, Ihr seid hier willkommen, so lange Ihr bleiben möchtet.«

»Vielen Dank. Ich werde wahrscheinlich schon morgen weiterziehen.«

»Jetzt setzt Euch aber auf ein Glas Wein zu mir und erzählt mir von den Umständen, unter denen Ihr ihn gefunden habt.«

Und das tat ich.

Ganelon unterbrach mich nicht, und die ganze Zeit über waren seine stechenden Augen auf mich gerichtet. Während mir der Vergleich »Blicke wie Dolche« bisher immer recht töricht vorgekommen war, belehrte mich dieser Abend eines anderen. Sein Blick durchbohrte mich tatsächlich. Und ich fragte mich, was er über mich wissen mochte oder welche Vermutungen er anstellte.

Schließlich fiel mich die Müdigkeit an und ließ mich nicht mehr los. Die Anstrengung, der Wein, das warme Zimmer – all das wirkte zusammen, und ich hatte plötzlich den Eindruck, in einer Ecke zu stehen, mir selbst zuzuhören und mich zu beobachten, als sei ich ein anderer. Zwar vermochte ich kurzzeitig schon wieder einiges zu leisten, doch wurde mir klar, dass mein Durchhaltevermögen noch nicht wiederhergestellt war. Auch merkte ich, dass meine Hand zu zittern begonnen hatte.

»Es tut mir leid«, hörte ich mich sagen. »Die Mühen des Tages machen sich bemerkbar …«

»Natürlich«, erwiderte Ganelon. »Wir unterhalten uns morgen weiter. Geht zu Bett. Schlaft gut.«

Dann rief er einen Wächter und gab Befehl, mich in eine Kammer zu führen. Ich muss unterwegs getaumelt sein, denn ich erinnere mich an die stützende Hand des Wächters an meinem Ellbogen.

In jener Nacht schlief ich den Schlaf eines Toten. Es war ein großes schwarzes Nichts, etwa vierzehn Stunden lang.

Am Morgen tat mir alles weh.

Ich wusch mich. Auf der Kommode stand ein Becken, und aufmerksamerweise hatte jemand Seife und Handtuch daneben zurechtgelegt. Ich hatte das Gefühl, Sägemehl im Hals zu haben und Sand in den Augen.

Ich setzte mich und überdachte meine Lage.

Es hatte einmal eine Zeit gegeben, da ich Lance die ganze Strecke hätte tragen können, ohne hinterher schlappzumachen. Es hatte eine Zeit gegeben, da ich mich am Hang Kolvirs emporgekämpft hatte und ins Zentrum Ambers vorgestoßen war.

Diese Zeiten waren vorbei. Plötzlich fühlte ich mich so mitgenommen, wie ich vermutlich aussah.

Es musste etwas geschehen.

Ich hatte bisher nur langsam an Gewicht und Kräften zugenommen. Das musste nun beschleunigt werden.

Eine oder zwei Wochen vernünftiges Leben und brutales Training würden mir guttun, beschloss ich. Ganelon hatte nicht wirklich den Eindruck gemacht, mich erkannt zu haben. Also gut, dann würde ich die angebotene Gastfreundschaft zu meinem Vorteil nutzen.

Nach diesem Entschluss suchte ich die Küche auf und verschaffte mir ein herzhaftes Frühstück. Nun, eigentlich war es schon Mittag, aber wir wollen die Dinge beim richtigen Namen nennen. Ich hatte große Lust auf eine Zigarette und empfand eine gewisse perverse Freude angesichts der Erkenntnis, dass ich meinen Tabak aufgebraucht hatte. Das Schicksal half mir, meinen guten Vorsätzen treu zu bleiben.

Ich schlenderte in den Burghof hinaus. Es war ein frischer, sonniger Tag. Eine Zeitlang beobachtete ich die hier stationierten Männer, die ihr Training absolvierten.

Am anderen Ende entdeckte ich Bogenschützen, die sirrende Pfeile auf Ziele abschossen, welche an Heuballen befestigt waren. Mir fiel auf, dass sie Daumenringe verwendeten und die

Bogensaite auf orientalische Art fassten, während ich die Dreifingertechnik vorzog. Diese Entdeckung weckte erste Zweifel in mir über diesen Schatten. Die Schwertkämpfer setzten sowohl die Schneiden als auch die Spitzen ein, und es waren verschiedene Schwertformen und Kampftechniken zu beobachten. Ich schätzte, dass achthundert Männer im Hof waren – ohne sagen zu können, wie viele Soldaten noch in der Burg stecken mochten. Die Färbung von Haut, Haaren und Augen war ganz unterschiedlich – von hell bis dunkel. Über dem Sirren und Klirren vernahm ich manchen Akzent, wenn auch die meisten die Sprache Avalons sprachen, die ein Dialekt Ambers ist.

Während ich die Szene beobachtete, hob ein Schwertkämpfer die Hand, senkte seine Klinge und wischte sich den Schweiß von der Stirn. Dann trat er zurück. Sein Gegner machte keinen besonders erschöpften Eindruck. Das war meine Chance, mir das Training zu verschaffen, das ich brauchte.

Lächelnd trat ich vor und sagte: »Ich bin Corey von Cabra. Ich habe Euch zugeschaut.«

Dann wandte ich mich dem großen, dunklen Mann zu, der seinen ruhenden Kameraden angrinste.

»Hättet Ihr etwas dagegen, wenn ich mit Euch ein bisschen trainiere, während sich Euer Freund ausruht?«, fragte ich.

Er grinste noch breiter und deutete auf seinen Mund und seine Ohren. Ich versuchte es mit mehreren anderen Sprachen, aber keine funktionierte. Schließlich deutete ich auf die Klinge und auf ihn und dann auf mich, bis er begriff, was ich wollte. Sein Gegner schien die Idee für gut zu halten, denn er bot mir seine Waffe an.

Ich nahm sie in die Hand. Das Schwert war kürzer und weitaus schwerer als Grayswandir. Das ist der Name meiner Klinge, den ich bis jetzt noch gar nicht erwähnt habe. Damit verbindet sich eine eigene Geschichte, die ich vielleicht noch erzähle, ehe Sie erfahren, was mich zu diesem letzten Entschluss geführt hat. Also, sollte ich den Namen noch einmal verwenden, wissen Sie wenigstens, wovon ich spreche.

Zur Probe schwang ich die Klinge ein paarmal hin und her, zog meinen Mantel aus, warf ihn zur Seite und schlug *en garde.*

Der große Bursche griff an. Ich parierte und attackierte. Er parierte und ripostierte. Ich parierte die Riposte, fintete und griff erneut an. Und so weiter. Nach fünf Minuten wusste ich, dass mein Gegner gut war. Und dass ich besser war. Er unterbrach zweimal den Kampf, um sich ein von mir angewandtes Manöver erklären zu lassen. In beiden Fällen begriff er sehr schnell, worum es ging. Doch nach einer Viertelstunde wurde sein Grinsen breiter. Vermutlich war das der Augenblick, da er die meisten Gegner mit seinem Durchhaltevermögen zum Aufgeben zwang, wenn sie sich überhaupt so lange gehalten hatten. Er hatte Ausdauer, das muss ich zugeben. Nach zwanzig Minuten trat ein verwirrter Ausdruck auf sein Gesicht. Ich sah wohl nicht aus wie ein Mann, der so lange durchhalten würde. Doch was vermag ein Mensch über die Kräfte zu sagen, die in einem Abkömmling Ambers schlummern?

Nach fünfundzwanzig Minuten war er in Schweiß gebadet, setzte den Kampf aber tapfer fort. Mein Bruder Random wirkt und handelt gelegentlich wie ein asthmatischer jugendlicher Raufbold – doch einmal hatten wir gut sechsundzwanzig Stunden miteinander gekämpft, nur um festzustellen, wer zuerst aufgab. (Wenn Sie es unbedingt wissen wollen: Ich war es. Ich hatte am nächsten Tag eine Verabredung, zu der ich in einigermaßen guter Verfassung erscheinen wollte.) Wir hätten noch lange weiterkämpfen können. Zwar war ich gerade nicht zu einer solchen Leistung fähig wie damals, doch wusste ich, dass ich diesem Mann überlegen war. Immerhin war er nur ein Mensch.

Nach etwa einer halben Stunde, als er bereits schwer atmete, in seinen Gegenzügen langsamer wurde und sicher allmählich erriet, dass ich mich zurückhielt, hob ich die Hand und senkte die Klinge, wie ich es bei seinem ersten Gegner gesehen hatte. Er kam ebenfalls langsam zum Stillstand, stürzte dann auf mich zu und umarmte mich. Was er sagte, verstand ich nicht, doch ich vermutete, dass unsere Übung ihm gefallen hatte. Das galt auch für mich. Schlimm war nur, dass ich die Anstrengung spürte. Mir war etwas schwindlig.

Aber ich brauchte mehr. Ich gab mir das Versprechen, dass ich mich an diesem Tage bis zum Äußersten anstrengen, mir am Abend den Bauch vollschlagen und dann in einen tiefen Schlaf sinken würde. Und morgen dasselbe Programm.

Also begab ich mich zu den Bogenschützen. Nach einer Weile lieh ich mir einen Bogen aus und schoss im Dreifingerstil etwa hundert Pfeile ab. Meine Trefferquote war nicht schlecht. Anschließend sah ich eine Zeitlang den Berittenen zu, die mit Lanzen, Schilden und Morgensternen hantierten, und ging dann weiter, um mir die Ringkämpfe anzuschauen.

Schließlich rang ich mit drei Männern hintereinander. Danach fühlte ich mich wirklich ausgelaugt. Fix und fertig.

Schweißüberströmt und schwer atmend setzte ich mich auf eine schattige Bank. Ich dachte an Lance, an Ganelon, an das Abendessen. Nach etwa zehn Minuten begab ich mich in das Zimmer, das man mir zugewiesen hatte, und wusch mich gründlich.

Danach verspürte ich Heißhunger und machte mich schließlich daran, mir ein Abendessen und Informationen zu beschaffen.

Ich hatte mich kaum von der Tür entfernt, als ein Wächter – es handelte sich um denjenigen, der mich am Abend zuvor hierhergeführt hatte – herankam und sagte: »Lord Ganelon bittet Euch, heute Abend beim Schlag der Essensglocke mit ihm in seinen Gemächern zu speisen.«

Ich dankte ihm, sagte, ich würde da sein, kehrte in mein Zimmer zurück und ruhte mich auf dem Bett aus, bis es so weit war. Dann machte ich mich wieder auf den Weg.

Meine Muskelschmerzen waren stärker geworden und ich hatte mir einige neue blaue Flecken zugezogen. Ich kam zu dem Schluss, dass dies nur gut für mich sein könne, weil es mich älter erscheinen ließ. Ich klopfte an Ganelons Tür, und ein Page ließ mich ein und eilte dann zu einem anderen Jüngling, der in der Nähe des Kamins den Tisch deckte.

Ganelon, der von Kopf bis Fuß in Grün gekleidet war, saß in einem Stuhl mit hoher Lehne. Als ich eintrat, stand er auf und kam mir zur Begrüßung entgegen.

»Sir Corey, ich habe von Euren heutigen Leistungen gehört«, sagte er und ergriff meine Hand. »Das alles lässt mir glaubhaft erscheinen, dass Ihr Lance getragen habt. Ich muss sagen, Ihr seid ein besserer Mann, als Euer Aussehen vermuten lässt – und das soll beileibe keine Beleidigung sein.«

Ich lachte leise vor mich hin.

»Ich bin nicht beleidigt.«

Er führte mich zu einem Stuhl, reichte mir ein Glas Weißwein, der für meinen Geschmack etwas zu süß war, und fuhr fort: »Wenn man Euch so anschaut, könnte man meinen, Ihr wärt mit einer Hand zu besiegen – dabei habt Ihr Lance fünf Längen weit getragen und unterwegs noch zwei von diesen widerlichen Katzenwesen getötet. Außerdem hat er mir von dem Grabhügel erzählt, den Ihr gebaut habt, aus großen Steinen –«

»Wie geht es Lance heute?«, unterbrach ich ihn.

»Ich musste ihm einen Wächter ins Zimmer geben, damit er auch wirklich im Bett blieb. Der Muskelprotz wollte doch tatsächlich aufstehen und herumlaufen! Aber bei Gott, mindestens eine Woche lang bleibt er im Bett!«

»Dann muss er sich ja schon wieder besser fühlen.«

Er nickte.

»Auf seine Gesundheit!«

»Darauf trinke ich gern.«

Wir tranken. Dann sagte er: »Hätte ich doch nur eine Armee aus Männern wie Euch und Lance. Dann sähe die Lage vielleicht anders aus.«

»Welche Lage?«

»Der Kreis und seine Wächter. Ihr habt nicht davon gehört?«

»Lance hat den Kreis erwähnt. Das ist alles.«

Einer der Pagen kümmerte sich um ein riesiges Stück Rindfleisch an einem Spieß über dem niedrigbrennenden Feuer. Von Zeit zu Zeit goss er etwas Wein darüber, während er das Fleisch wendete. Immer wenn mir der Duft in die Nase stieg, begann mein Magen laut zu knurren, und Ganelon lachte leise. Der andere Page verließ das Zimmer, um aus der Küche Brot zu holen.

Ganelon schwieg lange Zeit. Er trank aus und schenkte sich nach. Ich war noch bei meinem ersten Glas.

»Habt Ihr schon einmal von Avalon gehört?«, fragte er schließlich.

»Ja«, erwiderte ich. »Es gibt da einen Vers, den ich vor langer Zeit von einem reisenden Barden gehört habe: ›Hinter dem Flusse der Gesegneten setzten wir uns und weinten bei der Erinnerung an Avalon. Die Schwerter in unserer Hand waren zerschmettert, und wir hängten unsere Schilde an den Eichbaum. Die schlanken Silbertürme verschlungen von einem Meer von Blut. Wie viele Meilen bis Avalon? Keine, sage ich, und doch unendlich viele. Die Silbertürme sind gefallen.‹«

»Avalon gefallen …?«, fragte er.

»Ich glaube, der Mann war verrückt. Ich weiß nichts von einem Avalon. Sein Gedicht ist mir aber in Erinnerung geblieben.«

Ganelon wandte das Gesicht ab und schwieg einige Minuten lang. Als er schließlich wieder das Wort ergriff, klang seine Stimme verändert.

»Es hat …«, sagte er, »… es hat einmal einen solchen Ort gegeben. Ich habe dort gelebt, vor vielen Jahren. Ich wusste nicht, dass er nicht mehr existiert.«

»Wie seid Ihr von dort hierhergekommen?«, fragte ich.

»Ich wurde von dem herrschenden Zauberkönig Corwin von

Amber ins Exil verbannt. Er schickte mich durch Dunkelheit und Wahnsinn an diesen Ort, auf dass ich hier leide und sterbe – und ich *habe* viel gelitten und bin dem letzten Atemzug oft nahe gewesen. Ich habe versucht, den Weg zurück zu finden, doch niemand kennt ihn. Ich habe mit Zauberern gesprochen und sogar ein Geschöpf aus dem Kreis befragt, ehe wir es töteten. Doch niemand kennt die Straße nach Avalon. Es ist, wie Euer Barde sagte: ›Keine Meile und doch unendlich viele‹.« Er bekam das Zitat nicht genau hin. »Wisst Ihr noch den Namen des Sängers?«

»Tut mir leid, nein.«

»Wo liegt Cabra, Eure Heimat?«

»Weit im Osten, jenseits des Meeres«, antwortete ich. »Sehr weit. Ein Inselkönigreich.«

»Bestünde die Chance, dass man uns von dort mit Truppen versorgt? Ich könnte ganz gut zahlen.«

Ich schüttelte den Kopf.

»Es ist ein kleines Land mit einer kleinen Miliz, und der Weg von dort ist nur in mehreren Monaten zurückzulegen – über Meer und Land. Sie haben außerdem nie als Söldner gekämpft und sind nicht besonders kriegerisch.«

»Dann scheint Ihr Euch von Euren Landsleuten sehr zu unterscheiden«, meinte er und musterte mich wieder.

Ich nippte an meinem Wein.

»Ich war Waffenmeister der königlichen Garde«, sagte ich dann.

»Seid Ihr womöglich geneigt, Euch anwerben zu lassen und meine Truppen auszubilden?«

»Ich bleibe gern ein paar Wochen und übernehme das«, erwiderte ich.

Er nickte, und auf seinen Lippen erschien ein gepresstes Lächeln, das sofort wieder verflog. »Eure Andeutung, dass das schöne Avalon vernichtet sei, stimmt mich traurig«, sagte er schließlich. »Aber wenn das der Fall ist, kann ich hoffen, dass derjenige, der mich verbannte, wohl ebenfalls tot ist.« Er leerte sein Glas. »So hat selbst dieser Dämon einen Augenblick erlebt, da er sich nicht mehr verteidigen konnte«, sagte er nachdenklich. »Das ist ein angenehmer Gedanke. Das bedeutet, dass wir im Kampf gegen diese Dämonen hier vielleicht eine Chance haben.«

»Verzeihung«, sagte ich und riskierte meinen Kopf – aus gutem Grund, wie ich dachte. »Wenn Ihr eben Corwin von Amber meintet, so muss ich Euch sagen, dass er bei der Sache nicht umgekommen ist.«

Das Glas in seiner Hand zerbrach.

»Ihr kennt Corwin?«, fragte er.

»Nein, aber ich habe von ihm gehört«, erwiderte ich. »Vor mehreren Jahren lernte ich einen seiner Brüder kennen – einen Burschen namens Brand. Er erzählte mir von der Stadt Amber und von der Schlacht, in der Corwin und ein anderer Bruder namens Bleys eine Armee gegen ihren Bruder Eric führten, welcher die Stadt in der Gewalt hatte. Bleys stürzte dabei vom Berge Kolvir, und Corwin wurde gefangen genommen. Nach Erics Krönung wurden Corwin die Augen ausgebrannt, und er landete in den Verliesen unter Amber, wo er vielleicht noch immer dahinvegetiert, wenn er nicht gestorben ist.«

Ganelons Gesicht hatte jede Farbe verloren.

»All die Namen, die Ihr eben erwähntet – Brand, Bleys, Eric«, sagte er. »Ich habe ihn davon sprechen hören, vor langer Zeit. Wie lange ist es her, dass Ihr von diesen Ereignissen erfuhret?«

»Etwa vier Jahre.«

»Er hätte ein besseres Schicksal verdient.«

»Nach allem, was er Euch angetan hat?«

»Nun«, sagte der Mann. »Ich hatte inzwischen Gelegenheit, gründlich darüber nachzudenken. Es ist ja nicht so, dass ich ihm keine Gründe für sein Handeln geliefert hätte. Er war stark – stärker noch als Ihr oder sogar Lance – und schlau. Außerdem konnte er manchmal richtig fröhlich sein. Eric hätte ihm einen schnellen, schmerzlosen Tod schenken sollen, nicht so etwas. Ich empfinde keine Liebe für ihn, aber mein Hass ist verflogen. Der Dämon hätte ein gütigeres Schicksal verdient, das ist alles.«

In diesem Augenblick kehrte der zweite Page mit einem Korb voll frischem Brot zurück. Der andere, der auf das Fleisch aufpasste, streifte es vom Spieß und legte es auf eine Platte in der Mitte des Tisches.

Ganelon deutete mit einem Kopfnicken darauf.

»Wir wollen essen«, sagte er.

Er stand auf und begab sich an den Tisch.

Ich folgte ihm. Während der Mahlzeit sprachen wir kaum.

Nachdem ich mich vollgestopft hatte, bis mein Magen nichts mehr aufnehmen wollte, und nachdem ich seinen Inhalt mit einem zweiten Glas des zu süßen Weins hinuntergespült hatte, begann ich zu gähnen. Nach dem dritten Mal stieß Ganelon eine Verwünschung aus.

»Verdammt, Corey! Hört auf damit! Es steckt an!«

Er unterdrückte ein eigenes Gähnen.

»Gehen wir doch ein bisschen an die frische Luft«, sagte er und stand auf.

So unternahmen wir einen Spaziergang auf den Mauern, vorbei an den Wächtern, die ihre Runden machten. Sobald die Männer sahen, wer ihnen da entgegenkam, nahmen sie Haltung an und salutierten, worauf Ganelon mit einem Grußwort reagierte, ehe wir weitergingen. Wir erreichten schließlich einen Wehrgang, setzten uns auf eine Balustrade und genossen die Abendluft, die kühl und feucht war und nach Wald roch. Wir beobachteten, wie am dunkler werdenden Himmel nacheinander die Sterne erschienen. Die Mauersteine fühlten sich kalt unter mir an. In der Ferne glaubte ich den Schimmer des Meeres auszumachen. Von irgendwo unter uns hörte ich den Schrei eines Nachtvogels. Ganelon nahm Pfeife und Tabak aus einem Beutel an seinem Gürtel. Er füllte den Pfeifenkopf, drückte den Tabak fest und riss ein Streichholz an. Sein Gesicht hätte im Flackerlicht geradezu satanisch ausgesehen, wenn nicht irgendein Einfluss seine Mundwinkel nach unten gezogen und die Wangenmuskeln in jenen Winkel gehoben hätte, der von den Innenseiten der Augen und dem scharfen Nasenrücken gebildet wird. Ein Teufel hat angeblich ein böses Grinsen; dieses Gesicht aber wirkte viel zu mürrisch.

Ich roch den Rauch. Nach einer Weile begann er zu sprechen, zuerst leise und sehr langsam.

»Ich erinnere mich an Avalon«, begann er. »Meine Geburt dort war nicht unstandesgemäß, doch die Tugend gehörte nicht zu meinen Stärken. Ich brachte schnell mein Erbe durch und trieb mich schließlich auf den Straßen herum, wo ich Reisende überfiel. Später schloss ich mich einer Bande Gleichgesinnter an. Als ich feststellte, dass ich der Stärkste und Fähigste war, stieg ich zum Anführer auf. Für unsere Ergreifung waren Kopfgelder ausgesetzt. Meines war das höchste.«

Die Worte kamen nun schneller, die Stimme wurde klangvoller, die Formulierungen schienen ein Echo aus seiner Vergangenheit zu sein.

»Ja, ich erinnere mich an Avalon«, sagte er, »an einen Ort voller Silber und Schatten und kühlen Gewässern, wo die Sterne die ganze Nacht hindurch wie Freudenfeuer flackerten und das Grün des Tages immer das Frühlingsgrün war. Jugend, Liebe, Schönheit – all diese Dinge kannte ich in Avalon. Stolze Hengste, schimmerndes Metall, weiche Lippen, dunkles Bier. Ehre …«

Er schüttelte den Kopf.

»Einige Zeit später«, fuhr er fort, »als im Reich der Krieg ausbrach, bot der Herrscher allen Geächteten, die ihm gegen die Aufständischen halfen, die Begnadigung an. Das war Corwin. Ich schlug mich auf seine Seite und ritt in den Krieg. Ich wurde Offizier und – später – ein Mitglied seines Stabes. Wir gewannen unsere Schlachten, schlugen den Aufstand nieder. Schließlich regierte Corwin wieder friedlich, und ich blieb an seinem Hof. Das waren die guten Jahre. Später kam es zu Grenzscharmützeln, die wir aber stets gewannen. Sein Vertrauen in mich war so groß, dass er mir diese Aktionen überließ. Dann vergab er einen Herzogtitel, um einen unbedeutenden Edelmann zu ehren, dessen Tochter er zu heiraten wünschte. Doch diesen Titel hatte ich haben wollen, und er hatte auch schon Andeutungen gemacht, dass er eines Tages mir gehören würde. Ich war zornig und ließ mein Kommando im Stich, als ich das nächste Mal losgeschickt wurde, um eine Auseinandersetzung an der Südgrenze zu klären, wo es immer wieder zu Unruhen kam. Viele meiner Männer mussten ihr Leben lassen, und die Invasoren drangen in das Reich ein. Ehe man sie aufhalten konnte, musste auch Lord Corwin wieder zu den Waffen greifen. Die Angreifer waren mit einer großen Streitmacht vorgestoßen, und ich dachte schon, dass sie das ganze Land erobern würden. Ich hoffte sogar darauf. Doch Corwin, der schlaue Fuchs, setzte sich wieder einmal durch. Ich floh, wurde aber gefangengenommen und zur Verurteilung zu ihm gebracht. Ich verwünschte ihn und spuckte ihn an. Ich weigerte mich, die vorgeschriebene Verbeugung zu machen. Ich hasste den Boden, auf dem er sich bewegte – ein zum Tode Verurteilter hat eben keinen Grund, sich von seiner besten Seite zu zeigen, wie ein Mann in den Tod zu gehen. Corwin sagte, er wolle Milde walten lassen angesichts meiner früheren Verdienste. Ich erwiderte, er solle sich seine Milde sonstwohin stecken, und erkannte schließlich, dass er sich über mich lustig machte. Er befahl, dass man mich losließ, und trat auf mich zu. Ich wusste, dass er mich mit bloßen Händen töten konnte. Trotzdem versuchte ich, gegen ihn zu kämpfen, aber vergeblich. Er landete einen Schlag, und ich stürzte zu Boden. Als ich wieder zu mir kam, war ich auf den Rücken seines Pferdes gebunden. Er ritt hinter mir und verspottete mich dabei. Ich antwortete auf keine seiner Bemerkungen, während wir durch wundersame Länder ritten, die Albträumen zu entstammen schienen – und so erfuhr ich überhaupt erst, dass er Zauberkräfte besaß. Kein Reisender, den ich getroffen habe, hat jemals solche Landschaften erlebt, wie ich sie an jenem Tag sah. Dann verkündete er mein Exil und ließ mich an diesem Ort frei, machte kehrt und ritt davon.«

Er hielt inne, um seine erloschene Pfeife neu anzuzünden, zog ein Weilchen daran und fuhr schließlich fort: »An diesem Ort habe ich von Menschen und Ungeheuern manchen Schlag, Biss und Stich hinnehmen müssen, und es ist mir oft schwergefallen, mit dem Leben davonzukommen. Corwin hatte mich in der schlimmsten Ecke des Landes abgesetzt. Doch eines Tages wendete sich mein Geschick. Ein Ritter in Rüstung bat mich, ihm den Weg freizugeben. Zu jener Zeit war es mir gleich, ob ich weiterlebte oder starb, und ich nannte ihn einen pockennarbigen Hurensohn und forderte ihn auf, zum Teufel zu gehen. Er griff an, und ich packte seine Lanze, deren Spitze ich in den Boden drückte, woraufhin er aus dem Sattel gehebelt wurde. Ich zog ihm mit seinem eigenen Dolch ein neues Lächeln unter das Kinn und verschaffte mir auf diese Weise ein Reitpferd und Waffen. Anschließend machte ich mich daran, es jenen heimzuzahlen, die mir Schwierigkeiten bereitet hatten. Ich nahm das alte Straßenräuberhandwerk wieder auf und versammelte eine neue Schar Gefolgsleute um mich. Die Bande wuchs. Bald zählten wir viele Hundert Köpfe, und unsere Bedürfnisse waren groß. In manche kleine Stadt ritten wir ein und machten sie zu der unseren. Die örtliche Miliz begann, uns zu fürchten. Auch dies war eine schöne Zeit, wenn auch nicht ganz so prunkvoll wie die Jahre in Avalon, das ich nie wiedersehen werde. Die Landschänken begannen, das Hufgrollen unserer Bande zu fürchten, und die Reisenden machten sich in die Hosen, wenn sie uns kommen hörten. Ha! Dieses Leben währte mehrere Jahre. Schließlich schickte man große Trupps Bewaffneter aus, die uns aufspüren und vernichten sollten, doch wir vermochten ihnen immer wieder zu entkommen oder sie in einen Hinterhalt zu locken. Dann tauchte eines Tages der dunkle Kreis auf – und niemand weiß eigentlich, warum.«

Heftig zog er an seiner Pfeife und starrte in die Ferne.

»Man hat mir erzählt, es hätte als winziger Kreis von Giftpilzen begonnen, weit im Westen. In seiner Mitte wurde ein totes Kind gefunden, und der Mann, der es gefunden hatte, sein Vater, starb mehrere Tage später unter Krämpfen. Die Stelle wurde sofort für verflucht erklärt. In den folgenden Monaten wuchs sie sichtbar an, bis ihr Durchmesser eine halbe Länge betrug. Das Gras verfärbte sich dunkel und schimmerte wie Metall, doch starb nicht ab. Die Bäume verdrehten sich, und ihre Blätter wurden schwarz. Sie bewegten sich, auch wenn kein Wind wehte, und Fledermäuse tanzten zwischen ihnen herum. Bei Dämmerung sah man seltsame Umrisse in Bewegung – nur *im* Kreis, versteht Ihr –, und Lichter wie von kleinen Feuerstellen waren die ganze Nacht hindurch zu sehen. Der Kreis wurde immer größer, und die meisten, die in der Nähe lebten, ergriffen die Flucht. Einige blieben allerdings, und von ihnen hieß es, sie hätten sich mit den dunklen Wesen arrangiert. Und der Kreis weitete sich immer mehr, breitete sich aus wie die Wellen, die ein ins Wasser geworfener Stein verursacht. Immer mehr Menschen blieben, lebten innerhalb des Kreises weiter. Ich habe mit diesen Menschen gesprochen, mit ihnen gekämpft, sie getötet. Es ist, als sei in ihnen etwas gestorben. Ihren Stimmen fehlt die Regung von Menschen, die sich ihre Worte überlegen und sie auskosten. Mit ihren Gesichtern stellen sie kaum noch etwas an, sondern tragen sie wie Totenmasken. Sie begannen, den Kreis hordenweise zu verlassen, die Umgebung auszuräubern und dabei willkürlich zu morden. Sie begingen zahlreiche Scheußlichkeiten und zerstörten dabei heilige Stätten. Beim Rückzug hinterließen sie stets gewaltige Brände. Nur Dinge aus Silber stahlen sie nie. Nach weiteren Monaten griffen nicht nur Menschen an, sondern auch andere Wesen – seltsame Gestalten wie die Höllenkatzen, die Ihr getötet habt. Schließlich verlangsamte sich das Wachstum des Kreises und kam fast zum Stillstand, als nähere er sich einer Art Grenze. Doch inzwischen stürmten daraus alle möglichen Angreifer hervor – manche sogar während des Tages. Sie vernichteten das Land außerhalb des Kreises. Als das Gebiet rings um den Kreis in Schutt und Asche lag, rückte der Kreis vor, um auch diese Flächen zu verschlingen, und begann so, erneut zu wachsen. Der alte König Uther, der mich seit langer Zeit verfolgte, vergaß mich völlig und setzte seine Streitkräfte darauf an, den verdammten Kreis zu bewachen. Auch ich begann, mir Sorgen darüber zu machen, da ich keine rechte Freude bei dem Gedanken hatte, im Schlaf womöglich von einem höllengezeugten Blutsauger überrascht zu werden. Ich versammelte also fünfundfünfzig meiner Männer um mich – mehr wollten sich nicht freiwillig melden, und ich konnte keine Feiglinge gebrauchen – und ritt eines Nachmittags an den unheimlichen Ort. Wir stießen auf eine Horde der totgesichtigen Menschen, die im Begriff waren, auf einem Steinaltar eine lebendige Ziege zu verbrennen, und griffen sofort an. Wir machten einen Gefangenen, fesselten ihn auf seinem eigenen Altar und verhörten ihn an Ort und Stelle. Er sagte uns, der Kreis würde sich ausdehnen, bis er das ganze Land bedecke, von Ozean zu Ozean. Eines Tages würde er sich auf der anderen Seite der Welt begegnen und schließen. Wenn wir unsere Haut retten wollten, müssten wir uns ihnen anschließen. Daraufhin erstach ihn einer meiner Männer und er starb. Er starb wirklich. Ich weiß, wenn ein Mensch tot ist, habe ich diesen Zustand oft genug selbst herbeigeführt. Doch als sein Blut auf den Altarstein tropfte, öffnete sich sein Mund und das lauteste Lachen ertönte, das ich je gehört habe. Es umgab uns wie Donnergrollen. Dann richtete er sich auf, ohne zu atmen, und begann zu brennen. Dabei veränderte sich seine Gestalt, bis sie an die brennende Ziege auf dem Altar erinnerte, nur größer. Schließlich sprach das Wesen zu uns. Es sagte: ›Flieh, Sterblicher! Aber du wirst den Kreis niemals verlassen!‹ Und das könnt Ihr mir glauben, wir sind geflohen! Der Himmel verdunkelte sich vor Fledermäusen und anderen – Wesen. Wir hörten Hufschlag. Wir ritten mit den Klingen in der Hand und töteten alles, was sich in unserer Nähe sehen ließ. Wir sahen Katzen, wie jene, die Ihr getötet habt, und Schlangen und hüpfende Gebilde – Gott allein weiß, was sich alles auf uns stürzte. Als wir uns dem Rand des Kreises näherten, entdeckte uns eine Patrouille König Uthers und kam uns zu Hilfe. Nur sechzehn von den fünfundfünfzig, die mit mir losgeritten waren, kamen zurück. Außerdem verlor auch die Patrouille etwa dreißig Mann. Als die Soldaten mich erkannten, brachten sie mich sofort zum Hof. Hierher. Dies war früher einmal Uthers Palast. Ich erzählte ihm, was ich getan und gesehen und gehört hatte. Er tat das gleiche wie Corwin.

Er bot mir und meinen Männern die Begnadigung an, wenn ich mich mit ihm gegen die Wächter des Kreises verbündete. Angesichts der Dinge, die ich erlebt hatte, war mir klar, dass die Gefahr beseitigt werden musste. Ich erklärte mich einverstanden. Doch zunächst wurde ich krank, man sagte mir, ich hätte drei Tage lang im Delirium gelegen. Nach meiner Genesung war ich schwach wie ein Kleinkind und erfuhr jetzt erst, dass die übrigen Männer, die mit mir im Kreis gewesen waren, eine ähnliche Krankheit durchmachten. Drei waren daran gestorben. Ich besuchte meine restlichen Leute, erzählte ihnen die Geschichte, und sie ließen sich anwerben. Die Patrouillen rings um den Kreis wurden verstärkt. Trotzdem konnten wir seine weitere Ausdehnung nicht verhindern. In den folgenden Jahren wuchs der Kreis immer mehr. Zahlreiche Scharmützel wurden ausgefochten. Ich wurde befördert, bis ich als Uthers rechte Hand galt, wie ich einst Corwins gewesen war. Schließlich weiteten sich die Scharmützel aus. Immer größere Trupps brachen aus dem Höllenloch hervor. Wir begannen, Kämpfe zu verlieren. Der Gegner eroberte einige unserer Vorposten. Und eines Nachts stürmte eine Armee heran, eine Horde aus Menschen und anderen Wesen, die dort leben. In dieser Nacht bekämpften wir die größte Streitmacht, mit der wir es je zu tun gehabt hatten. Gegen meinen Rat ritt König Uther persönlich in die Schlacht – er war schon ziemlich alt – und fiel und das Land war ohne Herrscher. Ich wollte Lancelot, meinen Ersten Mann, zum Regenten ernennen lassen, wusste ich doch, dass er viel ehrenwerter war als ich … Doch jetzt wird es sonderbar. Ich hatte zuvor in Avalon einen Lancelot gekannt, einen Mann wie ihn – doch dieser Mann kannte mich nicht, als wir uns zum ersten Mal sahen. Wirklich seltsam … Jedenfalls lehnte er meinen Vorschlag ab, und der Titel fiel mir zu. Ich hasse ihn, aber so ist es nun mal. Seit über drei Jahren halte ich die unheimlichen Kräfte, so gut es geht, im Zaum. Alle meine Instinkte raten mir zur Flucht. Was schulde ich diesen Menschen? Was schert es mich, ob sich der verfluchte Kreis ausweitet oder nicht? Ich könnte über das Meer in ein Land fahren, welches der Kreis zu meinen Lebzeiten bestimmt nicht mehr erreicht, und die ganze Sache vergessen. Verdammt! Ich habe mir diese Verantwortung nicht gewünscht! Doch ich muss sie tragen!«

»Warum?«, frage ich, und meine Stimme klang mir seltsam in den Ohren.

Es herrschte Schweigen.

Er leerte seine Pfeife, füllte sie von neuem und zündete sie wieder an. Er begann zu rauchen.

Das Schweigen zog sich in die Länge.

»Ich weiß es nicht«, sagte er endlich. »Ich würde einen Mann wegen seiner Stiefel hinterrücks erdolchen, wenn ich sie brauchte, um meine Füße warmzuhalten. Ich weiß das, weil ich so etwas einmal getan habe. Aber … diese Sache ist etwas anderes. Der Kreis schadet allen, und ich bin der einzige, der etwas dagegen tun kann. Verdammt! Ich weiß, dass man mich hier eines Tages zusammen mit allen anderen begraben wird. Doch ich kann sie nicht im Stich lassen. Ich muss dieses Ding eindämmen, so lange es geht.«

Die klare Nachtluft hatte meine Gedanken belebt, obwohl sich mein Körper noch immer leicht betäubt anfühlte.

»Könnte Lance nicht die Führung übernehmen?«, fragte ich.

»Gewiss. Er ist ein guter Mann. Aber es gibt noch einen anderen Grund. Ich glaube, das Ziegenwesen auf dem Altar, oder was immer es war, hatte Angst vor mir. Ich war in den Kreis gestürmt, und es hatte mir versichert, dass ich es nicht hinaus schaffen würde, aber ich habe es geschafft. Die nachfolgende Krankheit habe ich ebenfalls überstanden. Das Wesen weiß, dass ich hinter der erbitterten Gegenwehr stehe. Wir gewannen die blutige Schlacht in jener Nacht, in der Uther starb, und ich stand dem Wesen, das eine andere Form hatte, wieder gegenüber, und es erkannte mich. Vielleicht gehört das zu den Gründen, warum es sich im Augenblick zurückhält.«

»Eine andere Form?«

»Ein Wesen mit einem menschenähnlichen Körper, doch mit Ziegenhörnern und roten Augen. Es saß auf einem gescheckten Hengst. Wir kämpften eine Zeitlang, doch im Schlachtgetümmel wurden wir getrennt. Was gut war, denn es war im Begriff zu siegen. Während wir die Schwerter kreuzten, sprach es zu mir, und ich erkannte die dröhnende Stimme wieder. Es nannte mich einen Dummkopf und versicherte mir, dass ich niemals siegen könne. Doch als der Morgen graute, gehörte das Schlachtfeld uns, und wir trieben sie in den Kreis zurück und brachten dabei noch viele um. Der Reiter des Schecken konnte entkommen. Seither hat es andere Vorstöße gegeben, doch nicht mehr in der Stärke jener Nacht. Wenn ich dieses Land verließe, würde sofort eine andere solche Armee – die sich im Augenblick schon versammelt – hervorstoßen. Das Wesen würde irgendwie wissen, dass ich mich zurückgezogen habe – so wie es auch wusste, dass Lance mit einem neuen Bericht über die Verteilung der Truppen im Kreis zu mir unterwegs war, und ihm bei der Rückkehr jene Wächter entgegenschickte. Das Wesen weiß inzwischen auch von Euch und macht sich bestimmt Gedanken über diese Entwicklung. Es fragt sich, wer Ihr seid, woher Ihr die Kräfte nehmt. Ich werde bleiben und kämpfen, bis ich falle. Ich muss. Fragt mich nicht nach dem Grund. Ich kann nur hoffen, dass ich vor jenem letzten Tag zumindest erfahre, wie es zu allem gekommen ist – *warum* sich der Kreis dort draußen ausbreitet.«

Im nächsten Augenblick spürte ich ein Flattern dicht neben meinem Kopf. Hastig duckte ich mich, um der unbekannten Erscheinung auszuweichen, eine überflüssige Bewegung. Es war nur ein Vogel. Ein weißer Vogel. Er landete auf meiner linken Schulter und stieß einen leisen Ruf aus. Ich streckte ihm das Handgelenk entgegen, und er sprang herab. An seinem Bein war ein Zettel festgebunden. Ich löste ihn, las ihn, zerknüllte ihn in der Hand. Dann starrte ich in die Ferne, ohne etwas zu sehen.

»Was ist los, Sir Corey?«, rief Ganelon.

Der Zettel, den ich zu meinem Ziel vorausgeschickt hatte, von mir selbst geschrieben, überbracht von einem Vogel meiner Schöpfung, konnte nur den Ort erreichen, der mein nächster Aufenthalt sein sollte. Allerdings war dies nicht der Ort, den ich im Sinn gehabt hatte. Doch ich vermochte mein eigenes Omen zu deuten.

»Was ist?«, fragte er. »Was habt Ihr da in der Hand? Eine Nachricht?«

Ich nickte und reichte ihm den Zettel. Ich konnte ihn nicht gut fortwerfen, nachdem er gesehen hatte, wie ich die Botschaft in Empfang nahm.

»Ich komme«, stand darauf, und darunter meine Unterschrift.

Ganelon stieß eine Rauchwolke aus und studierte das Blatt im Schimmer der Pfeife.

»Er *lebt*? Und er will *hierher* kommen?« fragte er.

»Sieht so aus.«

»Sehr seltsam«, sagte er. »Das verstehe ich nun wirklich nicht …«

»Hört sich wie ein Hilfsversprechen an«, sagte ich und entließ den Vogel, der zweimal gurrte, meinen Kopf umkreiste und dann davonflatterte.

Ganelon schüttelte den Kopf.

»Ich verstehe das nicht.«

»Wozu dem Gaul ins Maul schauen, der Euch geschenkt wird?«, fragte ich. »Ihr habt es bisher nur geschafft, das Ding im Zaum zu halten.«

»Das ist wahr«, erwiderte er. »Vielleicht könnte er es vernichten.«

»Und vielleicht ist das Ganze nur ein Scherz«, wandte ich ein. »Ein grausamer Scherz.«

Wieder schüttelte er den Kopf.

»Nein. Das ist nicht sein Stil. Ich frage mich, worauf er es abgesehen hat?«

»Schlaft drüber«, schlug ich vor.

»Es bleibt mir im Augenblick wohl kaum etwas anderes übrig«, sagte er und unterdrückte ein Gähnen.

Dann standen wir auf und schritten über die Mauer. Wir wünschten uns eine gute Nacht, und ich taumelte dem Abgrund des Schlafes entgegen und ließ mich kopfüber hineinfallen.

2.

Tag. Neue Schmerzen. Neue Qualen.

Jemand hatte mir einen ungetragenen Mantel aus braunem Stoff dagelassen, und das schien mir eine gute Sache zu sein. Besonders wenn ich noch weiter zunahm und Ganelon sich an meine Farben erinnerte. Den Bart rasierte ich nicht ab, hatte er mich doch in einem etwas weniger struppigen Zustand gekannt. In seiner Gegenwart gab ich mir Mühe, meine Stimme zu verstellen. Grayswandir versteckte ich unter dem Bett.

In der folgenden Woche trieb ich mich von einer Anstrengung zur nächsten. Ich quälte mich ab und schwitzte und hüpfte, bis die Schmerzen nachließen und meine Muskeln wieder fest wurden. Ich glaube, in dieser Woche nahm ich fünfzehn Pfund zu. Langsam, sehr langsam begann ich mich zu fühlen wie mein altes Selbst.

Das Land hieß Lorraine, so wie sie. Wäre ich jetzt in der Stimmung, Sie an der Nase herumzuführen, würde ich sagen, wir hätten uns auf einer Wiese hinter der Burg getroffen, während sie Blumen pflückte und ich an der frischen Luft einen Spaziergang machte. Blödsinn!

Höflich ausgedrückt, konnte man sie wohl als Marketenderin bezeichnen. Ich begegnete ihr am Ende eines harten Tages, den ich vorwiegend mit Säbel und Netz verbracht hatte. Als mein Blick zum ersten Mal auf sie fiel, stand sie abseits und wartete auf ihre Verabredung. Sie lächelte, und ich lächelte zurück, nickte, blinzelte ihr zu und ging vorbei. Am nächsten Tag sah ich sie wieder und sagte »Hallo« und ging an ihr vorbei. Das ist alles.

Nun, ich lief ihr immer wieder über den Weg. Am Ende der zweiten Woche, als die Schmerzen ausgestanden waren und ich gut hundertachtzig Pfund wog und mich wieder entsprechend zu fühlen begann, verabredete ich mich auf einen Abend mit ihr. Inzwischen war mir ihr Status natürlich bekannt, und ich hatte nichts dagegen. Aber an jenem Abend taten wir nicht das übliche. Oh nein.

Stattdessen unterhielten wir uns, und später passierte etwas ganz anderes.

Ihr Haar war rostfarben und wies schon einige graue Strähnen auf. Trotzdem schätzte ich sie auf unter Dreißig. Die Augen sehr blau. Ein etwas spitz zulaufendes Kinn. Saubere, gleichmäßige Zähne in einem Mund, der mich viel anlächelte. Ihre Stimme klang leicht nasal, sie trug das Haar zu lang, das Make-up lag zu dick über zu tiefen Spuren der Müdigkeit, ihre Haut war zu sommersprossig, ihre Kleidung zu bunt und zu eng. Aber ich mochte sie. Als ich mich mit ihr verabredete, wusste ich noch nicht, dass sie mir gefallen würde, denn wie gesagt hatte ich eigentlich nicht die Absicht gehabt, ihr den Hof zu machen.

Es gab keine andere Möglichkeit als meine Kammer, also waren wir dorthin gegangen. Ich war inzwischen zum Captain ernannt worden und nutzte meine Stellung aus, indem ich uns das Essen und eine Extraflasche Wein servieren ließ.

»Die Männer haben Angst vor dir«, sagte sie. »Sie sagen, du wirst niemals müde.«

»Aber ich werde müde«, erwiderte ich. »Glaub mir.«

»Natürlich.« Sie schüttelte die zu langen Locken und lächelte. »Werden wir das nicht alle?«

»Kann man wohl sagen.«

»Wie alt bist du?«

»Wie alt bist *du?*«

»Ein Gentleman stellt diese Frage nicht.«

»Eine Dame aber auch nicht.«

»Als du hier auftauchtest, hielt man dich für über fünfzig.«

»Und …?«

»Jetzt ist man sich nicht mehr sicher. Fünfundvierzig? Vierzig?«

»Nein«, sagte ich.

»Das hatte ich auch nicht angenommen. Aber dein Bart hat alle getäuscht.«

»Das haben Bärte oft so an sich.«

»Du siehst mit jedem Tag besser aus. Stärker …«

»Danke. Ich fühle mich tatsächlich besser als bei meiner Ankunft.«

»Sir Corey von Cabra«, sagte sie. »Wo liegt Cabra? Was ist Cabra? Nimmst du mich dorthin mit, wenn ich dich lieb darum bitte?«

»Versprechen würd' ich's dir«, erwiderte ich. »Aber es wäre eine Lüge.«

»Ich weiß. Aber ich würd's trotzdem gern hören.«

»Na gut. Ich nehme dich dorthin mit. Es ist ein mieses Land.«

»Bist du wirklich so gut, wie die Männer behaupten?«

»Wohl kaum. Und du?«

»Eigentlich nicht. Möchtest du jetzt zu Bett gehen?«

»Nein, ich möchte mich lieber mit dir unterhalten. Nimm ein Glas Wein.«

»Vielen Dank ... Auf deine Gesundheit.«

»Und die deine.«

»Wieso bist du ein so guter Schwertkämpfer?«

»Naturtalent und gute Lehrer.«

»... und du hast Lance die ganze weite Strecke getragen und die Ungeheuer getötet ...«

»Je öfter man eine solche Geschichte erzählt, desto übertriebener klingt sie.«

»Aber ich habe dich beobachtet. Du bist wirklich besser als die anderen. Deshalb hat dir Ganelon ja auch seinen Vorschlag gemacht – was immer es ist. Er hat ein Auge für echte Könner. Ich habe schon viele Schwertkämpfer zum Freund gehabt und ihnen beim Üben zugeschaut. Du könntest sie alle in Stücke hauen. Die Männer sagen, du wärst ein guter Lehrer. Sie mögen dich, obwohl sie dich fürchten.«

»Warum mache ich ihnen Angst? Weil ich stark bin? Es gibt viele starke Männer auf der Welt. Weil ich mein Schwert lange Zeit schwingen kann?«

»Sie glauben, da spielt etwas Übernatürliches mit.«

Ich lachte.

»Nein, ich bin nur der zweitbeste Schwertkämpfer, den es gibt. Verzeihung – vielleicht der drittbeste. Aber ich will mir künftig noch mehr Mühe geben.«

»Wer ist denn besser?«

»Möglicherweise Eric von Amber.«

»Wer ist das?«

»Ein übernatürliches Wesen.«

»Er ist der beste?«

»Nein.«

»Wer dann?«

»Benedict von Amber.«

»Ist er auch eines?«

»Ja, wenn er noch lebt.«

»Du bist seltsam«, meinte sie. »Und warum? Sag's mir! Bist auch *du* ein übernatürliches Wesen?«

»Komm, wir trinken noch ein Glas Wein.«

»Der Alkohol wird mir zu Kopf steigen.«

»Um so besser.«

Ich schenkte ein.

»Wir werden alle sterben«, sagte sie.

»Früher oder später.«

»Ich meine hier und bald, im Kampf gegen dieses Ding.«

»Warum sagst du das?«

»Es ist zu stark.«

»Warum bleibst du dann hier?«

»Ich weiß nicht, wohin ich sonst sollte. Deshalb habe ich dich nach Cabra gefragt.«

»Und deshalb bist du heute Abend zu mir gekommen?«

»Nein. Ich wollte sehen, wie du so bist.«

»Ich bin ein Athlet, der sich gegen sein Training versündigt. Bist du hier in der Gegend geboren?«

»Ja. Im Wald.«

»Warum hast du dich mit den Burschen hier eingelassen?«

»Warum nicht? Es ist doch besser, als jeden Tag Schweinescheiße am Hacken zu haben.«

»Hast du keinen eigenen Mann gehabt? Etwas Festes, meine ich?«

»Doch. Aber er ist tot. Er ist der Mann, der den … Hexenring gefunden hat.«

»Tut mir leid.«

»Mir nicht. Immer wenn er genug Geld zusammengestohlen oder -geborgt hatte, ist er saufen gegangen, und dann kam er nach Hause und schlug mich. Ich war froh, als ich Ganelon getroffen habe.«

»Du meinst also, dass das Wesen zu stark ist, dass wir den Kampf verlieren?«

»Ja.«

»Da magst du recht haben. Aber ich glaube, du irrst dich.«

Sie zuckte die Achseln.

»Du wirst mit uns kämpfen?«

»Ich fürchte, ja.«

»Niemand wusste das genau oder hat sich eindeutig dazu geäußert. Das könnte interessant werden. Ich würde dich gern mit dem Ziegenmann kämpfen sehen.«

»Warum?«

»Weil er der Anführer zu sein scheint. Wenn du ihn tötest, hätten wir eine bessere Chance. Du könntest es vielleicht schaffen.«

»Ich werde es müssen.«

»Aus besonderen Gründen?«

»Ja.«

»Private Gründe?«

»Ja.«

»Dann viel Glück.«

»Vielen Dank.«

Sie leerte ihr Glas, und ich schenkte ihr nach.

»Ich weiß, dass *er* ein übernatürliches Wesen ist«, sagte sie.

»Wechseln wir lieber das Thema.«

»Na schön. Aber tust du mir einen Gefallen?«

»Welchen?«

»Lege morgen deine Rüstung an, nimm dir eine Lanze, besorg dir ein Pferd und mach den Kavallerieoffizier Harald fertig!«

»Warum?«

»Er hat mich letzte Woche geschlagen, so wie es Jarl früher getan hat. Schaffst du das?«

»Ja.«

»Tust du's?«

»Warum nicht? Der Mann ist schon so gut wie erledigt!«

Sie rückte näher heran und lehnte sich gegen mich.

»Ich liebe dich«, sagte sie.

»Unsinn!«

»Na schön. Wie gefällt dir: ›Ich mag dich‹?«

»Schon besser. Ich …«

In diesem Augenblick fuhr mir ein kalter, lähmender Wind das Rückgrat entlang. Ich erstarrte und widersetzte mich dem Kommenden, indem ich meinen Geist völlig leerte.

Jemand suchte nach mir. Es handelte sich zweifellos um einen Angehörigen des Hauses von Amber, und er benutzte meinen

Trumpf oder etwas Ähnliches. Das Gefühl war nicht zu verkennen. Wenn es Eric war, hatte er mehr Mut, als ich ihm zutraute, da ich ihm bei unserem letzten Kontakt fast das Gehirn versengt hatte. Random konnte es nicht sein, es sei denn, er war inzwischen aus dem Gefängnis geholt worden, was ich bezweifelte. Wenn es Julian oder Caine waren, sollten sie sich zur Hölle scheren. Bleys war vermutlich tot, wahrscheinlich auch Benedict. Damit blieben Gérard, Brand und unsere Schwestern. Von ihnen mochte mir nur Gérard wohlgesonnen sein. Also widersetzte ich mich einer Entdeckung, mit Erfolg. Ich brauchte dazu etwa fünf Minuten, und als es vorbei war, zitterte ich am ganzen Körper und war in Schweiß gebadet. Lorraine starrte mich misstrauisch an.

»Was ist los?«, fragte sie. »Du bist doch noch nicht betrunken, und ich auch nicht!«

»Nur ein Anfall, wie ich ihn manchmal bekomme«, antwortete ich. »Eine Krankheit, die ich mir auf den Inseln zugezogen habe.«

»Ich habe ein Gesicht gesehen«, sagte sie. »Vielleicht auf dem Boden, vielleicht auch nur in meinem Kopf. Ein alter Mann. Der Kragen seines Gewandes war grün, und er sah dir ziemlich ähnlich, außer dass sein Bart grau war.«

Da versetzte ich ihr einen Schlag.

»Du lügst! Du kannst unmöglich …«

»Ich berichte nur, was ich gesehen habe! Schlag mich nicht! Ich weiß nicht, was es zu bedeuten hat! Wer war das?«

»Ich glaube, es war mein Vater. Gott, das ist seltsam …«

»Was ist passiert?«, wiederholte sie.

»Ein Anfall«, erklärte ich. »Ich habe so etwas öfter, dann bilden sich die Leute ein, sie sähen meinen Vater an der Burgmauer oder auf dem Boden. Mach dir keine Gedanken. Es ist nicht ansteckend.«

»Unsinn!«, meinte sie. »Du lügst mich an!«

»Ich weiß. Aber bitte vergiss das Ganze.«

»Warum sollte ich?«

»Weil du mich magst«, erklärte ich. »Weißt du noch? Und weil ich Harald morgen für dich in den Staub werfe.«

»Das stimmt«, sagte sie, und als ich erneut zu zittern begann, holte sie eine Decke vom Bett und legte sie mir um die Schultern.

Sie reichte mir mein Glas, und ich trank. Dann nahm sie neben mir Platz und lehnte den Kopf an meine Schulter, und ich legte den Arm um sie. Ein teuflischer Wind begann zu kreischen, und ich hörte das schnelle Prasseln des Regens, der davon herangetragen wurde. Eine Sekunde lang hatte ich den Eindruck, als schlüge etwas gegen die Fensterläden. Lorraine wimmerte leise.

»Mir gefällt nicht, was da heute Nacht im Gange ist«, bemerkte sie.

»Mir auch nicht. Bitte lege den Balken vor die Tür. Sie ist gerade nur verriegelt.«

Während sie meiner Bitte nachkam, verschob ich unseren Sitz, bis er dem einzigen Fenster des Raums gegenüberstand. Dann holte ich Grayswandir unter dem Bett hervor und zog es aus der Scheide. Schließlich löschte ich die Lichter im Zimmer bis auf eine letzte Kerze auf dem Tisch zu meiner Rechten.

Ich nahm wieder Platz, die Klinge über die Knie gelegt.

»Was tun wir?«, fragte Lorraine und setzte sich zu meiner Linken.

»Wir warten«, antwortete ich.

»Worauf?«

»Ich weiß es nicht genau – jedenfalls ist die Nacht dafür günstig.«

Sie schauderte und kuschelte sich an mich.

»Vielleicht solltest du lieber verschwinden«, sagte ich.

»Ich weiß«, entgegnete sie, »aber ich habe Angst, nach draußen zu gehen. Wenn ich hierbleibe, kannst du mich beschützen, nicht wahr?«

Ich schüttelte den Kopf.

»Ich weiß nicht einmal, ob ich mich selbst schützen kann.«

Sie berührte Grayswandir.

»Was für eine herrliche Klinge! So eine hab ich noch nie gesehen.«

»Es gibt auch keine zweite dieser Art«, erwiderte ich, und mit jeder kleinen Bewegung fiel das Licht in anderem Winkel auf den Stahl, der eben noch mit orangerotem Blut nichtmenschlicher Herkunft bedeckt zu sein schien und im nächsten Augenblick kalt und weiß schimmerte wie Schnee oder die Brust einer Frau und in meiner Hand erbebte, sobald mich ein Kälteschauer packte.

Ich fragte mich, wie es möglich war, dass Lorraine während des Kontaktversuches etwas gesehen hatte, das mir entgangen war. Etwas, das der Wirklichkeit so nahe kam, dass es sich nicht um bloße Einbildung handeln konnte.

»Auch *du* bist irgendwie seltsam«, sagte ich.

Sie schwieg, während die Kerze vier- oder fünfmal flackerte; dann sagte sie: »Ich besitze so etwas wie das zweite Gesicht. Bei meiner Mutter war die Gabe noch größer. Die Leute sagen, meine Großmutter sei eine Zauberin gewesen. Davon weiß ich allerdings nichts. Na ja, nicht viel. Ich hab's seit Jahren nicht mehr versucht. Es hat mir letztlich immer mehr geschadet als genützt.«

Dann schwieg sie wieder, und ich fragte: »Was meinst du damit?«

»Ich habe einen Zauberspruch eingesetzt, um meinen ersten Mann zu finden«, erzählte sie, »und sieh nur, was er für einer war. Hätte ich es nicht getan, wäre ich viel besser dran gewesen. Ich habe mir eine hübsche Tochter gewünscht und ließ es geschehen …«

Abrupt hielt sie inne, und ich erkannte, dass sie weinte.

»Was ist los? Ich verstehe nicht …«

»Ich dachte, du wüsstest es«, sagte sie.

»Nein, ich fürchte nicht.«

»Sie war das kleine Mädchen im Hexenkreis. Ich dachte, du wüsstest es …«

»Es tut mir leid.«

»Ich wünschte, ich hätte die Gabe nicht. Ich setze sie auch nicht mehr ein. Aber sie lässt mir keine Ruhe. Noch immer bringt sie mir Träume und seltsame Zeichen, und dabei geht es nie um Dinge, auf die ich Einfluss nehmen kann. Ich wünschte, sie würde verschwinden und jemand anders plagen!«

»Das wird nicht passieren, Lorraine. Ich fürchte, du musst dich damit abfinden.«

»Woher weißt du das?«

»Ich habe Menschen gekannt, die in deiner Lage waren, das ist alles.«

»Du hast selbst eine solche Gabe, nicht wahr?«

»Ja.«

»Dann spürst du also, dass sich da draußen etwas herumtreibt?«

»Ja.«

»Ich auch. Weißt du, was das Wesen gerade macht?«

»Es sucht nach mir.«

»Ja, das spüre ich auch. Warum?«

»Vielleicht will es meine Kraft auf die Probe stellen. Es weiß, dass ich hier bin. Wenn ich ein neuer Verbündeter Ganelons bin, fragt es sich natürlich, wofür ich stehe, wer ich bin …«

»Ist es der Gehörnte höchstpersönlich?«

»Keine Ahnung. Aber ich denke nicht.«

»Warum nicht?«

»Wenn ich wirklich derjenige bin, der ihn vernichten könnte, wäre es töricht von ihm, mich hier in der Burg des Gegners aufzusuchen, wo ich von Verbündeten umgeben bin. Ich glaube eher, dass einer seiner Untergebenen nach mir sucht. Vielleicht hängt das irgendwie damit zusammen, dass das Gespenst meines Vaters … ich weiß es nicht. Wenn der Handlanger mich findet und identifiziert, weiß der Gehörnte, welche Vorbereitungen er treffen muss. Wenn er mich findet und vernichtet, ist das Problem gelöst. Vernichte ich jedoch den Handlanger, weiß er schon etwas mehr über meine Kräfte. Wie auch immer sich die Sache entwickelt, der Gehörnte wird uns einen Schritt voraus sein. Warum also sollte er in diesem Stadium des Spiels seinen gehörnten Kopf riskieren?«

Wir warteten in der schattengefüllten Kammer, während die Kerze die Minuten niederbrannte.

Sie regte sich neben mir. »Was hast du gemeint, als du sagtest: ›Wenn er dich findet und identifiziert?‹ Identifiziert als was?«

»Als den, der beinahe nicht gekommen wäre«, erwiderte ich.

»Glaubst du, der Gehörnte könnte dich von irgendwoher kennen?«

»Möglich ist es.«

Da rückte sie von mir ab.

»Du brauchst keine Angst zu haben«, sagte ich. »Ich werde dir nicht wehtun.«

»Ich habe aber Angst, und du *wirst* mir wehtun! Ich weiß es! Aber ich will dich! Warum will ich dich?«

»Ich weiß es nicht.«

»Dort draußen ist etwas!«, meinte sie nun, und in ihrer Stimme lag ein Hauch von Hysterie. »Es ist ganz nahe! Ganz nahe! Hör doch!«

»Halt den Mund!«, sagte ich, während sich in meinem Nacken ein kaltes Kribbeln bemerkbar machte und sich um meinen Hals zog. »Geh auf die andere Seite des Zimmers, hinter das Bett!«

»Ich fürchte mich vor der Dunkelheit«, sagte sie.

»Mach schon, sonst muss ich dich bewusstlos schlagen und hinschleifen. Hier bist du mir im Weg!«

Ich hörte ein schweres Klatschen durch den Lärm des Unwetters, und dann kratzte etwas über die Mauersteine, als sich Lorraine gehorsam bewegte.

Im nächsten Augenblick blickte ich in zwei glutrote Augen, die mich anstarrten. Schnell senkte ich den Blick. Das Wesen stand auf dem äußeren Fenstersims und betrachtete mich.

Es war gut sechs Fuß groß, riesige Fühler entsprangen der breiten Stirn. Es trug keine Kleidung, das Fleisch hatte eine einheitliche graue Färbung. Es schien geschlechtslos zu sein und besaß große, ledrig-graue Flügel, die mit der Nacht verschmolzen. In der rechten Hand hielt es ein kurzes Schwert aus dunklem Metall. Die Klinge war mit seltsamen Runenzeichen bedeckt. Mit der linken Hand klammerte sich das Wesen am Fenster fest.

»Betreten auf eigene Gefahr!«, sagte ich laut und richtete Grayswandirs Spitze auf seine Brust.

Das Wesen kicherte. Es stand über mir und kicherte und lachte mich an. Es versuchte noch einmal, meinen Blick in seinen Bann zu ziehen, doch ich ließ es nicht zu. Wenn es mir eine Zeitlang in die Augen starrte, würde es mich erkennen, wie mich schon die Höllenkatze erkannt hatte.

Als das Wesen das Wort ergriff, hörte es sich an, als spräche es mit Posaunenklängen.

»Du bist nicht der Gesuchte«, sagte es. »Du bist kleiner und älter. Dennoch … die Klinge … Sie könnte ihm gehören. Wer bist du?«

»Wer bist du?«, fragte ich zurück.

»Strygalldwir ist mein Name. Wenn du mich heraufbeschwörst, fresse ich dein Herz und deine Leber.«

»Dich heraufbeschwören? Ich kann ja nicht mal deinen Namen aussprechen«, erwiderte ich, »und meine Leberzirrhose würde dir Durchfall verursachen. Verschwinde!«

»Wer bist du?«, wiederholte es.

»*Misli, gammi gra'dil, Strygalldwir*«, sagte ich, und das Wesen zuckte wie von einem glühenden Brandeisen getroffen zusammen.

»Mit einem so einfachen Zauberspruch willst du mich vertreiben?«, fragte es, als es sich wieder gefangen hatte. »Ich gehöre nicht zu den niederen Geschöpfen!«

»Trotzdem schien dir eben ein bisschen heiß zu werden.«

»Wer bist du?«, fragte es noch einmal.

»Das geht dich nichts an, Bürschchen. Vögelchen, Vögelchen, flieg zurück nach Hause …«

»Viermal muss ich dich fragen, viermal musst du die Antwort verweigern, bevor ich eindringen darf, um dich zu töten. Wer bist du?«

»Nein!«, sagte ich und stand auf. »Komm herein und brenne!«

Im nächsten Augenblick riss der Eindringling das Gitterwerk heraus, und der Wind, der ihn ins Zimmer begleitete, ließ die Kerze verlöschen.

Ich stürzte vor, und Funken sprühten zwischen uns, als Grayswandir auf das dunkle Runenschwert traf. Wir stießen zusammen, und ich sprang zurück. Meine Augen hatten sich an das Halbdunkel gewöhnt, sodass mich der Lichtverlust nicht blendete. Das unheimliche Wesen vermochte ebenfalls gut zu sehen. Es war kräftiger als ein normaler Mensch, aber das bin ich auch. Wir umkreisten einander in dem engen Zimmer. Ein eiskalter Wind umtoste uns, und als wir wieder am Fenster vorbeikamen, klatschten mir kalte Tropfen ins Gesicht. Als ich das Wesen zum ersten Mal verletzte – mit einem langen

Schnitt in die Brust –, blieb es stumm, obwohl in den Wundrändern winzige Flammen tanzten. Beim zweiten Stich – in den Oberarm – stieß es einen Schrei aus und begann, mich zu verfluchen.

»Heute Abend sauge ich dir das Mark aus den Knochen!«, sagte es. »Ich werde sie trocknen und mit höchster Kunst zu einem Musikinstrument umarbeiten! Und jedes Mal, wenn ich darauf spiele, wird sich deine Seele in körperloser Qual winden!«

»Du brennst recht hübsch«, sagte ich.

Das Wesen stockte einen Sekundenbruchteil lang, und das war meine Chance.

Ich hieb die düstere Klinge zur Seite, und mein Angriff ging genau ins Ziel, in die Mitte der Brust. Ich stach kräftig zu.

Das Wesen heulte auf, doch es sank nicht zu Boden. Grayswandir wurde mir aus der Hand gerissen und Flammen zuckten um die Wunde. Das Wesen stand da und ertrug sie. Es machte einen Schritt auf mich zu, und ich hob einen kleinen Stuhl hoch und hielt ihn zwischen uns.

»Ich habe mein Herz nicht an der gleichen Stelle wie ihr Menschen«, sagte das Ungeheuer.

Dann griff es an, doch ich wehrte den Hieb mit dem Stuhl ab und stieß ihm ein Stuhlbein in das rechte Auge. Ich warf das Möbelstück fort, trat vor, packte das rechte Handgelenk meines Gegners und drehte es herum. So fest ich konnte, ließ ich die Handkante gegen seinen Ellbogen schnellen. Ein lautes Knacken ertönte, und das Runenschwert polterte zu Boden. Im nächsten Augenblick traf seine linke Hand mich am Kopf, und ich stürzte zu Boden.

Es sprang auf die Klinge zu, doch ich packte es an den Fußgelenken und brachte es zu Fall.

Das Wesen wand sich am Boden, und ich warf mich darauf und umklammerte seinen Hals. Ich drehte den Kopf zur Seite, das Kinn gegen die Brust gedrückt, während es mir mit der linken Hand und dem linken Flügel das Gesicht zu zerkratzen versuchte.

Als mein tödlicher Griff fester wurde, suchte sein Blick den meinen – und diesmal wich ich ihm nicht aus. Im tiefsten Innern meines Gehirns verspürte ich einen leichten Schock, als wir beide die Wahrheit erkannten.

»Du!«, vermochte das Wesen noch zu keuchen, bevor ich die Hände verdrehte und das Leben aus den roten Augen presste.

Langsam richtete ich mich auf, stellte den Fuß auf die Leiche und zog Grayswandir heraus.

Als sich die Klinge löste, flammte das Wesen auf und brannte, bis nur noch ein schwarzer Fleck auf dem Boden übrig war.

Dann eilte Lorraine zu mir, und ich legte ihr den Arm um die Schultern, und sie sagte, ich solle sie in ihre Gemächer und ins Bett bringen. Und das tat ich, doch wir lagen nur nebeneinander, bis sie sich in den Schlaf geweint hatte. So lernte ich Lorraine kennen.

Lance, Ganelon und ich saßen auf unseren Reittieren auf einem hohen Berg, die spätmorgendliche Sonne schien uns auf den Rücken, während wir auf die Stelle hinabblickten. Ihr Aussehen brachte mir Bestätigung.

Der Kreis ähnelte dem kranken kahlen Wald im Tal südlich von Amber.

Oh Vater! Was habe ich getan? fragte ich in meinem Herzen, doch es gab keine Antwort außer dem dunklen Kreis, der sich unter mir ausdehnte, so weit das Auge reichte.

Durch die Schlitze meines Visiers blickte ich auf die Fläche – verkohlt wirkend, öde, nach Verfall stinkend. Inzwischen setzte ich den Helm kaum noch ab. Die Männer hielten das für eine Marotte, doch mein Rang gab mir das Recht auf eine gewisse Exzentrik. Seit gut zwei Wochen trug ich ihn, seit meinem Kampf mit Strygalldwir. Ich hatte den Helm am folgenden Morgen aufgesetzt, ehe ich Harald besiegte und damit mein Versprechen Lorraine gegenüber einlöste, und war zu dem Schluss gekommen, dass ich mein Gesicht lieber verbergen sollte, während ich weiter zunahm.

Ich mochte inzwischen an die vierzehn Steine wiegen und fühlte mich allmählich wie früher. Wenn ich dazu beitragen konnte, die Probleme des Landes Lorraine zu beseitigen, gab mir das zumindest eine Chance, das zu erstreben, was mir besonders am Herzen lag, und es vielleicht zu erreichen.

»Das ist also der Kreis«, sagte ich. »Ich sehe aber gar keine Truppenbewegungen.«

»Dazu müssen, wir wohl weiter nach Norden reiten«, sagte Lance. »Außerdem sehen wir die Wesen zweifellos erst nach Einbruch der Dunkelheit.«

»Wie weit nach Norden?«

»Drei oder vier Längen. Sie sind ständig in Bewegung.«

Zwei Tage lang waren wir geritten, um den Kreis zu erreichen. Einige Stunden zuvor hatten wir eine Patrouille getroffen und erfahren, dass die Truppen im Innern sich jede Nacht versammelten. Sie vollführten verschiedene Manöver und verschwanden gegen Morgen – zu einem weiter innen gelegenen Platz. Ich erfuhr auch, dass über dem Kreis ein ständiges Donnergrollen lag, ohne dass sich ein Unwetter entlud.

»Wollen wir hier frühstücken und dann nach Norden reiten?«, fragte ich.

»Warum nicht?«, entgegnete Ganelon. »Ich bin hungrig, und wir haben Zeit.«

Wir stiegen ab, aßen Trockenfleisch und tranken aus unseren Flaschen.

»Die Nachricht verstehe ich immer noch nicht«, sagte Ganelon, nachdem er gerülpst, sich den Magen getätschelt und eine Pfeife angezündet hatte. »Wird er uns im entscheidenden Kampf zur Seite stehen, oder nicht? Wo ist er denn, wenn er uns helfen will? Der Tag der Auseinandersetzung rückt immer näher.«

»Vergesst ihn«, sagte ich. »Das Ganze war vermutlich ein Scherz.«

»Verdammt, das kann ich nicht!«, rief er. »Die Sache ist irgendwie seltsam!«

»Worum geht es denn?«, fragte Lance, und mir wurde bewusst, dass Ganelon ihm noch nichts gesagt hatte.

»Mein alter Lehnsherr Lord Corwin schickt eine merkwürdige Botschaft mit einem Vogel, dass er angeblich kommt. Ich hatte ihn für tot gehalten, und nun diese Nachricht«, sagte Ganelon. »Ich weiß immer noch nicht, was ich davon halten soll.«

»Corwin?«, fragte Lance, und ich hielt den Atem an. »Corwin von Amber?«

»Ja, von Amber und Avalon.«

»Vergesst seine Nachricht.«

»Warum?«

»Er ist ein Mann ohne Ehre, und seine Versprechungen sind wertlos.«

»Ihr kennt ihn?«

»Ich habe von ihm gehört. Vor langer Zeit herrschte er auch über dieses Land. Erinnert Ihr Euch nicht an die Geschichten vom Dämonenherrscher? Das ist er! Das war Corwin lange vor meiner Zeit. Seine beste Tat war es abzudanken und zu fliehen, als der Widerstand gegen ihn zu stark wurde.«

Das war nicht wahr!

Oder doch?

Amber wirft eine Vielzahl von Schatten, und mein Avalon hatte zahlreiche eigene Schatten geworfen, weil ich dort weilte. Ich mochte in vielen Welten bekannt sein, auf denen sich Schatten meiner selbst bewegt und meine Taten und Gedanken unvollkommen nachgeäfft hatten.

»Nein«, sagte Ganelon. »Ich habe nie etwas auf die alten Geschichten gegeben. Allerdings frage ich mich, ob er wirklich derselbe Mann gewesen sein *könnte* wie der, der früher einmal hier geherrscht hat. Eine interessante Überlegung.«

»Sehr«, stimmte ich zu. »Aber wenn er vor so langer Zeit geherrscht hat, müsste er längst tot oder uralt sein.«

»Er war ein Zauberer«, sagte Lance.

»Der Corwin, den ich kannte, war in der Tat ein Zauberer«, sagte Ganelon. »Er verbannte mich aus einem Land, das weder mit Beschwörung noch mit normalen Mitteln wiederzufinden ist.«

»Ihr habt bisher nie davon gesprochen«, sagte Lance. »Wie ist es dazu gekommen?«

»Das geht Euch nichts an«, sagte Ganelon unwirsch, und Lance schwieg.

Ich zog meine Pfeife heraus – die ich mir vor zwei Tagen zugelegt hatte –, und Lance tat es mir nach. Es war eine Tonpfeife, die schlecht zog und in der Hand ziemlich heiß wurde. Wir entzündeten den Tabak, und zu dritt saßen wir da und rauchten.

»Nun, er hat jedenfalls klug gehandelt«, sagte Ganelon. »Wir wollen die Sache für den Augenblick vergessen.«

Natürlich taten wir das nicht. Doch wir ließen das Thema erst einmal ruhen.

Ohne das dunkle Gebilde hinter uns wäre es sehr angenehm gewesen, dort zu sitzen und zu entspannen. Plötzlich fühlte ich mich den beiden Männern verbunden. Ich wollte etwas sagen, doch mir fiel nichts ein.

Ganelon erlöste mich, indem er die Sprache wieder auf aktuelle Dinge brachte.

»Ihr wollt sie also angreifen, ehe sie uns angreifen?«, fragte er.

»Ganz genau«, erwiderte ich. »Den Kampf in ihr eigenes Gebiet tragen.«

»Das Problem liegt darin, dass es eben ihr Gebiet *ist*. Sie kennen sich dort besser aus als wir, und wer weiß, welche Mächte sie dort zu Hilfe rufen können?«

»Wenn wir den Gehörnten umbringen, bricht der ganze Angriff zusammen.«

»Vielleicht. Vielleicht aber auch nicht. Möglicherweise könnt

Ihr es schaffen«, meinte Ganelon. »Ob ich es könnte, weiß ich nicht, ich müsste mich wohl auf mein Glück verlassen. Er ist zu garstig für einen leichten Tod. Obwohl ich annehme, dass ich noch so gut kämpfe wie vor einigen Jahren, kann ich mich auch irren. Vielleicht bin ich zu verweichlicht. Ich habe diesen Schreibtischposten nie gewollt!«

»Ich weiß«, sagte ich.

»Ich weiß«, sagte Lance.

»Lance«, fragte Ganelon, »sollen wir dem Rat unseres Freundes folgen? Sollen wir angreifen?«

Er hätte die Achseln zucken und sich herausreden können. Doch das tat er nicht.

»Ja«, antwortete er. »Beim letzten Mal hätten sie uns fast überrannt. In der Nacht, als König Uther starb, war es sehr knapp. Wenn wir sie jetzt nicht angreifen, werden sie uns beim nächsten Mal wahrscheinlich besiegen. Gewiss, leicht würde es ihnen nicht fallen, und wir würden ihnen zusetzen. Doch ich glaube, dass sie es schaffen könnten. Am besten versuchen wir erst einmal einen Überblick zu bekommen, dann können wir unsere Angriffspläne machen.«

»In Ordnung«, sagte Ganelon. »Ich habe auch keine Lust mehr zu warten. Sagt mir das nach unserer Rückkehr noch einmal, dann sehen wir weiter.«

Und das taten wir.

Am Nachmittag ritten wir nach Norden, versteckten uns in den Bergen und blickten auf den Kreis hinab. Dort drinnen gaben die Wesen sich ihrer Art der Anbetung hin und übten sich im Kampf. Ich schätzte ihre Zahl auf etwa viertausend. Wir verfügten über zweitausendfünfhundert Mann. Die Gegenseite setzte außerdem seltsame fliegende, kriechende und hüpfende Wesen ein, die in der Nacht unheimliche Geräusche ausstießen. Wir besaßen mutige Herzen. Oh ja.

Dabei brauchte ich nur einige Minuten alleine mit ihrem Anführer, um die Sache zu entscheiden – so oder so. Die ganze Sache. Das konnte ich meinen Gefährten zwar nicht sagen, doch es stimmte.

Denn ich war verantwortlich für alles dort unten. Ich hatte es ausgelöst, und es lag an mir, es wieder ungeschehen zu machen, wenn es ging.

Ich hatte bloß Angst, dass ich es nicht schaffen würde.

In einem Anfall der Leidenschaft, genährt von Wut, Entsetzen und Schmerz, hatte ich dieses Ding entfesselt, das auf irgendeine Weise auf jeder Erde, die es gab, seine Entsprechung fand. Das sind die Folgen des Blutfluchs eines Prinzen von Amber.

Wir beobachteten sie die ganze Nacht hindurch, die Wächter des Kreises, und am nächsten Morgen zogen wir uns zurück.

Das Urteil lautete: Angriff!

Also ritten wir den ganzen Weg zurück, und nichts folgte uns. Als wir die Burg von Ganelon erreichten, schmiedeten wir Pläne. Unsere Truppen waren bereit – vielleicht mehr als bereit –, und wir beschlossen, innerhalb der nächsten zwei Wochen zuzuschlagen.

Neben Lorraine liegend, erzählte ich ihr von diesen Dingen. Ich war der Meinung, dass sie Bescheid wissen müsste. Ich besaß die

Macht, sie in die Schatten zu schicken, noch diese Nacht, wenn sie nur wollte. Doch sie wollte nicht.

»Ich bleibe bei dir«, sagte sie.

»Na gut.«

Ich sagte ihr nicht, dass meinem Gefühl nach alles in meinen Händen ruhte, doch ich hatte so eine Ahnung, als ob sie es wüsste und mir aus irgendeinem Grund vertraute. Ich hätte mir nicht vertraut, aber das war ihre Sache.

»Du weißt, wie es ausgehen kann«, sagte ich.

»Ich weiß«, erwiderte sie, und ich wusste, dass sie es wusste, und das war alles.

Wir wandten uns anderen Dingen zu, und später schliefen wir ein.

Sie hatte einen Traum gehabt.

Am nächsten Morgen sagte sie zu mir: »Ich habe einen Traum gehabt.«

»Wovon?«, fragte ich.

»Von dem bevorstehenden Kampf«, sagte sie. »Ich sehe dich und den Gehörnten im Kampf vereint.«

»Wer gewinnt?«

»Das weiß ich nicht. Aber während du schliefst, habe ich etwas getan, das dir vielleicht hilft.«

»Das hättest du lieber nicht tun sollen. Ich kann auf mich selbst aufpassen.«

»Dann träumte ich von meinem eigenen Tod, in dieser Zeit.«

»Lass mich dich an einen Ort bringen, den ich kenne.«

»Nein, mein Platz ist hier«, erwiderte sie.

»Ich will ja nicht so tun, als gehörtest du mir«, sagte ich, »aber ich kann dich vor den Dingen schützen, die du geträumt hast. Soviel liegt in meiner Macht, das musst du mir glauben.«

»Ich glaube dir. Aber ich werde nicht gehen.«

»Du bist eine verdammte Närrin.«

»Lass mich bleiben.«

»Wie du willst … Hör mal, ich würde dich sogar nach Cabra schicken …«

»Nein.«

»Du bist eine verdammte Närrin.«

»Ich weiß. Ich liebe dich.«

»… und eine sentimentale dazu. Wir haben uns auf ›mögen‹ geeinigt, weißt du noch?«

»Du wirst es schaffen«, sagte sie.

»Geh zur Hölle!«

Dann begann sie leise zu weinen, bis ich sie wieder tröstete.

Das war Lorraine.

3.

Eines Morgens dachte ich zurück an all die Dinge, die früher geschehen waren. Ich stellte mir meine Brüder und Schwestern vor wie Spielkarten, was natürlich nicht stimmte. Ich dachte an die Privatklinik, in der ich erwacht war, an den Kampf um Amber, an meinen Gang durch das Muster in Rebma und an meine Zeit mit Moire, die jetzt vielleicht in Erics Armen lag. Ich dachte an jenem Morgen an Bleys und Random, Deirdre, Caine, Gérard und Eric. Es war der Morgen vor der großen Schlacht, und wir lagerten in den Bergen in der Nähe des Kreises. Unterwegs waren wir mehrfach angegriffen worden, doch die Guerillaattacken waren nur kurz gewesen. Wir hatten die Angreifer zurückgeschlagen und waren weitergezogen. Als wir das besprochene Gebiet erreicht hatten, schlugen wir unser Lager auf, postierten Wachen und ruhten uns aus. Unser Nachtschlaf blieb ungestört. Ich erwachte und fragte mich, ob meine Brüder und Schwestern an mich dachten, wie ich an sie dachte. Es war ein sehr trauriger Gedanke.

In der Abgeschiedenheit eines kleinen Hains, den Helm voller Seifenwasser, rasierte ich mir den Bart ab. Dann kleidete ich mich an, legte meine eigenen zerschlissenen Farben an. Wieder einmal war ich hart wie Stein, düster wie der Erdboden und zornig wie die Hölle. Heute war der entscheidende Tag. Ich setzte den Helm auf, zog das Kettenhemd über, schloss den Gurt um meine Hüfte und legte Grayswandir an. Dann schloss ich den Umhang an meinem Hals mit einer Silberrose und wurde schließlich von einem Boten entdeckt, der mir mitteilen sollte, dass alles bereit sei.

Ich küsste Lorraine, die sich nicht hatte davon abbringen lassen, uns zu begleiten. Dann stieg ich auf mein Pferd, einen Braunen namens Star, und ritt in die vorderste Reihe.

Dort stieß ich auf Ganelon und Lance. »Wir sind fertig«, sagten sie.

Ich rief meine Offiziere zusammen und gab meine Befehle. Sie salutierten, machten kehrt und ritten davon.

»Bald«, sagte Lance und zündete seine Pfeife an.

»Wie geht es Eurem Arm?«

»Wieder sehr gut«, erwiderte er, »nach dem Kämpfchen, das Ihr mir gestern geliefert habt. Ausgezeichnet.«

Ich öffnete mein Visier und zündete mir ebenfalls eine Pfeife an.

»Ihr habt Euch ja den Bart abrasiert!«, sagte Lance. »Damit seid Ihr Euch gar nicht mehr ähnlich.«

»So sitzt der Helm besser«, sagte ich.

»Das Glück sei mit uns allen«, warf Ganelon ein. »Ich kenne zwar keine Götter, doch wenn sich welche auf unsere Seite stellen wollen, heiße ich sie willkommen!«

»Es gibt nur einen Gott«, sagte Lance. »Ich bete, dass Er uns beisteht.«

»Amen«, sagte Ganelon und zündete auch seine Pfeife an. »Für heute.«

»Der Sieg wird uns gehören.«

»Ja«, sagte ich, als die Sonne im Osten höher stieg und die Vögel des Morgens sich in die Luft erhoben. »Es fühlt sich so an.«

Als wir fertig waren, klopften wir unsere Pfeifen aus und steckten sie in die Gürtel. Dann zogen wir zum letzten Mal die Schnallen und Schnüre unserer Rüstungen nach, und Ganelon sagte: »Gehen wir ans Werk.«

Meine Offiziere machten Meldung. Meine Abteilungen waren bereit.

Wir ritten den Berg hinab und versammelten uns außerhalb des Kreises. Drinnen rührte sich nichts und es waren keine Truppen zu sehen.

»Was mag mit Corwin sein?«, wandte sich Ganelon an mich.

»Er ist bei uns«, antwortete ich, und er sah mich seltsam an, schien zum ersten Mal die Rose an meinem Hals zu bemerken. Dann nickte er abrupt.

»Lance«, sagte er, als wir uns formiert hatten, »gebt den Befehl!«

Und Lance zog seine Klinge. Sein Schrei »Angriff!« wurde ringsum wiederholt.

Wir waren eine halbe Meile weit in den Kreis eingedrungen, bevor etwas geschah. Fünfhundert Berittene bildeten unsere Vorhut. Eine dunkelgekleidete Kavallerie erschien, der wir uns entgegenstellten. Nach fünf Minuten brach der Widerstand zusammen, und wir ritten weiter.

Dann hörten wir den Donner.

Blitze zuckten, und es begann zu regnen.

Das lauernde Gewitter brach endlich los.

Eine dünne Kette Fußsoldaten, hauptsächlich Lanzenträger, versperrte uns den Weg, wartete stoisch ab. Vielleicht ahnten wir alle die Falle, trotzdem hielten wir auf sie zu.

Gleich darauf stieß die feindliche Kavallerie in unsere Flanke. Wir wirbelten herum, und der eigentliche Kampf begann.

Ungefähr zwanzig Minuten später …

Wir hielten durch, warteten auf die Ankunft unserer Hauptstreitmacht.

Schließlich ritt unsere zweihundertköpfige Gruppe weiter …

Menschen. Wir töteten Menschen – graugesichtige Menschen mit ausdruckslosen Mienen. Ich wollte mehr. Noch einen mehr …

Die logistischen Probleme des Gegners mussten halb metaphysischer Art gewesen sein. Wie viele konnten gleichzeitig durch dieses Tor geführt werden? Ich war mir nicht sicher. Kurz darauf …

Wir kamen über eine Anhöhe, und tief unter uns lag eine dunkle Zitadelle.

Ich hob meine Klinge.

Als wir den Hang hinabsprengten, griffen sie an.

Sie zischten und krächzten und flatterten. Ihr Anblick verriet mir, dass er nicht mehr viele menschliche Kämpfer hatte. Grayswandir wurde zur Flamme in meiner Hand, ein Blitz, ein tragbarer elektrischer Stuhl. Ich tötete die Wesen, sobald sie in meine

Nähe kamen, und im Sterben flammten sie noch einmal auf. Zu meiner Rechten sah ich Lance eine ähnliche Verwüstung anrichten, dabei murmelte er unverständliche Worte vor sich hin. Zweifellos Gebete für die Toten. Zu meiner Linken hieb Ganelon um sich, und eine Kette von Bränden loderte hinter dem Schweif seines Pferdes. Inmitten der aufzuckenden Blitze rückte die aufragende Zitadelle langsam näher.

Die etwa hundert Mann, die von uns noch übrig waren, stürmten weiter, und links und rechts sanken die Scheusale zu Boden.

Als wir das Tor erreichten, stellte sich uns eine Infanterie aus Menschen und Ungeheuern entgegen. Wir griffen an.

Sie waren uns zahlenmäßig überlegen, doch wir hatten keine andere Wahl. Vielleicht hatten wir die Entfernung zu unserer eigenen Infanterie zu groß werden lassen. Aber ich nahm es eigentlich nicht an. Wie ich die Lage sah, war der Zeitfaktor jetzt alles entscheidend.

»Ich muss durch!«, rief ich. »Er ist drinnen!«

»Er gehört mir!«, sagte Lance.

»Ihr seid ihm beide willkommen!«, sagte Ganelon und ließ seine Klinge kreisen. »Dringt ein, sobald Ihr könnt! Ich begleite Euch!«

Wir töteten und töteten und töteten, doch dann schlug sich das Kriegsglück auf die Seite der anderen. Sie bedrängten uns, all die hässlichen Wesen, die nicht ganz Menschen waren oder nicht mehr, vermengt mit menschlichen Kämpfern. Wir wurden auf einen kleinen Kreis zusammengedrängt und mussten uns nach allen Seiten verteidigen, als endlich unsere erschöpfte Infanterie eintraf und loszulegen begann. Wieder drängten wir auf das Tor zu und schafften es diesmal, alle vierzig oder fünfzig Mann.

Wir kämpften uns durch, und nun stellten sich uns die Soldaten im Innenhof entgegen.

Das letzte Dutzend von uns, das es bis zum Fuß des dunklen Zitadellenturms schaffte, sah sich einer letzten Gruppe Wächter gegenüber.

»Auf sie!«, rief Ganelon, als wir von unseren Pferden sprangen und zum Nahkampf vorstürmten.

»Auf sie!«, brüllte nun auch Lance, und wahrscheinlich meinten beide mich – oder den jeweils anderen.

Ich löste mich aus dem Getümmel und raste die Treppe hinauf.

Ich wusste, dass er sich dort oben befand, im höchsten Turm; ich musste mich ihm zum Kampf stellen und ihn besiegen. Ich wusste nicht, ob das in meiner Macht lag, aber ich musste es versuchen. Wusste ich doch als Einziger, woher er wirklich kam – und dass ich derjenige war, der ihn hierhergebracht hatte.

Oben an der Treppe stieß ich auf eine massive Holztür. Ich versuchte, sie zu öffnen, doch sie war von innen verschlossen. Also trat ich mit voller Kraft zu.

Krachend stürzte sie nach innen.

Ich sah ihn am Fenster stehen, menschenähnlicher Körper in leichter Rüstung, mit einem Ziegenkopf auf breiten Schultern.

Ich trat über die Schwelle und blieb stehen.

Als die Tür nachgegeben hatte, war er herumgefahren und hatte die Augen aufgerissen – jetzt versuchte er durch das Visier meinen Blick zu bannen.

»Sterblicher, du bist zu weit gegangen«, sagte er. »Oder *bist* du gar kein sterblicher Mensch?« In seiner Hand hielt er ein Schwert.

»Frag Strygalldwir«, erwiderte ich.

»Du also hast ihn getötet«, stellte er fest. »Hat er dich erkannt?«

»Vielleicht.«

Auf der Treppe hinter mir hallten Schritte herauf. Ich trat nach links neben den Türrahmen.

Ganelon stürmte ins Zimmer, und ich rief: »Halt!« Er blieb sofort stehen.

Er wandte sich zu mir.

»Dies ist das Wesen«, sagte er. »Was ist es?«

»Meine Sünde gegen etwas, das ich einst geliebt habe«, antwortete ich. »Lass es in Ruhe. Es gehört mir.«

»Ich überlass es Euch gerne.«

Er rührte sich nicht.

»Hast du das wirklich ernst gemeint?«, fragte die Kreatur.

»Finde es heraus!«, sagte ich und sprang vor.

Doch das Wesen stellte sich nicht zum Kampf. Stattdessen tat es etwas, das jeder sterbliche Kämpfer für töricht gehalten hätte.

Es schleuderte seine Klinge in meine Richtung, mit der Spitze voran, wie einen Blitz. Und die Bewegung wurde von einer Art Donnerschlag begleitet. Die Elemente außerhalb des Turms stimmten ein in eine ohrenbetäubende Antwort.

Ich parierte den Angriff mit Grayswandir, als wäre es ein gewöhnlicher Hieb gewesen. Die Klinge bohrte sich in den Boden und entflammte lichterloh. Draußen zuckten im gleichen Moment Blitze auf.

Einen Augenblick lang war das Licht so grell wie eine Magnesiumfackel, und in dieser Sekunde fiel das Wesen über mich her.

Es drückte mir die Arme an den Körper, und seine Hörner hieben gegen mein Visier, einmal, zweimal …

Dann richtete ich meine Kräfte gegen die mächtigen Arme, und ihr Griff begann sich zu lockern.

Ich ließ Grayswandir fallen und löste mich mit einer letzten Anstrengung aus seiner Umklammerung.

In diesem Moment jedoch begegneten sich unsere Blicke.

Wir schlugen beide zu und taumelten beide zurück.

»Lord von Amber«, sagte die Kreatur daraufhin. »Warum bekämpft Ihr mich? Ihr wart es doch selbst, der uns diese Passage eröffnet hat, diesen Weg …«

»Ich bereue eine voreilige Handlung und versuche sie rückgängig zu machen.«

»Dazu ist es zu spät – und dies ist ein seltsamer Ort, um damit zu beginnen.«

Wieder schlug das Wesen zu, so behende, dass es meine Deckung durchbrach. Ich wurde gegen die Wand geschleudert. Seine Schnelligkeit war tödlich.

Und dann hob es die Hand und machte ein Zeichen, und ich hatte eine Vision der Burgen des Chaos vor Augen – eine Vision, die mir die Nackenhaare sträubte, die einen eiskalten Wind durch meine Seele wehen ließ, als ich erkannte, was ich getan hatte.

»Seht Ihr?«, fragte die Kreatur. »Ihr habt uns dieses Tor aufgetan. Wenn Ihr uns jetzt helft, verschaffen wir Euch, was rechtmäßig Euch gehört.«

Einen Augenblick lang war ich in Versuchung. Durchaus möglich, dass das Wesen sein Versprechen wahrmachen konnte, dass es mir helfen würde, wenn ich ihm half.

Aber danach würde es immer eine Bedrohung sein. Für kurze Zeit verbündet, würden wir uns bekämpfen, sobald wir das Gewünschte erhalten hatten – und die Kräfte der Finsternis würden dann weitaus stärker sein. Trotzdem, wenn ich Herrscher über die Stadt wäre …

»Haben wir eine Abmachung?«, lautete die scharfe, fast schrille Frage.

Ich dachte an die Schatten und die Orte jenseits der Schatten …

Langsam hob ich den Arm und löste meinen Helm …

Dann schleuderte ich ihn, gerade als das Wesen aufzuatmen schien. Ich glaube, Ganelon rückte gleichzeitig vorwärts.

Ich sprang quer durch das Zimmer und trieb das Wesen gegen die Wand.

»Nein!«, brüllte ich.

Die menschenähnlichen Hände fanden meinen Hals – etwa in dem gleichen Augenblick, da sich meine Finger um seinen schlossen.

Ich drückte mit voller Kraft und würgte. Vermutlich tat die Kreatur das Gleiche.

Ich hörte etwas knacken wie einen trockenen Ast. Ich fragte mich, wessen Hals gebrochen sein mochte. Meiner tat jedenfalls fürchterlich weh.

Ich öffnete die Augen, und über mir wölbte sich der Himmel. Ich lag auf dem Rücken auf einer Decke auf dem Boden.

»Ich fürchte, er schafft es«, sagte Ganelon, und ich drehte den Kopf mühsam in die Richtung, aus der ich seine Stimme gehört hatte.

Er saß am Rand der Decke, das Schwert über den Knien. Lorraine war bei ihm.

»Wie steht der Kampf?«, fragte ich.

»Wir haben gesiegt«, erwiderte er. »Ihr habt Euer Versprechen gehalten. Als Ihr das Ding umgebracht hattet, war alles vorbei. Die Menschen sanken bewusstlos zu Boden, die Ungeheuer verbrannten.«

»Gut.«

»Ich habe hier gesessen und mich gefragt, warum ich Euch nicht länger hasse.«

»Seid Ihr dabei zu irgendwelchen Schlüssen gelangt?«

»Nein, nicht wirklich. Vielleicht liegt es daran, dass wir uns sehr ähnlich sind. Ich weiß es nicht.«

Ich lächelte Lorraine an.

»Ich bin froh, dass deine prophetischen Gaben nicht die besten sind«, sagte ich. »Die Schlacht ist vorbei, und du lebst immer noch.«

»Der Tod hat bereits begonnen«, sagte sie, ohne mein Lächeln zu erwidern.

»Was meinst du damit?«

»Noch heute werden Geschichten erzählt über den grausamen Lord Corwin, der meinen Großvater öffentlich vierteilen ließ, weil er einen der ersten Aufstände gegen ihn angezettelt hatte.«

»Das war nicht ich, sondern einer meiner Schatten.«

Doch sie schüttelte den Kopf. »Corwin von Amber, ich bin, was ich bin.« Mit diesen Worten stand sie auf und entfernte sich.

»Was war das?«, fragte Ganelon, ohne sich um ihren Abgang zu kümmern. »Was war das für ein Geschöpf im Turm?«

»Meines«, erwiderte ich. »Eines von den Dingen, die entfesselt wurden, als ich Amber mit meinem Fluch belegte. Ich gab dem, was jenseits der Schatten lauert, den Weg frei in die reale Welt. Diese Dinge folgen dem Weg des geringsten Widerstands durch die Schatten nach Amber. Hier war der Kreis dieser Weg. Woanders könnte es etwas anderes sein. Den Weg durch diesen Schatten habe ich jetzt versperrt. Hier habt Ihr nun Eure Ruhe.«

»Seid Ihr deshalb zu uns gekommen?«

»Nein«, sagte ich. »Eigentlich nicht. Ich war unterwegs nach Avalon, als ich Lance fand. Ich konnte ihn nicht liegen lassen, und als ich ihn zu Euch gebracht hatte, wurde ich in die Konsequenzen meines eigenen Handelns verwickelt.«

»Avalon? Dann war es also eine Lüge, als Ihr sagtet, es wäre vernichtet worden?«

Ich schüttelte den Kopf.

»Nicht ganz. Unser Avalon wurde zerstört, doch in den Schatten mag sich durchaus ein Avalon finden, das dem alten gleicht.«

»Nehmt mich mit Euch!«

»Seid Ihr verrückt?«

»Nein, ich möchte noch einmal das Land meiner Geburt wiedersehen, so groß die Gefahr auch sein mag.«

»Ich gedenke nicht dort zu verweilen«, sagte ich, »sondern

mich lediglich zum Kampf zu rüsten. In Avalon gibt es ein rosafarbenes Pulver, welches Juweliere verwenden. Ich habe einmal eine Probe davon in Amber angezündet. In Avalon will ich mir nur dieses Pulver beschaffen und dann Gewehre bauen, mit denen ich Amber belagern werde, um den Thron zu erringen, der rechtmäßig mir gehört.«

»Was ist mit den Dingen jenseits der Schatten, die Ihr erwähntet?«

»Um die kümmere ich mich später. Wenn ich diesmal unterliege, dann sind sie Erics Problem.«

»Ihr sagtet, er hätte Euch geblendet und in ein Verlies geworfen.«

»Das ist wahr. Mir sind neue Augen gewachsen. Ich konnte fliehen.«

»Ihr seid wirklich ein Dämon.«

»Das hat man schon oft behauptet. Ich leugne es nicht mehr.«

»Nehmt Ihr mich mit?«

»Wenn Ihr wirklich wollt. Unser Ziel wird sich allerdings von dem Avalon unterscheiden, das Ihr kennt.«

»Nach Amber!«

»Ihr seid ja wirklich verrückt!«

»Nein. Seit Langem ersehne ich einen Blick auf die sagenhafte Stadt. Wenn ich Avalon wiedergesehen habe, möchte ich einmal etwas Neues probieren. Habe ich mich nicht als guter General erwiesen?«

»Ja.«

»Dann unterweist mich an den Gebilden, die Ihr eben Gewehre nanntet, und ich helfe Euch bei Eurem größten Kampf.

Ich habe nicht mehr allzu viele gute Jahre vor mir, das weiß ich. Nehmt mich mit.«

»Eure Knochen werden vielleicht am Fuße Kolvirs bleichen – neben den meinen!«

»Welcher Kampf ist schon gewiss? Das Risiko gehe ich ein.«

»Wie Ihr wollt. Ihr dürft mitkommen.«

»Vielen Dank, Lord.«

In jener Nacht schlugen wir an Ort und Stelle unser Lager auf und ritten am nächsten Tag in die Burg zurück. Dort machte ich mich auf die Suche nach Lorraine. Ich erfuhr, dass sie mit einem ihrer früheren Liebhaber geflohen war, einem Offizier namens Melkin. Obwohl sie aufgebracht gewesen war, bedauerte ich den Umstand, dass sie mir keine Gelegenheit gegeben hatte, etwas zu erläutern, das sie nur als Gerücht kannte. Ich beschloss, den beiden zu folgen.

Ich bestieg Star, drehte meinen steifen Hals in die Richtung, die sie angeblich eingeschlagen hatten, und nahm die Verfolgung auf. In gewisser Weise konnte ich es ihr nicht verübeln. Mein Empfang in der Burg war nicht so ausgefallen, wie es der Sieger über den Gehörnten hätte erwarten können, wäre er ein anderer gewesen. Die Geschichten vom hiesigen Corwin hatten sich ziemlich hartnäckig gehalten, und alle hatten etwas Dämonisches. Die Männer, mit denen ich gearbeitet hatte, die mit mir im Kampf gewesen waren, musterten mich nun mit Blicken, in denen mehr lag als Angst – kurze Blicke nur, denn sie senkten hastig die Augen oder richteten sie auf etwas anderes. Vielleicht hatten sie Angst, dass ich den Wunsch hegte, zu bleiben und sie zu beherrschen. Als ich aus der Burg ritt, waren sie womöglich erleichtert mit Ausnahme Ganelons. Ganelon hingegen fürchtete viel eher, dass ich nicht wie versprochen zurückkehren würde, um ihn abzuholen. Dies war meinem Gefühl nach der Grund, warum er anbot, mich auch bei der Verfolgung Lorraines zu begleiten. Aber das war eine Sache, die ich allein erledigen musste.

Wie ich zu meiner Überraschung entdeckte, hatte mir Lorraine etwas bedeutet und ihr Verschwinden kränkte mich. Ich war der Meinung, sie müsse mich zumindest anhören, ehe sie ihres Weges ging. Wenn sie sich dann immer noch für ihren sterblichen Offizier entschied, konnten sie auf meinen Segen rechnen. Wenn nicht, wurde mir klar, dann wollte ich sie bei mir behalten. Das schöne Avalon würte warten müssen, bis ich diese Angelegenheit geregelt hatte, ob Ende oder Neubeginn.

Ich folgte der Spur, und in den Bäumen ringsum sangen die Vögel. Der Tag war hell, erfüllt von einem himmelblauen, baumgrünen Frieden, denn die Plage war vom Land gewichen. In meinem Herzen regte sich so etwas wie Freude, dass ich zumindest einen kleinen Teil des Übels getilgt hatte, das ich verursacht hatte. Übel? Zur Hölle, ich habe mehr Böses angerichtet als die meisten Menschen, doch ich hatte mit der Zeit auch irgendwie ein Gewissen entwickelt, und diesem Gewissen gönnte ich nun einen der seltenen Augenblicke der Zufriedenheit. Sobald ich Amber beherrschte, konnte ich ihm wieder etwas mehr Spielraum geben, dachte ich. Ha!

Die Spur führte mich nach Norden, und die Gegend war mir fremd. Ich folgte einem ausgetretenen Weg, auf dem sich die frischen Spuren zweier Reiter abzeichneten. Ich folgte diesen

Spuren den ganzen Tag lang, durch die Abenddämmerung bis in die Dunkelheit. Von Zeit zu Zeit stieg ich ab und untersuchte den Weg. Schließlich begannen mir die Augen Streiche zu spielen, also suchte ich mir eine kleine Senke einige Hundert Meter links vom Weg und schlug dort mein Nachtlager auf. Zweifellos war es auf meine Halsschmerzen zurückzuführen, dass ich von dem Gehörnten träumte und den ganzen Kampf noch einmal durchlebte. »Helft uns, dann verschaffen wir Euch, was rechtmäßig Euch rechtmäßig gehört«, sagte er. An dieser Stelle erwachte ich abrupt, und ein Fluch lag auf meinen Lippen.

Als der Morgen den Himmel bleichte, stieg ich auf und setzte meinen Weg fort. Es war eine kalte Nacht gewesen, und ein kühler Hauch aus dem Norden hielt mich nach wie vor in seinem Griff. Das Gras glitzerte von leichtem Frost, und mein Umhang war feucht, da er während der Nacht als Unterlage gedient hatte.

Gegen Mittag war etwas Wärme in die Welt zurückgekehrt, und die Spur war frischer. Ich holte langsam auf.

Als ich sie schließlich fand, sprang ich von meinem Reittier und rannte zu ihr. Sie lag unter einem Wildrosenbusch ohne Blüten, dessen Dornen sie an Wange und Schulter zerkratzt hatten. Sie war noch nicht lange tot. Dort, wo die Klinge eingedrungen war, schimmerte das Blut noch feucht auf ihrer Brust, und ihre Haut fühlte sich noch warm an.

Es gab keine Felsbrocken, mit denen ich ihr ein Steingrab hätte bauen können, also hieb ich mit Grayswandir auf den Boden ein und bettete sie in die flache Grube. Er hatte ihr Armbänder, Ringe und den juwelenbesetzten Aufsteckkamm abgenommen – ihr ganzes Vermögen. Ich musste ihr die Augen schließen, bevor ich meinen Mantel über sie legte; dabei begannen meine Hände zu zittern, und mein Blick trübte sich. Ich brauchte sehr lange dafür.

Ich ritt weiter, und es dauerte nicht lange, bis ich ihn einholte, er galoppierte, als sei der Teufel hinter ihm her, was ja auch stimmte. Ich sprach kein Wort, als ich ihn vom Pferd holte, und auch hinterher nicht, und ich benutzte auch nicht meine Klinge, obwohl er die seine zog. Ich schleuderte seinen leblosen Körper in eine hohe Eiche, und als ich später zurückschaute, war sie schwarz von Vögeln.

Ehe ich das Grab schloss, gab ich ihr die Ringe, Armbänder und Kämme zurück, und das war Lorraine. Ihr ganzes Leben, all ihre Wünsche, hatten hier gemündet – und das ist die ganze Geschichte unserer Begegnung und Trennung in jenem Land, das Lorraine heißt. Eine Geschichte, die wohl zu meinem Leben passt, hat doch ein Prinz von Amber Anteil an allem Übel in der Welt, weshalb auch ein Teil meiner selbst mit einem spöttischen »Ha!« reagiert, sobald ich einmal von meinem Gewissen spreche. Im Spiegel vieler Urteile sind meine Hände blutig. Ich bin ein Teil des Bösen, das in der Welt und in den Schatten existiert. Ich sehe mich zuweilen als ein Übel, das existiert, um sich anderem Bösen entgegenzustellen. Ich vernichte Menschen wie Melkin, wenn ich sie aufspüren kann, und an jenem Großen Tag, von dem die Propheten sprechen, an den sie aber eigentlich gar nicht glauben, an jenem Tag, da die Welt gesäubert wird von allem Bösen, werde auch ich in die Düsternis hinabsinken, zähneknirschend und fluchend. Vielleicht auch schon früher, wenn ich es recht bedenke. Wie dem auch sei … Bis zu jenem Augenblick werde ich mir weder die Hände reinwaschen noch sie nutzlos in den Schoß legen.

Ich wendete mein Pferd und kehrte zur Burg von Ganelon zurück, der das alles wusste, aber nie begreifen würde.

4.

Über die wilden und wirren Wege nach Avalon ritten wir, Ganelon und ich, durch Gassen aus Träumen und Albträumen, unter dem hallenden Gebell der Sonne und den heißen, weißen Inseln der Nacht, bis diese zu Gold- und Diamantsplittern wurden und der Mond wie ein Schwan dahinglitt. Der Tag schrie das Grün des Frühlings hinaus, wir überquerten einen breiten Strom, und die Berge vor uns waren mit Nacht überkrustet. Ich schickte einen Pfeil meiner Schöpfung in die Mitternacht empor, und er fing Feuer und brannte sich wie ein Meteor nach Norden. Der einzige Drache, auf den wir stießen, war lahm und humpelte hastig in ein Versteck, wobei sein keuchender, pfeifender Atem Gänseblümchen versengte. Schimmernde Vogelscharen deuteten pfeilförmig unser Ziel an, und kristallklare Stimmen aus den Seen ließen unsere Worte widerhallen, während wir vorüberritten. Ich sang im Sattel, und nach einer Weile fiel Ganelon ein. Wir waren nun schon über eine Woche unterwegs, und das Land und der Himmel und der Wind verrieten mir, dass wir Avalon nahe waren.

Als die Sonne sich hinter den Felsen verbarg und der Tag zu Ende ging, lagerten wir in einem Wald in der Nähe eines Sees. Ich ging zum Wasser um zu baden, während Ganelon unsere Sachen auspackte. Das Wasser war kalt und erfrischend. Ich plätscherte eine lange Weile darin herum.

Dabei glaubte ich, mehrere Schreie zu hören, doch ich war mir nicht sicher. Wir befanden uns in einem wunderlichen Wald, und ich machte mir keine großen Sorgen. Trotzdem zog ich mich rasch an und kehrte ins Lager zurück.

Unterwegs vernahm ich es erneut: ein Jammern, ein Flehen. Als ich näherkam, wurde mir klar, dass ein Gespräch im Gange war.

Schließlich betrat ich die kleine Lichtung, auf der wir unser Lager aufgeschlagen hatten. Unsere Sachen lagen im Gras verstreut, eine Feuerstelle war halb fertiggestellt.

Ganelon hockte unter einem alten Eichenbaum auf den Fersen. Der Mann hing an einem Ast.

Er war jung und blond. Mehr konnte ich auf den ersten Blick nicht feststellen. Es ist schwierig, sich einen Eindruck von den Gesichtszügen und der Größe eines Mannes zu machen, wenn er mehrere Fuß über dem Boden kopfunter an einem Baum hängt.

Die Hände waren ihm auf dem Rücken gefesselt worden, und er baumelte an einem Seil, das an seinem rechten Fußknöchel befestigt war.

Er stieß kurze, hastige Antworten auf Ganelons Fragen hervor, und sein Gesicht war feucht von Speichel und Schweiß. Er hing nicht schlaff herab, sondern pendelte hin und her. Seine Wange war abgeschürft und an seiner Brust hatte er mehrere Blutflecken.

Ich blieb stehen, zwang mich dazu, nicht einzugreifen, und beobachtete die beiden. Ganelon behandelte den Mann sicher nicht ohne Grund auf diese Weise, so dass ich nicht gerade von Mitleid für den Burschen überwältigt wurde. Was immer Ganelon auf diese Verhörmethode gebracht hatte, die Informationen waren auch für mich interessant.

Außerdem interessierten mich die Erkenntnisse, die mir das Verhör über Ganelon liefern würde, der nun immerhin eine Art Verbündeter war. Und ein paar weitere Minuten mit dem Kopf nach unten konnten dem Burschen nicht groß schaden …

Als das Pendeln nachließ, stieß Ganelon seinen Gefangenen mit der Schwertspitze an und ließ ihn erneut heftig ausschwingen. Das führte zu einer weiteren leichten Wunde und ein neuer roter Fleck breitete sich aus. Gleichzeitig stieß der Jüngling einen Schrei aus. An seiner Gesichtsfarbe erkannte ich, dass er noch ziemlich jung war. Ganelon streckte sein Schwert aus und hielt die Spitze mehrere Zoll über die Stelle, die der Hals des Jungen beim Zurückschwingen passieren musste. Im letzten Augenblick zog er die Schneide zurück und lachte leise, als der Junge sich krümmte und flehte: »Bitte!«

»Ich will alles hören«, sagte Ganelon.

»Das ist schon alles«, sagte der andere. »Ich weiß wirklich nicht mehr!«

»Warum nicht?«

»Sie sind dann an mir vorbeigaloppiert! Ich konnte nichts mehr sehen!«

»Warum bist du ihnen nicht gefolgt?«

»Sie waren beritten – ich war zu Fuß.«

»Warum bist du ihnen nicht zu Fuß gefolgt?«

»Ich war durcheinander.«

»Durcheinander? Du hattest Angst! Du bist desertiert!«

»Nein!«

Ganelon streckte die Waffe aus und zog sie wieder im letzten Moment zurück.

»Nein!«, rief der Jüngling.

Wieder hob Ganelon die Klinge.

»Ja!«, kreischte der Junge. »Ja, ich hatte Angst!«

»Und dann bist du geflohen?«

»Ja! Ich bin immer weiter gerannt! Ich bin seither auf der Flucht …«

»Und du weißt nicht, wie es danach weiterging?«

»Nein!«

»Du lügst!«

Wieder geriet die Klinge in Bewegung.

»Nein!«, flehte der Junge. »Bitte …«

Da trat ich vor.

»Ganelon«, sagte ich.

Er sah mich an und senkte grinsend seine Waffe. Der Junge suchte meinen Blick.

»Was haben wir denn hier?«, fragte ich.

»Ha!«, rief Ganelon und klatschte dem Jungen auf die Innenseite der Oberschenkel, dass er aufschrie. »Einen Dieb, einen Deserteur – mit einer interessanten Geschichte.«

»Dann schneide ihn los und lass sie mich hören«, sagte ich.

Ganelon drehte sich um und durchtrennte mit einem einzigen Schwerthieb die Schnur. Der Junge fiel zu Boden und begann zu schluchzen.

»Ich habe ihn erwischt, wie er unsere Vorräte stehlen wollte, und kam auf den Gedanken, ihn nach der Gegend zu befragen«, sagte Ganelon. »Er kommt aus Avalon – auf dem schnellsten Wege.«

»Was meinst du damit?«

»Er war Fußsoldat in einer Schlacht, die dort vor zwei Nächten geschlagen wurde. Während des Kampfes gewann seine Feigheit die Oberhand, und er ist desertiert.«

Der Jüngling wollte widersprechen, und Ganelon versetzte ihm einen Tritt.

»Sei still!«, sagte er. »Ich erzähle doch nur, was du mir gesagt hast!«

Der junge Mann bewegte sich seitwärts wie ein Krebs und starrte mich mit weitaufgerissenen Augen flehend an.

»Schlacht? Wer hat denn gekämpft?«, fragte ich.

Ganelon lächelte grimmig.

»Die Geschichte dürfte Euch bekannt vorkommen«, sagte er. »Die Streitkräfte Avalons gingen in die schwerste – und vielleicht letzte – einer ganzen Reihe von Auseinandersetzungen mit Wesen, deren Herkunft nicht natürlich zu erklären ist.«

»Oh?«

Ich musterte den Jungen, der den Blick senkte, doch ich sah die Angst in seinen Augen, ehe die Lider herabglitten.

»... Frauen«, sagte Ganelon. »Bleichgesichtige Furien aus einer unbekannten Hölle, lieblich und kalt. Bewaffnet und in Rüstung. Langes, helles Haar. Augen wie Eis. Sie reiten auf dem Rücken weißer feuerspeiender Reittiere, die sich von Menschenfleisch ernähren. Sie stürmten nachts aus einem Höhlenkomplex in den Bergen hervor, der vor einigen Jahren von einem Erdbeben geöffnet wurde. Sie brandschatzten und nahmen junge Männer als Gefangene mit, brachten alle anderen um. Viele tauchten später als seelenlose Infanterie in ihrem Gefolge wieder auf. Das alles hört sich sehr nach den Bewohnern des Kreises an, mit denen wir es zu tun hatten.«

»Aber von denen waren viele noch am Leben, als sie befreit wurden«, sagte ich. »Damals wirkten sie gar nicht seelenlos, nur wie es mir auch einmal ergangen ist – betäubt. Es ist seltsam, dass man die Höhlen tagsüber nicht versperrt hat, wo die Reiterinnen ihr Unwesen doch nur nachts getrieben haben …«

»Der Deserteur hat mir berichtet, dass man so etwas versucht hat«, sagte Ganelon. »Doch sie seien nach einer gewissen Zeit stets wieder aufgetaucht, stärker denn zuvor.«

Das Gesicht des Jungen war aschfahl, doch als ich ihn fragend ansah, nickte er.

»Sein General, den er den Protektor nennt, hat sie oft angeführt«, fuhr Ganelon fort. »Er hat sogar den Teil einer Nacht mit der Anführerin, einer bleichen Hexe namens Lintra, verbracht – ob beim Liebesspiel oder zu Verhandlungen, weiß ich nicht genau. Jedenfalls ist nichts dabei herausgekommen. Die Überfälle gingen weiter, und ihre Macht wuchs. Der Protektor fasste schließlich den Plan, einen letzten Angriff einzuleiten, um den Gegner endgültig zu vernichten. Während dieses Kampfes ist unser Freund hier geflohen« – er deutete mit dem Schwert auf den jungen Mann –, »weshalb wir jetzt nicht wissen, wie die Geschichte ausgegangen ist.«

»Ist es so gewesen?«, fragte ich den Gefangenen.

Der Junge wandte sich von der Spitze des Schwerts ab, hielt

einen Augenblick lang meinem Blick stand und nickte dann langsam.

»Interessant«, sagte ich zu Ganelon. »Sehr interessant. Ich habe das Gefühl, dass die Probleme Avalons mit denen zu tun haben, die wir vor Kurzem lösen konnten. Wenn ich nur wüsste, wie der Kampf hier ausgegangen ist!«

Ganelon nickte und fasste seine Waffe fester.

»Also, wenn wir jetzt mit ihm fertig sind …«, sagte er.

»Moment – Ihr habt gesagt, er wollte sich etwas zu essen stehlen?«

»Ja.«

»Bindet ihm die Hände los. Wir geben ihm zu essen.«

»Aber er wollte uns bestehlen!«

»Habt Ihr mir nicht erzählt, Ihr hättet einmal einen Mann wegen eines Paars Schuhe umgebracht?«

»Ja, aber das war etwas anderes.«

»Inwiefern?«

»Ich habe mich nicht erwischen lassen.«

Ich lachte und konnte nicht mehr aufhören. Zuerst blickte er verärgert, dann verwirrt. Schließlich begann er ebenfalls zu lachen.

Der junge Mann sah uns an, als hätten wir den Verstand verloren.

»Also gut«, sagte Ganelon schließlich, »also gut.« Er bückte sich, drehte den Jungen mit einer kräftigen Handbewegung herum und schnitt die Schnur durch, die seine Handgelenke zusammenhielt.

»Komm, Junge«, sagte er. »Ich besorge dir etwas zu essen.« Er inspizierte unsere Ausrüstung und öffnete mehrere Proviantpakete.

Der Jüngling stand auf und humpelte langsam hinter ihm her. Er nahm, was ihm gereicht wurde, und begann, es hastig und geräuschvoll hinunterzuschlingen, ohne den Blick von Ganelon zu wenden. Seine Informationen, sollten sie stimmen, beinhalteten etliche Komplikationen für mich, vor allem, dass ich in einem vom Krieg zerütteten Land meine Absichten wahrscheinlich nicht so einfach verwirklichen konnte. Auch verstärkten sich meine Befürchtungen hinsichtlich Art und Ausmaß des zerstörerischen Musters.

Ich half Ganelon, ein kleines Feuer anzufachen.

»Wie beeinflusst dies unsere Pläne?«, fragte er.

Ich sah eigentlich keine Alternative. Alle Schatten in der Nähe dessen, was ich wünschte, waren sicher ähnlich beeinträchtigt. Ich konnte mein Ziel natürlich in einem suchen, der nicht heimgesucht wurde, aber wenn ich dann dort einträfe, wäre es der falsche Ort. Was ich wünschte, wäre dort nicht vorhanden. Wenn die Vorstöße des Chaos auf meinem gewünschten Weg durch die Schatten stattfanden, hingen sie mit der Art meiner Wünsche zusammen und mussten früher oder später bewältigt werden, so oder so. Ausweichen konnte man ihnen nicht. So lief das Spiel nun mal, und ich durfte mich nicht beschweren, hatte ich doch die Regeln selbst aufgestellt.

»Wir reiten weiter«, sagte ich. »Avalon ist das Ziel meiner Wünsche.«

Der junge Mann stieß einen kurzen Schrei aus und begann, warnend auf mich einzureden – vielleicht aus einem Gefühl des

Verpflichtetseins heraus, weil ich Ganelon davon abgehalten hatte, ihn zu durchbohren. »Reitet nicht nach Avalon, Sir! Dort gibt es nichts, was Ihr Euch wünschen könntet! Man wird Euch töten!«

Ich lächelte ihn an und dankte ihm. Ganelon lachte leise und sagte: »Nehmen wir ihn doch mit, damit er sich als Deserteur verantworten kann.«

Daraufhin rappelte sich der Jüngling auf und rannte davon.

Immer noch lachend, zog Ganelon seinen Dolch und holte aus, um ihn zu schleudern. Ich stieß gegen seinen Arm, und er traf weit daneben. Der junge Mann verschwand im Wald, und Ganelon lachte noch immer.

Er hob den Dolch wieder auf. »Ihr hättet mir erlauben sollen, ihn zu töten«, sagte er.

»Ich habe anders entschieden.«

Er zuckte die Achseln.

»Wenn er heute Nacht zurückkehrt und uns die Hälse durchschneidet, seid Ihr vielleicht anderer Ansicht.«

»Das glaube ich. Aber er kommt nicht zurück, das wisst Ihr.«

Wieder zuckte er die Achseln, schnitt sich ein Stück Fleisch ab und erwärmte es über den Flammen.

»Nun, der Krieg hat ihm wenigstens beigebracht, wie man die Beine unter den Arm nimmt«, sagte er anerkennend. »Vielleicht erleben wir den morgigen Tag doch noch.«

Er biss ab und begann zu kauen. Das schien eine gute Idee zu sein, und ich holte mir ebenfalls ein Stück Fleisch.

Später erwachte ich aus unruhigem Schlaf und starrte durch das Dach der Blätter auf die Sterne. Ein abergläubischer Teil meines Geistes beschäftigte sich mit dem Jungen und diente uns beiden schlecht. Es dauerte sehr lange, bis ich wieder einschlafen konnte.

Am Morgen traten wir Erde über die Feuerstelle und ritten weiter. Bis zum Nachmittag schafften wir es in die Berge und ließen sie am folgenden Tag hinter uns. Auf unserem Weg zeigten sich hier und da frische Spuren, doch wir begegneten niemandem.

Am nächsten Tag kamen wir an mehreren Bauernhäusern und Siedlungen vorbei, ohne dort Halt zu machen. Ich hatte mich gegen die wilde, dämonische Route entschlossen, der ich bei der Verbannung Ganelons gefolgt war. Zwar wäre dieser Weg viel kürzer gewesen, doch hätte es ihn sicher sehr verstört. Außerdem brauchte ich Zeit zum Nachdenken, so dass diese Art der Fortbewegung nicht angebracht war. Inzwischen ging auch der lange Weg seinem Ende entgegen. An diesem Nachmittag erreichten wir Ambers Himmel, und ich bewunderte ihn stumm. Es sah beinahe so aus, als ritten wir durch den Wald von Arden. Allerdings war kein Hörnerklang zu vernehmen, kein Julian, kein Morgenstern, keine gierig hechelnden Hunde tauchten auf, wie damals, als ich zum letzten Mal durch Arden kam. Es gab nur den Vogelgesang in den mächtigen Bäumen, das Keckem eines Eichhörnchens, das Bellen eines Fuchses, das Plätschern eines Wasserfalls, das Weiß und Blau und Rosa von Blumen im Schatten.

Die Nachmittagsbrise war angenehm kühl; sie stimmte mich derart friedlich, dass mich der Anblick der frischen Gräber am Wegesrand hinter einer Kurve ziemlich unvorbereitet traf. In der

Nähe befand sich eine zertrampelte Lichtung. Wir verweilten kurz, erfuhren aber nicht mehr, als auf den ersten Blick erkennbar gewesen war.

Ein Stück weiter passierten wir eine ähnliche Stelle mit mehreren verkohlten Grasflecken und Büschen. Der Weg zeigte inzwischen Spuren intensiver Benutzung, und das Gebüsch links und rechts war geknickt und niedergetrampelt, als seien zahlreiche Männer und Tiere durchgekommen. Von Zeit zu Zeit roch die Luft nach Asche, und einmal kamen wir an einem Pferdekadaver vorbei, der bereits ziemlich verwest und zerfleddert war.

Der Himmel Ambers schenkte mir keine Kraft mehr, obwohl der Weg danach lange Zeit frei war.

Der Tag neigte sich dem Abend entgegen, und der Wald war schon viel lichter geworden, als Ganelon im Südosten die Rauchsäulen bemerkte. Wir schlugen den ersten Seitenweg ein, der in die Richtung zu führen schien, auch wenn uns das von Avalon fortführte. Es war schwierig, die Entfernung zu schätzen, doch wir erkannten schnell, dass wir unser Ziel erst nach Einbruch der Dunkelheit erreichen würden.

»Die Armee – noch im Lager?«, fragte Ganelon.

»Oder die der Eroberer.«

Er schüttelte den Kopf und lockerte die Klinge in der Scheide.

In der Dämmerung verließ ich den Weg, um einem Wasserplätschern nachzugehen. Es war ein heller, klarer Bach, der von den Bergen herabstürzte und noch etwas Gletscherkälte mit sich führte. Ich badete darin, stutzte meinen neuen Bart zurecht und säuberte meine Kleidung vom Staub der Reise. Da nun das Ende unseres Ritts bevorstand, wollte ich einen möglichst zivilisierteren Eindruck machen. Ganelon ließ sich anstecken, benetzte sein Gesicht mit Wasser und schneuzte sich einmal vernehmlich.

Schließlich stand ich am Ufer, blinzelte mit frisch ausgespülten Augen zum Himmel empor und sah den Mond deutlich hervortreten, seine Ränder hatten alle Unschärfe verloren. Das geschah zum ersten Mal. Ich hörte auf zu atmen und blickte reglos hinauf. Dann suchte ich den Himmel nach ersten Sternen ab, nach den Rändern von Wolken, den Gipfeln ferner Berge, weit entfernten Bäumen. Noch einmal blickte ich auf den Mond, der sich noch immer klar und deutlich am Himmel zeigte. Mein Augenlicht war vollständig zurückgekehrt.

Als ich zu lachen begann, wich Ganelon zurück – und erkundigte sich weder jetzt noch später nach dem Grund.

Ich unterdrückte meinen Wunsch zu singen, stieg wieder auf mein Pferd und kehrte zum Weg zurück. Die Schatten wurden dunkler, und zwischen den Ästen über unseren Köpfen blühten Sternenwolken auf. Ich atmete ein großes Stück der Nacht ein, hielt es einen Moment lang in meinen Lungen, gab es wieder frei. Ich war wieder ganz der Alte, ein gutes Gefühl.

Ganelon lenkte sein Pferd neben mich und sagte leise: »Wir müssen mit Posten rechnen.«

»Ja«, sagte ich.

»Sollten wir dann nicht lieber den Weg verlassen?«

»Nein. Ich möchte nicht heimlichtuerisch erscheinen. Mir macht es nichts aus, notfalls auch mit einer Eskorte einzutreffen. Wir sind einfach nur zwei Reisende.«

»Vielleicht erkundigt man sich nach dem Grund für unsere Reise.«

»Dann geben wir uns als Söldner aus, die von den Auseinandersetzungen in der Gegend gehört haben und eine Anstellung suchen.«

»Ja. Wir sehen zumindest so aus. Hoffentlich nimmt man sich überhaupt die Zeit, uns anzuschauen.«

»Wenn man uns so schlecht erkennen kann, bieten wir auch kein gutes Ziel.«

»Das ist wahr, trotzdem tröstet mich der Gedanke wenig.«

Ich lauschte auf unseren Hufschlag. Der Weg verlief nicht geradlinig, sondern wand sich hierhin und dorthin, streckte sich ein Stück, um sich dann erneut zu krümmen. Als wir die nächste Anhöhe erreichten, traten die Bäume noch weiter auseinander.

Auf dem Gipfel des nächsten Hügels sahen wir vor uns ein ziemlich offenes Gelände. Gleich darauf befanden wir uns an einer Stelle, von der aus wir mehrere Meilen weit freien Blick hatten. Wir zügelten unsere Tiere an einem Abgrund, der sich nach zehn oder fünfzehn steilen Metern zu einem gemächlichen Hang neigte und zu einer großen Ebene hinabführte, die etwa eine Meile entfernt begann und in ein hügeliges, sporadisch bewaldetes Gebiet mündete. Die Ebene war mit Lagerfeuern übersät, und zur Mitte hin erhoben sich etliche Zelte. In der Nähe grasten zahlreiche Pferde. Meiner Schätzung nach saßen einige Hundert Männer an den Feuern oder bewegten sich im Lager.

Ganelon seufzte.

»Wenigstens scheint es sich um gewöhnliche Menschen zu handeln«, sagte er.

»Ja.«

»Und wenn es ganz normale Soldaten sind, werden wir wahrscheinlich längst beobachtet. Dieser Aussichtspunkt ist zu günstig, um unbewacht zu bleiben.«

»Ja.«

Hinter uns ertönte ein Geräusch. Wir wollten uns eben umdrehen, als eine Stimme ganz in der Nähe sagte: »Keine Bewegung!«

Ich drehte nur meinen Kopf und sah vier Männer. Zwei hatten Armbrüste auf uns gerichtet, die beiden anderen hielten Schwerter in den Fäusten. Einer der Schwertkämpfer trat zwei Schritte vor.

»Absteigen!«, befahl er. »Auf dieser Seite! Langsam!«

Wir stiegen von unseren Pferden und standen ihm gegenüber, wobei wir darauf achteten, die Hände von den Waffen zu lassen.

»Wer seid Ihr? Woher kommt Ihr?«, fragte er.

»Wir sind Söldner«, erwiderte ich. »Aus Lorraine. Wir hörten, dass hier gekämpft würde. Wir suchen Arbeit. Unser Ziel ist das Lager dort unten. Es ist hoffentlich das Eure.«

»Und wenn ich behaupten würde, wir seien die Patrouille einer Armee, die das Lager gleich überfallen will?«

Ich zuckte die Achseln. »In dem Fall – ist vielleicht Eure Seite an ein paar frischen Männern interessiert?«

Er spuckte aus. »Der Protektor braucht Männer wie Euch nicht. Aus welcher Richtung kommt Ihr?«

»Aus dem Osten«, entgegnete ich.

»Habt Ihr kürzlich – Schwierigkeiten gehabt?«

»Nein«, sagte ich. »Sollten wir?«

»Schwer zu sagen«, erwiderte er. »Legt die Waffen ab. Ich schicke Euch ins Lager hinab. Man wird Euch dort befragen wollen, ob Ihr vielleicht im Osten – ungewöhnliche Dinge gesehen habt.«

»Wir haben nichts Besonderes bemerkt«, behauptete ich.

»Wie dem auch sei, man gibt Euch wahrscheinlich etwas zu essen. Allerdings glaube ich nicht, dass man Euch anwerben wird. Zum Kämpfen seid Ihr ein bisschen zu spät gekommen. Und jetzt die Waffen ablegen.«

Während wir die Schwertgurte lösten, rief er zwei weitere Männer aus dem Wald herbei. Er wies sie an, uns zu Fuß nach unten zu bringen. Dabei sollten wir unsere Pferde an den Zügeln führen. Die Männer ergriffen unsere Waffen, und als wir uns zum Gehen wandten, rief der Mann, der uns verhört hatte: »Wartet!«

Ich drehte mich um.

»Ihr! Wie lautet Euer Name?«, wandte er sich an mich.

»Corey.«

»Bleibt stehen!«

Er kam auf mich zu und stellte sich dicht vor mir auf. Ungefähr zehn Sekunden lang starrte er mich an.

»Was ist los?«, fragte ich.

Anstelle einer Antwort fummelte er in einem Beutel an seinem Gürtel herum. Er zog eine Handvoll Münzen heraus und hielt sie sich dicht vors Gesicht.

»Verdammt! Zu dunkel«, sagte er. »Und wir können kein Licht machen.«

»Wozu?«, fragte ich.

»Ach, es ist nicht weiter wichtig«, meinte er. »Allerdings kamt

Ihr mir bekannt vor, und ich wollte wissen, warum. Ihr seht aus wie der Mann, der auf manchen unserer alten Münzen abgebildet ist. Ein paar sind noch im Umlauf. Meinst du nicht auch?«, wandte er sich an den neben ihm stehenden Armbrustschützen.

Der Mann senkte die Armbrust und trat vor. Aus zusammengekniffenen Augen starrte er mich an.

»Ja«, sagte er.

»Wer war das – der Mann, an den er uns erinnert?«

»Einer dieser Alten. Vor meiner Zeit. Ich weiß es nicht mehr.«

»Ich auch nicht. Nun ja …« Er zuckte die Achseln. »Ist auch unwichtig. Geht weiter, Corey. Antwortet ehrlich auf alle Fragen, dann wird Euch nichts geschehen.«

Ich wandte mich ab und ließ ihn im Mondlicht stehen, sich am Kopf kratzend und mir irritiert nachblickend.

Die Männer, die uns begleiteten, gehörten nicht zum gesprächigen Typ. Was mir nur recht war.

Während wir den Hang hinabstiegen, dachte ich an die Aussage des jungen Soldaten und an die Lösung des Konflikts, den er beschrieben hatte, denn ich hatte die physische Analogie der gewünschten Welt erreicht und musste mit der existierenden Situation fertig werden.

Im Lager herrschte ein angenehmer Geruch nach Mensch und Tier, nach Holzrauch, gebratenem Fleisch, Leder und Öl. All dies vermengte sich im Feuerschein, wo die Männer sich unterhielten, Waffen schliffen, ihre Ausrüstung reparierten, aßen, spielten, schliefen, tranken – und uns beobachteten, wie wir unsere Pferde mitten durch das Lager führten in Richtung eines zentral gelegenen Trios zerschlissener Zelte. Die Sphäre des Schweigens um uns wurde immer größer, je weiter wir vordrangen.

Vor dem zweitgrößten Zelt hielt man uns an, und einer unserer Wächter sprach mit einem Posten, der vor dem Zelt auf und ab ging. Der Mann schüttelte mehrmals den Kopf und deutete auf das größte Zelt. Das Gespräch dauerte einige Minuten, ehe unser Wächter zu uns zurückkehrte und mit seinem Begleiter sprach, der links von uns wartete. Schließlich nickte unser Begleiter und kam auf mich zu, während die anderen einen Mann vom nächstgelegenen Lagerfeuer herbeiriefen.

»Die Offiziere sind alle im Zelt des Protektors bei einer Versammlung«, sagte er. »Wir werden Eure Pferde anbinden und grasen lassen. Nehmt die Sättel ab und legt sie hierhin. Ihr müsst warten, bis der Hauptmann Euch rufen lässt.«

Ich nickte, und wir machten uns daran, unsere Habseligkeiten abzuschnallen und die Pferde trockenzureiben. Ich tätschelte Star am Hals und sah zu, wie ein kleiner humpelnder Mann ihn und Ganelons Feuerdrachen zu den anderen Pferden führte. Dann ließen wir uns auf unserem Gepäck nieder und warteten. Einer der Posten brachte uns heißen Tee und erhielt im Gegenzug eine Pfeifenfüllung von meinem Tabak. Anschließend zogen sich die beiden Wächter ein Stück zurück.

Ich beobachtete das große Zelt, trank meinen Tee und dachte an Amber und einen kleinen Nachtclub in der Rue de Char et Pain in Brüssel, auf jener Schatten-Erde, die so lange meine Heimat gewesen war. Sobald ich mir das Juweliersrouge beschafft hatte, das ich von hier brauchte, wollte ich nach Brüssel zurückkehren, um noch einmal mit den Händlern der Waffenbörse

Geschäfte zu machen. Meine Bestellung war kompliziert und kostspielig, das war mir klar, denn sie setzte voraus, dass ein Munitionsfabrikant eine eigene Produktionslinie für mich einrichtete. Auf jener Erde hatte ich dank meiner zeitweiligen militärischen Tätigkeit außer Interarmco noch andere Verbindungen, und ich nahm an, dass mich die Beschaffung des Gewünschten nur einige Monate kosten würde. Ich begann, mich mit den Einzelheiten zu befassen, und die Zeit verging rasch und angenehm.

Nach etwa anderthalb Stunden gerieten die Schatten innerhalb des großen Zeltes in Bewegung. Einige Minuten später wurde die Eingangsplane zur Seite geworfen und Männer traten ins Freie, langsam, sich unterhaltend und über die Schulter ins Zelt blickend. Die letzten beiden verweilten am Eingang, ins Gespräch vertieft mit jemandem, der drinnen blieb. Die übrigen verteilten sich auf die anderen Zelte.

Die beiden am Eingang schoben sich seitlich ins Freie, den Blick immer noch ins Innere gerichtet. Ich hörte ihre Stimmen, doch ich konnte nicht verstehen, was sie sagten. Als sie weiter herauskamen, bewegte sich auch der Mann, mit dem sie sprachen, und ich vermochte einen Blick auf ihn zu werfen. Er hatte das Licht im Rücken, und die beiden Offiziere standen im Weg, aber ich konnte erkennen, dass er dünn und sehr groß war.

Unsere Wächter hatten sich noch nicht geregt, was mir darauf hinzudeuten schien, dass einer der beiden Offiziere der vorhin erwähnte Hauptmann sein müsse. Ich fixierte weiterhin das Zelt, versuchte die Männer durch meine Willenskraft dazu zu bringen, sich weiter zu entfernen und mir einen besseren Blick auf ihren Befehlshaber zu ermöglichen.

Nach einer Weile geschah dies auch, und Sekunden später machte er einen Schritt nach vorn.

Zuerst wusste ich nicht zu sagen, ob mir Licht und Schatten nur einen Streich spielten … Aber nein! Wieder bewegte er sich, und ich konnte ihn einen Moment lang deutlich sehen. Ihm fehlte der rechte Arm, der unmittelbar unter dem Ellbogen abgetrennt worden war. Die Wunde war so dick verbunden, dass der Verlust wohl erst vor Kurzem stattgefunden haben musste.

Dann machte die große linke Hand eine weite, abwärtsgerichtete Bewegung und verharrte ein Stück vom Körper entfernt. Der Armstumpf zuckte im gleichen Augenblick hoch, und etwas regte sich im Unterbewusstsein meines Geistes. Das Haar des Mannes war lang, glatt und braun, und ich sah, wie sein Kinn sich vorreckte …

Dann trat er ins Freie, und ein Windhauch verfing sich in seinem weiten Mantel und ließ ihn nach rechts ausschwingen. Ich sah, dass er ein gelbes Hemd und braune Hosen trug. Der Mantel selbst war flammend orange, und er fasste mit einer unnatürlich schnellen Bewegung der linken Hand zu und zog ihn wieder über den Stumpf.

Schnell stand ich auf, und sein Kopf richtete sich ruckhaft in meine Richtung.

Unsere Blicke begegneten sich, und mehrere Herzschläge lang rührte sich keiner von uns.

Die beiden Offiziere drehten sich um und starrten uns an, und schon schob er sie zur Seite und kam mit großen Schritten auf mich zu. Ganelon stieß ein Grunzen aus und sprang hastig auf die Füße. Unsere Wächter waren ebenfalls überrascht.

Er blieb mehrere Schritte vor mir stehen, und seine haselnussbraunen Augen musterten mich von Kopf bis Fuß. Er lächelte selten, doch in diesem Augenblick brachte er ein schwaches Lächeln zustande.

»Kommt mit«, sagte er und wandte sich wieder seinem Zelt zu.

Wir folgten ihm und ließen unsere Sachen liegen.

Er entließ die beiden Offiziere mit einem Blick, blieb neben dem Zelteingang stehen und winkte uns an sich vorbei. Er folgte und ließ die Zeltplane hinter sich zufallen. Ich bemerkte seinen Schlafsack, einen kleinen Tisch, Bänke, Waffen, eine Feldherrntruhe. Auf dem Tisch befanden sich eine Öllampe, Bücher, Landkarten, eine Flasche und etliche Becher. Eine zweite Lampe flackerte auf der Truhe.

Er umfasste meine Hand und lächelte wieder.

»Corwin«, sagte er. »Und immer noch am Leben.«

»Benedict«, sagte ich und lächelte nun ebenfalls. »Und immer noch am Atmen. Es ist teuflisch lange her.«

»Kann man wohl sagen. Wer ist dein Freund?«

»Sein Name ist Ganelon.«

»Ganelon«, sagte er und nickte in seine Richtung, machte aber keine Anstalten, ihm die Hand zu reichen.

Er trat an den Tisch und füllte drei Becher mit Wein. Einen reichte er mir, den zweiten Ganelon. Dann hob er den dritten.

»Auf deine Gesundheit, Bruder«, sagte er.

»Auf die deine.«

Wir tranken.

»Setzt euch«, sagte er dann, deutete auf die nächste Bank und nahm am Tisch Platz. »Und willkommen in Avalon.«

»Vielen Dank – Protektor.«

Er schnitt eine Grimasse.

»Die Bezeichnung besteht nicht zu unrecht«, sagte er tonlos, ohne den Blick von meinem Gesicht zu wenden. »Ich frage mich nur, ob der frühere Protektor dieser Gegend von sich dasselbe behaupten könnte.«

»Er hat eigentlich nicht genau an diesem Ort geherrscht«, sagte ich. »Und ich glaube, er könnte das von sich sagen.«

Er zuckte die Achseln.

»Natürlich«, sagte er. »Aber genug davon! Wo hast du gesteckt? Was hast du gemacht? Warum bist du hierhergekommen? Erzähl mir von dir! Unser letztes Gespräch ist viel zu lange her.«

Ich nickte. Es war bedauerlich, gehörte aber zur Familienetikette sowie zur Balance der Machtverhältnisse, dass ich seine Fragen beantwortete, bevor ich selbst Fragen stellte. Er war älter als ich, und ich war – wenn auch unwissentlich – in seinen Einflussbereich eingedrungen. Nicht dass ich ihm die Höflichkeiten missgönnte. Er gehörte zu den wenigen Verwandten, die ich respektierte und sogar mochte. Nur lagen mir zahlreiche Fragen auf der Zunge. Wie er gesagt hatte – es war viel zu lange her.

Und wie viel sollte ich ihm nun erzählen? Ich hatte keine Ahnung, wem er seine Sympathien geschenkt haben mochte. Ich wollte die Gründe für sein selbstgewähltes Exil nicht erfahren, indem ich die falschen Dinge erwähnte. Also musste ich mit etwas Neutralem anfangen und ihn dann beiläufig aushorchen.

»Es muss irgendwo einen Anfang geben«, sagte er im gleichen Moment. »Mir ist egal, wie du die Sache drehst.«

»Es gibt viele Anfänge«, erwiderte ich. »Es ist schwierig … am besten hole ich wohl ganz weit aus.«

Ich trank noch einen Schluck Wein.

»Ja«, beschloss ich. »Das scheint mir das Einfachste zu sein – obwohl ich mich an einen großen Teil der Ereignisse erst kürzlich erinnert habe.

Es war mehrere Jahre nach dem Sieg über die Mondreiter von Ghenesh und deinem Verschwinden, dass Eric und ich uns ernsthaft zu streiten begannen«, setzte ich an. »Und es war ein Streit um die Nachfolge. Vater hatte wieder einmal von Abdankung gesprochen und weigerte sich wie eh und je, einen Nachfolger zu benennen. Natürlich kam es sofort wieder zu den alten Diskussionen darüber, wer der rechtmäßige Erbe sei. Eric und du, ihr seid selbstverständlich beide älter als ich, doch während Faiella, Erics und meine Mutter, nach dem Tod von Clymnea seine Frau wurde, haben sie …«

»Es reicht!«, brüllte Benedict und schlug so heftig auf den Tisch, dass die Platte zersplitterte.

Die Lampe hüpfte herum und begann zu flackern, fiel aber wie durch ein Wunder nicht um. Sofort wurde der Vorhang vor dem Zelt zur Seite geschoben, und ein Posten spähte besorgt herein. Benedict warf ihm einen Blick zu, und er zog sich wieder zurück.

»Ich habe keine Lust, in unserer jeweiligen Bastard-Vergangenheit zu schwelgen«, sagte Benedict leise. »Dieser obszöne Zeitvertreib war einer der Gründe, warum ich mich überhaupt aus der Glückseligkeit Ambers entfernt habe. Bitte erzähl deine Geschichten ohne solche Fußnoten.«

»Nun – ja«, sagte ich und räusperte mich. »Wie ich schon sagte, hatten wir ziemlich heftige Auseinandersetzungen über die Sache. Eines Abends blieb es nicht mehr bei Worten. Wir kämpften.«

»Ein Duell?«,

»Nicht ganz so formell. Eher könnte man sagen, dass wir gleichzeitig beschlossen, uns gegenseitig zu ermorden. Jedenfalls kämpften wir ziemlich lange miteinander, und Eric gewann schließlich die Oberhand und machte Anstalten, mich zu pulverisieren. Auf die Gefahr hin, meiner Geschichte vorzugreifen, muss ich hinzufügen, dass mir all das erst vor etwa fünf Jahren wieder bewusst wurde.«

Benedict nickte, als verstünde er.

»Ich kann nur vermuten, was unmittelbar nach meiner Bewusstlosigkeit geschah«, fuhr ich fort. »Jedenfalls hielt sich Eric im letzten Augenblick zurück und tötete mich nicht. Als ich erwachte, befand ich mich auf einer Schatten-Erde, in einem Ort namens London. Die Stadt wurde gerade von der Pest heimgesucht, und ich hatte mich angesteckt. Ich erholte mich jedoch, ohne eine Erinnerung an die Zeit vor London zu haben. Auf dieser Schattenwelt lebte ich viele Jahrhunderte lang und suchte nach Hinweisen zu meiner Identität. Ich reiste viel herum, nahm oft an militärischen Feldzügen teil. Ich besuchte die dortigen Universitäten, sprach mit den klügsten Köpfen, suchte die berühmtesten Ärzte auf. Doch nirgendwo fand ich den Schlüssel zu meiner Vergangenheit. Mir war klar, dass ich nicht wie andere Menschen war, und ich gab mir größte Mühe, diese Tatsache zu verheimlichen. Es machte mich wütend, dass ich alles haben konnte, was ich wollte – außer dem, was ich mir am sehnlichsten wünschte: meine Identität, meine Erinnerungen.

Die Jahre vergingen, doch mein Zorn und meine Sehnsucht blieben. Es bedurfte eines Unfalls, der meinen Schädel verletzte, um jene Veränderungen auszulösen, welche die ersten Erinnerungen zurückbrachten. Dies geschah vor etwa fünf Jahren, und ironischerweise habe ich gute Gründe zu glauben, das Eric hinter dem Unfall steckte. Flora hatte anscheinend die ganze Zeit auf jener Schatten-Erde gelebt und mich im Auge behalten.

Um zu meinen Vermutungen zurückzukehren – Eric muss sich im letzten Augenblick gebremst haben, denn er wünschte sich wohl meinen Tod, wollte aber nicht, dass die Tat auf ihn zurückfiel. Folglich schaffte er mich durch die Schatten an einen Ort, wo ein schneller, fast sicherer Tod auf mich wartete – zweifellos um nach Amber zurückzukehren und sagen zu können, wir hätten uns gestritten und ich wäre trotzig davongeritten und hätte etwas davon gemurmelt, ich wolle wieder einmal verschwinden. Wir hatten an jenem Tag im Wald von Arden zusammen gejagt – nur wir beide.«

»Ich finde es seltsam«, unterbrach mich Benedict, »dass zwei Rivalen wie ihr unter solchen Umständen zusammen auf die Jagd geht.«

Ich trank einen Schluck Wein und lächelte.

»Vielleicht war doch etwas mehr dahinter, als ich eben durchblicken ließ«, sagte ich. »Vielleicht hießen wir beide die Gelegenheit zur Jagd willkommen – nur wir beide allein im Wald.«

»Ich verstehe«, sagte er. »Es wäre also denkbar, dass es auch genau andersrum hätte ausgehen können?«

»Nun«, erwiderte ich, »das ist schwer zu sagen. Ich glaube nicht, dass ich so weit gegangen wäre. Natürlich spreche ich aus heutiger Sicht. Menschen ändern sich, wie du weißt. Und damals …? Ja, vielleicht hätte ich ihm dasselbe angetan. Ich kann es nicht mit Sicherheit sagen, aber möglich wäre es.«

Wieder nickte er, und ich spürte einen Anflug von Zorn, der schnell in Belustigung umschlug.

»Zum Glück kommt es mir nicht darauf an, meine Motive vor irgendjemandem zu rechtfertigen«, fuhr ich fort. »Um meine Mutmaßungen fortzusetzen – ich glaube, dass Eric mir danach auf der Spur blieb. Zweifellos war er zuerst enttäuscht, dass ich seinen Anschlag überlebt hatte, doch zugleich auch zufrieden, dass ich ihm nicht mehr schaden konnte. Also sorgte er dafür, dass Flora mich im Auge behielt, und die Welt drehte sich friedlich weiter, für eine lange Zeit. Dann hat Vater vermutlich abgedankt und ist verschwunden, ohne die Frage der Nachfolge zu klären …«

»Einen Teufel hat er getan!«, sagte Benedict. »Eine Abdankung hat es nie gegeben! Er ist einfach verschwunden. Eines Morgens war er nicht mehr in seinen Gemächern. Sein Bett war vollkommen unberührt. Eine Nachricht war nicht zu finden. Man hatte am Vorabend gesehen, wie er die Zimmer betrat, doch niemand hat ihn fortgehen sehen. Selbst das wurde zuerst nicht für absonderlich gehalten. Man nahm einfach an, er sei wieder einmal in den Schatten unterwegs, um sich womöglich eine neue Braut zu suchen. Es dauerte ziemlich lange, ehe jemand ein Verbrechen zu vermuten wagte oder sein Verschwinden als eine neuartige Form der Abdankung hinzustellen beliebte.«

»Das war mir nicht bewusst«, sagte ich. »Deine Quellen waren dem Herzen der Dinge offenbar näher als meine.«

Daraufhin nickte er nur, unangenehme Spekulationen über seine Kontakte in Amber auslösend. Vielleicht stand er neuerdings auf Erics Seite.

»Wann warst du zum letzten Mal dort?« wagte ich mich vor.

»Gut zwanzig Jahre ist das her«, erwiderte er. »Doch ich bleibe in Kontakt.«

Nicht mit jemandem, der das mir gegenüber erwähnt hatte! Das musste ihm bekannt sein, sollte ich seine Worte also als Warnung verstehen – oder als Drohung? Meine Gedanken rasten. Natürlich besaß er ein Spiel mit den großen Trümpfen. Ich blätterte sie im Geiste vor mir auf und ging sie eilig durch. Random hatte ahnungslos getan, als ich ihn nach Benedicts Verbleib befragte. Brand wurde schon lange vermisst. Ich hatte einen Hinweis bekommen, dass er noch lebte, gefangen an einem ungemütlichen Ort, unfähig, Informationen über die Geschehnisse in Amber weiterzugeben. Flora konnte seine Kontaktperson auch nicht gewesen sein, da sie bis vor Kurzem in den Schatten praktisch im Exil gelebt hatte. Llewella hielt sich in Rebma auf, Deirdre ebenfalls, und als ich sie zum letzten Mal sah, war sie in Amber nicht wohlgelitten gewesen. Fiona? Julian hatte mir gesagt, sie sei »irgendwo im Süden«. Er wusste nicht genau, wo. Wer blieb noch übrig?

Eric selbst, Julian, Gérard oder Caine, so wie ich das sah. Eric kam nicht infrage. Er hätte niemals Einzelheiten über Vaters Nichtabdankung auf eine Weise verbreitet, die es Benedict erlaubte, sich eine solche Meinung zu diesen Dingen zu bilden. Julian stand hinter Eric, war aber nicht ohne persönlichen Ehrgeiz. Wenn es ihm nützen konnte, würde er Informationen weitergeben. Das gleiche galt für Caine. Gérard dagegen hatte auf mich immer den Eindruck gemacht, als interessiere ihn das Wohl Ambers mehr als die Frage, wer auf seinem Thron saß. Seine Sympathie für Eric hielt sich allerdings in Grenzen, und er war einmal bereit gewesen, Bleys oder mich gegen ihn zu unterstützen. Meiner Auffassung nach hätte er Benedicts Wissen über die Ereignisse als eine Art Rückversicherung für das Reich angesehen. Ja, ziemlich sicher war es einer dieser drei. Julian hasste mich, Caine mochte mich nicht besonders, hatte aber auch nichts gegen mich, und Gérard und ich teilten angenehme Erinnerungen, die bis in meine Kindheit zurückreichten. Ich musste schleunigst herausfinden, wer dahintersteckte – und Benedict war natürlich nicht so ohne weiteres bereit, es mir zu sagen, kannte er doch meine jetzigen Beweggründe nicht. Eine Verbindung zu Amber konnte dazu verwendet werden, mir zu schaden oder zu nützen, je nach seinen Wünschen und denen der Person am anderen Ende. Deshalb war dies für ihn zugleich Waffe und Schild, und es kränkte mich etwas, dass er es für richtig hielt, mir diesen Umstand so deutlich vor Augen zu führen. Ich rang mich schließlich zu der Annahme durch, seine kürzliche Verwundung habe ihn unnatürlich vorsichtig gemacht, denn ich hatte ihm bisher niemals Grund zur Sorge gegeben. Allerdings führte dies dazu, dass ich ebenfalls ungewöhnlich vorsichtig war, eine traurige Erkenntnis, wenn man nach vielen Jahren zum ersten Mal einen Bruder wiedersieht.

»Interessant«, sagte ich und ließ den Wein in meinem Becher

kreisen. »So gesehen scheint es, als habe jedermann voreilig gehandelt.«

»Nicht jeder«, sagte er.

Ich spürte, dass sich mein Gesicht rötete.

»Verzeihung«, sagte ich.

Er nickte knapp.

»Bitte setze deinen Bericht fort.«

»Nun, zurück zu meinen Vermutungen«, fuhr ich fort. »Als Eric zu dem Schluss kam, der Thron habe nun lange genug leer gestanden und es wäre Zeit, danach zu greifen, muss er sich zugleich überlegt haben, dass meine Amnesie nicht ausreichte und es besser wäre, meinen Anspruch ein für allemal zu beenden. Daraufhin sorgte er dafür, dass ich auf der Schatten-Erde in einen Unfall verwickelt wurde, der tödlich hätte sein müssen, es aber nicht war.«

»Woher weißt du das alles? Wie viel vermutest du nur?«

»Als ich sie später befragte, hat Flora diesen Plan gewissermaßen eingestanden – einschließlich ihrer eigenen Rolle dabei.«

»Sehr interessant. Sprich weiter.«

»Der Schlag auf den Kopf sorgte für etwas, das mir nicht einmal Sigmund Freud hatte verschaffen können«, fuhr ich fort. »Erinnerungsfetzen regten sich in mir, die mit der Zeit immer stärker wurden – besonders als ich Flora wiedersah und mit allen möglichen Dingen konfrontiert wurde, die mein Gedächtnis anregten. Ich überzeugte Flora schließlich, dass ich mich wieder an alles erinnern konnte, und brachte sie dazu, offen über Menschen und Umstände zu sprechen. Dann tauchte Random auf. Er war auf der Flucht vor etwas …«

»Auf der Flucht? Wovor? Warum?«

»Vor irgendwelchen seltsamen Kreaturen aus den Schatten. Den Grund habe ich nie erfahren.«

»Interessant«, meinte er, und ich musste ihm zustimmen. In meiner Zelle hatte ich oft darüber nachgedacht und mich gefragt, warum wohl Random, von den Furien gehetzt, überhaupt auf der Bühne erschienen war. Vom Augenblick unserer Begegnung an bis zu unserer Trennung hatten wir in einer Art Gefahr geschwebt; ich war mit meinen eigenen Sorgen beschäftigt gewesen, und er hatte nichts verlauten lassen über die Gründe für sein plötzliches Auftauchen. Ich hatte mir bei seiner Ankunft natürlich Gedanken gemacht, doch ich war unsicher, ob es sich um etwas handelte, das ich hätte wissen sollen, und so ließ ich das zunächst offen. Die späteren Ereignisse lenkten mich davon ab, bis ich mich dann in der Zelle und jetzt in diesem Augenblick wieder damit befassen konnte. Interessant? In der Tat. Aber auch beunruhigend.

»Ich schaffte es, Random über meinen Zustand zu täuschen«, fuhr ich fort. »Er glaubte, dass ich den Thron wollte, während ich mich zunächst nur darum bemühte, mein Gedächtnis wiederzufinden. Er war einverstanden, mir bei der Rückkehr nach Amber zu helfen, und brachte mich auch tatsächlich zurück. Na ja, fast«, korrigierte ich mich. »Wir landeten in Rebma. Doch inzwischen hatte ich Random reinen Wein eingeschenkt, und er schlug vor, ich solle das Muster noch einmal abschreiten und mich so völlig wiederherstellen. Die Gelegenheit bot sich mir, und ich ergriff sie. Es gelang, und ich nutzte die Macht des Musters, um mich nach Amber zu versetzen.«

Er lächelte.

»In diesem Augenblick muss Random ein sehr unglücklicher Mensch gewesen sein«, bemerkte er.

»Jedenfalls ist er nicht gerade in Jubelrufe ausgebrochen«, sagte ich. »Er hatte Moires Urteil akzeptiert, eine Frau ihrer Wahl zu heiraten – ein blindes Mädchen namens Vialle – und mindestens ein Jahr lang bei ihr zu bleiben. Ich ließ ihn zurück und erfuhr später, dass er das Urteil erfüllt hatte. Deirdre war ebenfalls dort. Wir hatten sie unterwegs getroffen, sie war aus Amber geflohen, und wir suchten zu dritt in Rebma Schutz. Auch sie blieb dort.«

Ich leerte meinen Wein, und Benedict deutete mit einer Kopfbewegung auf die Flasche, die aber schon fast leer war. Also nahm er eine neue aus seiner Truhe, und wir füllten unsere Becher. Ich trank einen großen Schluck. Dieser Wein war besser als der erste. Vermutlich sein Privatvorrat.

»Im Palast«, fuhr ich fort, »schlug ich mich in die Bibliothek durch, wo ich mir ein Spiel Tarotkarten verschaffte. Dies war der Hauptgrund für meinen Vorstoß. Doch Eric überraschte mich, bevor ich etwas tun konnte, und wir kämpften in der Bibliothek. Ich verwundete ihn und hätte ihn wohl auch besiegen können, als Verstärkung für ihn eintraf und ich fliehen musste. Ich setzte mich mit Bleys in Verbindung, der mich zu sich in die Schatten holte. Den Rest weißt du vielleicht von deinen Informanten. Wie Bleys und ich uns zusammentaten, Amber angriffen, verloren. Er stürzte vom Kolvir in die Tiefe. Ich warf ihm meine Karten zu, und er fing sie auf. Soweit ich gehört habe, wurde seine Leiche nie gefunden. Doch es war ein tiefer Sturz – wenn ich auch annehme, dass damals Flut herrschte. Ich weiß nicht, ob er an jenem Tag gestorben ist oder nicht.«

»Auch ich weiß es nicht«, sagte Benedict.

»Ich wurde also gefangen genommen, und Eric wurde gekrönt. Man zwang mich, der Krönung beizuwohnen, trotz gewisser Einwände meinerseits. Es gelang mir, mich zu selbst zu krönen, bevor der Bastard – genealogisch gesprochen – die Krone wieder an sich nahm und sie sich auf den Kopf setzte. Dann ließ er mich blenden und ins Verlies werfen.«

Benedict beugte sich vor und musterte mein Gesicht.

»Ja«, sagte er. »Ich habe davon gehört. Wie hat man es gemacht?«

»Mit glühenden Eisen«, sagte ich und zuckte unwillkürlich zusammen, während ich den Impuls unterdrückte, meine Augen zu berühren. »Ich bin irgendwann ohnmächtig geworden.«

»Sind die Augäpfel verletzt gewesen?«

»Ja«, sagte ich. »Ich glaube schon.«

»Und wie lange hat die Regeneration gedauert?«

»Es dauerte etwa vier Jahre, bis ich wieder sehen konnte«, sagte ich. »Und erst jetzt ist die Sehschärfe wieder normal. Alles in allem etwa fünf Jahre, würde ich sagen.«

Er lehnte sich zurück, seufzte und lächelte schwach.

»Gut«, sagte er. »Du machst mir ein wenig Hoffnung. Natürlich haben schon andere von uns Körperteile verloren und eine Regeneration erfahren, doch ich habe noch nichts Wichtiges verloren – bis jetzt.«

»Oh ja«, sagte ich. »Eine eindrucksvolle Serie, die mich immer sehr interessiert hat. Eine Ansammlung von Kleinigkeiten, sicher nur noch den Beteiligten und mir in Erinnerung: Fingerkuppen, Zehen, Ohrläppchen. Ich würde meinen, dass du wegen deines Arms hoffen darfst. Aber es wird seine Zeit dauern. – Nur gut, dass du Rechts- *und* Linkshänder bist«, fügte ich hinzu.

Er lächelte unbehaglich und trank von seinem Wein. Nein, er war noch nicht bereit, mir zu sagen, was ihm widerfahren war.

Auch ich griff wieder nach meinem Becher. Ich wollte ihm nichts von Dworkin sagen. Ich hatte Dworkin als ein As im Ärmel behalten wollen. Keiner von uns kannte die volle Macht dieses Mannes, der eindeutig verrückt war. Doch er war beeinflussbar. Offensichtlich hatte sogar Vater mit der Zeit Angst vor ihm bekommen und ihn einsperren lassen. Was hatte er mir noch in meiner Zelle gesagt? Dass Vater ihn ins Gefängnis geworfen hätte, nachdem er verkündet hatte, ein Mittel zur Vernichtung von ganz Amber gefunden zu haben. Wenn es sich hierbei nicht nur um das Geschwätz eines Wahnsinnigen handelte und wenn das der eigentliche Grund für seinen Aufenthaltsort war, dann war Vater großzügiger gewesen, als ich es je sein würde. Der Mann war zu gefährlich, um am Leben zu bleiben. Andererseits hatte Vater versucht, ihn von seiner Krankheit zu heilen. Dworkin hatte von Ärzten gesprochen – von Männern, die er verscheucht oder vernichtet hatte, indem er seine Macht gegen sie richtete. Meine Erinnerungen zeigten ihn als klugen, freundlichen alten Mann, Vater und dem Rest der Familie treu ergeben. Es wäre wahrlich schwierig, einen solchen Menschen umzubringen, solange es noch Hoffnung gab. Er war in ein Quartier verbannt worden, das eigentlich als fluchtsicher galt. Doch als er die Sache eines Tages über hatte, war er einfach ins Freie marschiert. Da kein Mensch in Amber durch die Schatten schreiten kann, wo es nun mal keine Schatten gibt, musste er etwas bewirkt haben, das ich nicht begriff und das mit dem Prinzip hinter den Trümpfen zusammenhing, woraufhin er dann sein Quartier verlassen konnte. Bevor er dorthin zurückkehrte, vermochte ich ihn zu überreden, mir einen ähnlichen Ausweg aus meiner Zelle zu verschaffen, der mich zum Leuchtturm von Cabra versetzte, wo ich mich erholte, ehe ich die Reise antrat, welche mich nach Lorraine führte. Wahrscheinlich hatte man seine Umtriebe noch nicht entdeckt. Meines Wissens hatte unsere Familie schon immer besondere Kräfte besessen, doch es war an ihm gewesen, sie zu analysieren und ihre Funktionen im Muster und in den Tarotkarten zu bündeln. Oft hatte er die Sprache auf dieses Thema gebracht, doch den meisten von uns war das Ganze schrecklich abstrakt und langweilig vorgekommen. Wir sind eben eine sehr pragmatische Familie, verdammt noch mal! Brand war der Einzige, der offenbar Interesse für diese Dinge aufbrachte. Und Fiona. Das hatte ich fast vergessen. Auch Fiona hörte manchmal zu. Und Vater. Vater wusste erstaunlich viele Dinge, die er niemals erwähnte. Er hatte nie viel Zeit für uns und es gab viele Seiten an ihm, die wir nicht kannten. Doch hinsichtlich prinzipieller Dinge war er vermutlich ebenso kenntnisreich wie Dworkin. Der Hauptunterschied lag in der Anwendung. Dworkin war ein Künstler. Was Vater war, weiß ich eigentlich nicht. Obwohl er kein unfreundlicher Vater war, ermutigte er uns nie, ihm näherzukommen. Sobald er uns wahrnahm, war er großzügig mit Geschenken und Einfällen. Doch unsere Erziehung überließ er Angehörigen seines Hofs.

Meinem Gefühl nach tolerierte er uns als unvermeidliche Folgen der Leidenschaft. Eigentlich bin ich ziemlich überrascht, dass unsere Familie nicht viel größer ist. Wir dreizehn, außerdem zwei Brüder und eine Schwester, die inzwischen tot sind, stellen nahezu fünfzehnhundert Jahre elterlicher Fortpflanzung dar. Es gab auch noch einige andere Geschwister lange vor uns, von denen ich hatte sprechen hören und die nicht mehr lebten. Kein sensationelles Ergebnis für ein so lustvolles Familienoberhaupt, allerdings waren wir selbst auch nicht besonders fruchtbar. Sobald wir in der Lage waren, für uns selbst zu sorgen und durch die Schatten zu wandern, ermutigte Vater uns, diese Fähigkeiten zu nutzen, uns Orte zu suchen, wo wir glücklich sein konnten, und uns dort niederzulassen. Dies war meine Verbindung zu jenem Avalon, das es heute nicht mehr gibt. Soweit ich weiß, war Vaters Herkunft nur ihm selbst bekannt. In meinem ganzen Leben war ich keinem Menschen begegnet, dessen Gedächtnis in eine Zeit zurückreichte, da es keinen Oberon gegeben hatte. Ist das nicht seltsam? Nicht zu wissen, woher der eigene Vater kommt, nachdem man Jahrhunderte zur Verfügung gehabt hat, neugierig zu sein? Ja. Aber er war geheimniskrämerisch, mächtig, durchtrieben – Charakterzüge, die wir teilweise auch in uns wiederfanden. Er wollte uns gut versorgt und zufrieden wissen, das spüre ich – doch nicht so gut gestellt, dass wir zur Gefahr für seine eigene Herrschaft werden konnten. In ihm regte sich vermutlich ein Element des Unbehagens, ein nicht unberechtigtes Gefühl der Vorsicht angesichts der Möglichkeit, dass wir zu viel über ihn und die alten Zeiten erfuhren. Ich nehme nicht an, dass er sich jemals eine Zeit vorgestellt hatte, da er nicht mehr in Amber herrschen würde. Zwar sprach er gelegentlich scherzhaft oder grollend von seiner Abdankung. Doch meinem Gefühl nach stand immer eine kühle Berechnung dahinter, der Wunsch zu sehen, welche Reaktion darauf erfolgte. Er muss die Situation erkannt haben, die sein Tod hervorrufen würde, weigerte sich aber anzuerkennen, dass es je soweit kommen würde. Und keiner von uns hatte einen Überblick über all seine Pflichten und Verantwortungen, über seine heimlichen Verpflichtungen. So unangenehm mir dieses Eingeständnis auch war, kam ich zu der Überzeugung, dass keiner von uns wirklich geeignet war, den Thron zu übernehmen. Nur zu gern hätte ich Vater die Schuld an dieser Unfähigkeit zugeschoben, doch leider war ich seit meinem Aufenthalt auf der Schatten-Erde zu gut mit Freud bekannt, um nicht einen Teil der Schuld auch bei mir zu suchen. Außerdem kamen mir Zweifel über die Gültigkeit unserer Ansprüche. Wenn es keine Abdankung gegeben hatte und er tatsächlich noch lebte, konnte jeder von uns bestenfalls auf eine Regentschaft hoffen. Es wäre sicher nicht sehr angenehm – schon gar nicht vom Thron aus –, ihn in eine veränderte Situation zurückkehren zu sehen. Die Wahrheit ist, ich hatte Angst vor ihm, und das nicht ohne Grund. Nur ein Dummkopf hat keine Angst vor einer realen Macht, die er nicht versteht. Doch ob es nun um den Königstitel oder eine Regentschaft ging, mein Anspruch war begründeter als der von Eric, und ich war noch immer entschlossen, ihn durchzusetzen. Wenn eine Macht aus Vaters düsterer Vergangenheit, die keiner von uns wirklich verstand, mir helfen konnte, diesen Anspruch zu sichern, und wenn Dworkin eine solche Macht war, dann musste er im

Verborgenen bleiben, bis ich ihn zu meinen Gunsten einsetzen konnte.

Galt das auch, fragte ich mich, wenn die von ihm vertretene Macht die Macht war, ganz Amber zu vernichten und damit sämtliche Schattenwelten, das gesamte Universum, wie ich es kannte?

Dann besonders, gab ich mir zur Antwort. Denn wem sonst konnte man eine solche Macht anvertrauen?

Wir sind tatsächlich eine sehr pragmatische Familie.

Ich trank mehr Wein, dann fummelte ich an meiner Pfeife herum, säuberte sie, stopfte sie von neuem.

»Im Wesentlichen ist das meine Geschichte bis heute«, sagte ich, stand auf und holte mir Feuer von der Lampe. »Nachdem ich wieder sehen konnte, gelang mir die Flucht aus Amber. Ich trieb mich eine Zeitlang in einem Land namens Lorraine herum, wo ich Ganelon kennenlernte, dann kam ich hierher.«

»Warum?«

Ich nahm Platz und sah ihn an.

»Weil dieser Ort dem Avalon nahe ist, das ich einst kannte«, sagte ich.

Ich hatte absichtlich nicht erwähnt, dass ich Ganelon von früher kannte, und hoffte, dass er sich entsprechend verhielt. Dieser Schatten war unserem Avalon nahe genug, dass sich Ganelon im Gelände und mit den meisten Gebräuchen auskennen musste. Was auch immer das wert war, mir schien es jedenfalls ratsam, Benedict diese Information vorzuenthalten.

Er ging darüber hinweg, wie ich es erwartet hatte, stand dieser Aspekt doch im Schatten interessanterer Details.

»Und deine Flucht?«, fragte er. »Wie hast du das geschafft?«

»Ich hatte natürlich Hilfe bei meiner Flucht aus der Zelle. Als ich erst einmal draußen war … Nun, es gibt noch einige Passagen, die Eric nicht kennt.«

»Ich verstehe«, sagte er verständnisvoll nickend – natürlich in der Hoffnung, ich würde nun die Namen meiner Helfer nennen, doch klug genug, um nicht offen danach zu fragen.

Ich zog an meiner Pfeife und lehnte mich lächelnd zurück.

»Es ist gut, Freunde zu haben«, sagte er, als stimme er den Gedanken zu, die mir jetzt durch den Kopf gehen mochten.

»Wir alle dürften ein paar Freunde in Amber haben.«

»Das bilde ich mir jedenfalls ein«, sagte er und fuhr fort: »Wie ich gehört habe, hast du die zum Teil demolierte Zellentür verriegelt zurückgelassen, nachdem du deine Bettstatt angezündet hattest und Bilder an die Wand gemalt hattest.«

»Ja«, sagte ich. »Das lange Eingesperrtsein bleibt nicht ohne Einfluss auf den Geist. Auf meinen jedenfalls. Ich hatte lange Phasen, in denen ich nicht ganz bei Verstand war.«

»Ich beneide dich nicht um diese Erfahrung, Bruder. Ganz und gar nicht. Was hast du jetzt für Pläne?«

»Die sind noch ungewiss«

»Verspürst du vielleicht den Wunsch hierzubleiben?«

»Ich weiß es nicht«, entgegnete ich. »Wie stehen die Dinge hier?«

»Ich habe die Führung«, – eine einfache Feststellung, keine Prahlerei. »Ich glaube, es ist mir soeben gelungen, die einzige echte Gefahr für das Reich zu beseitigen. Wenn ich recht habe, steht uns eine einigermaßen ruhige Zeit bevor. Der Preis war hoch« – er deutete auf seinen Armstumpf –, »aber der Einsatz hat sich gelohnt, wie sich bald erweisen wird, wenn das Leben wieder in seine normalen Bahnen zurückkehrt.«

Er beschrieb eine Situation, die in den Grundzügen mit der Schilderung des jungen Soldaten übereinstimmte, und endete damit, wie sie die Schlacht gewonnen hatten. Die Anführerin der Höllenwesen war umgekommen, ihre Reiter waren geflohen und auf der Flucht getötet worden. Das Höhlensystem war von Neuem verschlossen worden. Benedict hatte beschlossen, eine kleine Streitmacht im Feld zu belassen, um jedes Risiko auszuschließen, während seine Kundschafter die Gegend nach Überlebenden absuchten.

Von seiner Zusammenkunft mit Lintra, der gegnerischen Anführerin, sprach er nicht.

»Wer hat ihre Anführerin getötet?«, wollte ich wissen.

»Das ist mir gelungen«, sagte er und machte eine heftige Bewegung mit dem Armstumpf. »Allerdings habe ich beim ersten Hieb ein wenig zu lange gezögert.«

Ich wandte den Blick ab und Ganelon tat es mir nach. Als ich meinen Bruder wieder ansah, wirkte sein Gesicht wieder normal, und sein Arm hing an seiner Seite herab.

»Wir haben nach dir gesucht. Wusstest du das, Corwin?«, fragte er. »Brand suchte in vielen Schatten nach dir, ebenso Gérard. Du hattest recht mit deiner Vermutung über die Äußerungen, die Eric am Tag nach deinem Verschwinden machte. Doch wir waren nicht geneigt, seine Worte ohne weiteres hinzunehmen. Wiederholt bemühten wir deine Trumpfkarte, doch es kam keine Antwort. Anscheinend kann ein Gehirnschaden sie blockieren. Eine interessante Vorstellung. Die mangelnde Reaktion auf den Trumpf führte uns schließlich zu der Überzeugung, dass du umgekommen wärst. Dann schlossen sich Julian, Caine und Random der Suche an.«

»Ihr alle? Wirklich? Ich bin erstaunt!«

Er lächelte.

»Oh«, sagte ich dann und musste ebenfalls lächeln.

Ihre Teilnahme an der Suche bedeutete, dass es ihnen nicht um mein Wohl gegangen war, sondern um die Möglichkeit, Beweise für einen Brudermord zu finden, Beweise, mit denen Eric entmachtet oder erpresst werden konnte.

»Ich habe in der Nähe Avalons nach dir gesucht«, fuhr Benedict fort. »Und da fand ich diesen Ort und war eingenommen davon. Er war damals in einem jämmerlichen Zustand, und generationenlang mühte ich mich, ihm wieder zu seiner früheren Pracht zu verhelfen. Während ich die Arbeit im Gedenken an dich begann, entwickelte sich in mir mit der Zeit eine Zuneigung zu dem Land und seinem Volk. Die Menschen hier sahen mich bald als ihren Protektor an,und ich mich ebenfalls.«

Seine Worte beunruhigten und rührten mich zugleich. Wollte er sagen, ich hätte die Sache hier vermasselt, und er habe sich bemüht, alles wieder in Ordnung zu bringen – gewissermaßen um ein letztes Mal hinter seinem jüngeren Bruder herzuräumen? Oder wollte er mir mitteilen, er habe erkannt, dass ich diese – oder eine ihr sehr ähnliche – Welt geliebt hatte, und er habe für Recht und Ordnung gesorgt, um damit sozusagen meine Wünsche zu erfüllen? Vielleicht wurde ich langsam überempfindlich.

»Es ist gut zu wissen, dass man mich gesucht hat«, sagte ich,

»und dass du das Land hier beschützt. Ich würde mir diesen Ort gern einmal ansehen, denn er erinnert mich an das Avalon, das ich kannte. Hättest du etwas gegen einen Besuch einzuwenden?«

»Ist das alles, was du möchtest? Einen Besuch machen?«

»Mehr hatte ich nicht im Sinn.«

»Dann solltest du wissen, dass die hiesige Meinung über deinen Schatten, der einmal hier geherrscht hat, nicht besonders gut ist. In dieser Welt erhält kein Kind den Namen Corwin, auch trete ich nicht als Corwins Bruder auf.«

»Ich verstehe«, sagte ich. »Mein Name ist Corey. Können wir alte Freunde sein?«

Er nickte.

»Alte Freunde sind hier immer gern gesehen«, erwiderte er.

Ich lächelte und nickte. Ich war gekränkt über seine Vorstellung, dass ich womöglich Ansprüche auf diesen Schatten eines Schattens hätte – ich, der ich das kalte Feuer von Ambers Krone auf meiner Stirn gespürt hatte, wenn auch nur eine Sekunde lang.

Ich überlegte, wie er sich verhalten würde, wenn er von meiner Verantwortung für diese Überfälle erfuhr. So gesehen, war ich vermutlich auch am Verlust seines Arms schuld. Jedoch zog ich es vor, die Situation aus noch größerer Distanz zu betrachten und Eric als Gesamtverantwortlichen zu sehen. Schließlich war es sein Handeln, das meinen Fluch ausgelöst hatte.

Dennoch hoffte ich, dass Benedict niemals die Wahrheit erfahren würde.

Ich hätte zu gern gewusst, wie er zu Eric stand. Würde er ihn unterstützen oder sich hinter mich stellen oder sich aus der

Sache ganz heraushalten, wenn ich meinen ersten Zug tat? Er seinerseits fragte sich bestimmt, ob mein Ehrgeiz erloschen war oder noch immer glomm – und was ich, wenn ich noch Pläne hatte, zu unternehmen gedachte. Also …

Wer würde die Sache zur Sprache bringen?

Ich zog mehrmals kräftig an meiner Pfeife, leerte den Becher, schenkte nach, rauchte weiter. Ich lauschte auf die Geräusche des Lagers, den Wind, meinen Magen …

»Was hast du langfristig vor?«, fragte er mich dann fast beiläufig.

Ich könnte antworten, ich hätte mich noch nicht entschlossen, ich sei es zufrieden, frei zu sein, zu leben, sehen zu können … Ich könnte ihm weismachen, das wäre mir im Augenblick genug, ich hätte keine speziellen Pläne …

… Und er hätte gewusst, dass ich ihm Lügen auftischte. Denn er kannte mich besser.

»Du kennst meine Pläne«, sagte ich also.

»Wenn du mich um Hilfe bitten würdest«, sagte er, »würde ich sie dir verweigern. Amber ist auch ohne einen neuen Machtkampf übel genug dran.«

»Eric ist ein Usurpator.«

»Ich betrachte ihn eher als Regenten. Im Augenblick ist jeder von uns ein Usurpator, der Anspruch auf den Thron erhebt.«

»Dann glaubst du also, dass Vater noch am Leben ist?«

»Ja. Am Leben und ziemlich angeschlagen. Er hat mehrmals versucht, Verbindung aufzunehmen.«

Es gelang mir, eine ausdruckslose Miene aufzusetzen. Ich war also nicht der Einzige. Jetzt meine eigenen Erfahrungen zu teilen, hätte sich heuchlerisch, opportunistisch und geradezu unwahr angehört – hatte er mir doch bei unserem Kontakt vor fünf Jahren den Weg zum Thron freigegeben. Natürlich konnte er auch eine Regentschaft gemeint haben …

»Als Eric den Thron übernahm, hast du ihm nicht geholfen«, sagte ich. »Würdest du ihn jetzt unterstützen, da er auf dem Thron sitzt, wenn ein Versuch unternommen würde, ihn zu stürzen?«

»Ich habe es schon gesagt«, erwiderte er. »Ich betrachte ihn als Regenten. Das soll nicht heißen, dass ich die Situation billige, doch ich möchte in Amber keine weiteren Unruhen erleben.«

»Du *würdest* ihn also unterstützen?«

»Ich habe gesagt, was ich in dieser Sache sagen wollte. Du bist herzlich eingeladen, mein Avalon zu besuchen, doch nicht, um es als Ausgangspunkt für einen Angriff auf Amber zu benutzen. Klärt das die Lage hinsichtlich der Dinge, über die du gerade so nachdenkst?«

»Allerdings«, sagte ich.

»Und möchtest du uns noch immer besuchen?«

»Ich weiß nicht recht«, sagte ich. »Wirkt sich dein Wunsch, in Amber Unruhen zu vermeiden, auch andersherum aus?«

»Was meinst du damit?«

»Ich meine, wenn man mich etwa gegen meinen Willen nach Amber zurückbrächte, würde ich dort natürlich denkbar viel Unruhe schaffen, um eine Rückkehr in meine frühere Lage zu verhindern.«

Sein Gesicht entspannte sich, und er senkte langsam den Blick.

»Ich wollte nicht andeuten, dass ich dich verraten würde. Glaubst du etwa, ich hätte keine Gefühle, Corwin? Ich möchte nicht, dass du wieder in Gefangenschaft gerätst und erneut geblendet wirst – oder Schlimmeres. Du bist mir hier stets willkommen, und du kannst an unseren Grenzen nicht nur deinen Ehrgeiz, sondern auch deine Ängste zurücklassen.«

»Dann möchte ich nach wie vor zu Besuch kommen«, sagte ich. »Ich habe keine Armee und bin auch nicht in der Absicht gekommen, eine auszuheben.«

»Dann bist du herzlich willkommen, das weißt du.«

»Vielen Dank, Benedict. Ich habe zwar nicht erwartet, dich hier vorzufinden, doch ich bin froh darüber.«

Sein Gesicht rötete sich leicht, und er nickte.

»Ich freue mich ebenfalls«, sagte er. »Bin ich der erste aus der Familie, den du – seit deiner Flucht zu sehen bekommst?«

Ich nickte.

»Ja, und ich bin neugierig, wie es den anderen geht. Irgendwelche wichtigen Neuigkeiten?«

»Keine neuen Todesfälle«, sagte er.

Wir lachten leise, und ich wusste, dass ich den Familienklatsch auf anderem Wege in Erfahrung bringen musste. Der Versuch hatte sich trotzdem gelohnt.

»Ich gedenke, noch eine Zeitlang im Feld zu bleiben«, sagte er, »und die Patrouillenritte fortzusetzen, bis ich sicher bin, dass von den Angreifern niemand mehr übrig ist. Es könnte vielleicht noch eine Woche dauern, bis wir uns endgültig zurückziehen.«

»Oh? War euer Sieg denn nicht umfassend?«

»Ich glaube schon, aber ich gehe niemals unnötige Risiken

ein. Es lohnt sich, ein wenig mehr Zeit aufzuwenden, um ganz sicherzugehen.«

»Weise«, sagte ich und nickte.

»Wenn du also nicht unbedingt bei uns im Lager bleiben möchtest, sehe ich keinen Grund, warum du nicht zur Stadt vorausreiten und dich dem Kern der Dinge nähern solltest. Ich besitze mehrere Residenzen in Avalon und könnte dir ein kleines Landhaus zur Verfügung stellen, das ich sehr behaglich fand. Es liegt nicht weit von der Stadt.«

»Ich freue mich darauf.«

»Ich werde dir morgen früh eine Landkarte und einen Brief an meinen Hausverwalter mitgeben.«

»Vielen Dank, Benedict.«

»Ich stoße zu dir, sobald ich hier fertig bin«, fuhr er fort. »Außerdem schicke ich täglich Boten in die Stadt. Durch sie bleibe ich mit dir in Verbindung.«

»Sehr gut.«

»Dann such dir ein bequemes Plätzchen«, sagte er. »Ich bin sicher, du wirst die Frühstücksglocke nicht verpassen.«

»Das passiert mir selten«, erwiderte ich. »Ist es dir recht, wenn wir dort schlafen, wo unsere Sachen liegen?«

»Aber ja«, sagte er, und wir tranken den Wein aus.

Als wir sein Zelt verließen, packte ich den Vorhang beim Öffnen ganz oben und vermochte ihn ein Stück zur Seite zu zerren, als ich ihn beiseite stieß. Benedict wünschte uns eine gute Nacht und wandte sich ab, während ich den Vorhang zurückfallen ließ. Er übersah den mehrere Zoll breiten Schlitz, den ich an einer Seite geöffnet hatte.

Ich schlug mein Lager ein gutes Stück rechts von unserer Ausrüstung auf, mit Blickrichtung auf Benedicts Zelt, und ich stapelte die Sachen um, während ich sie durchsah. Ganelon warf mir einen fragenden Blick zu, doch ich nickte nur und machte mit den Augen eine Bewegung zum Zelt hin. Er blickte in die Richtung, gab mir das Nicken zurück und machte sich daran, seine Decke weiter rechts auszulegen.

Ich maß die Entfernung mit den Augen, ging zu ihm und sagte: »Wisst Ihr, ich möchte lieber hier schlafen. Hättet Ihr etwas dagegen, mit mir zu tauschen?« Ich unterstrich meine Worte mit einem Zwinkern.

»Für mich macht das keinen Unterschied«, sagte er achselzuckend.

Die Lagerfeuer waren ausgegangen oder brannten nieder, und die meisten Soldaten hatten sich schlafen gelegt. Der Posten kümmerte sich kaum um uns. Im Lager war es sehr still, und keine Wolke verdeckte den Glanz der Sterne. Ich war müde und empfand den Geruch nach Rauch und feuchter Erde als sehr angenehm, fühlte ich mich doch an frühere Zeiten und ähnliche Orte erinnert, an die Rast am Ende eines langen Tages.

Aber anstatt die Augen zu schließen, nahm ich mein Bündel und stellte es mir in den Rücken, füllte meine Pfeife erneut und zündete sie an.

Zweimal wechselte ich die Stellung, während Benedict im Zelt umher ging. Einmal verschwand er aus meinem Blickfeld und war einige Sekunden lang nicht zu sehen. Doch dann bewegte sich das hintere Licht, und ich erkannte, dass er seine Truhe geöffnet hatte. Im nächsten Augenblick kam er wieder in Sicht und räumte den Tisch ab, trat kurz zurück, machte kehrt und setzte sich an seinen alten Platz. Ich schob mich so zurecht, dass ich seinen linken Arm im Auge behalten konnte.

Er blätterte in einem Buch oder sortierte etwas, von ungefähr gleicher Größe.

Etwa Karten?

Natürlich!

Ich hätte viel gegeben für einen Blick auf den Trumpf, den er schließlich auswählte und vor sich hielt. Ich hätte viel dafür gegeben, Grayswandir in meiner Hand zu fühlen, für den Fall, dass plötzlich eine weitere Person in dem Zelt erschienen wäre – und zwar nicht durch den Eingang, durch den ich die Szene verfolgte. Meine Handflächen und Fußsohlen begannen zu kribbeln in Erwartung von Flucht oder Kampf.

Doch er blieb allein.

Reglos saß er da, vielleicht eine Viertelstunde lang, und als er sich schließlich wieder bewegte, legte er die Karten in seine Truhe zurück und löschte die Lampen.

Die Wächter setzten ihre monotonen Runden fort, und Ganelon begann zu schnarchen.

Ich klopfte meine Pfeife aus und rollte mich auf die Seite.

Morgen, so sagte ich mir. Wenn ich morgen hier erwache, ist alles in Ordnung …

5.

Ich kaute auf einem Grashalm und sah zu, wie sich das Mühlenrad drehte. Ich lag auf dem Bauch am gegenüberliegenden Ufer des Flusses, den Kopf in die Hände gestützt. Im Dunst über dem Gischten und Schäumen am Fuße des Wasserfalls hatte sich ein winziger Regenbogen gebildet, und ab und zu flog ein Tropfen bis zu mir. Das gleichmäßige Geplätscher und das Knarren des Rades übertönten alle anderen Geräusche des Waldes. Die Mühle lag heute verlassen da, und ich betrachtete sie lange, hatte so etwas seit vielen Jahren nicht mehr gesehen. Das Rad zu beobachten und dem Wasser nachzulauschen war mehr als erholsam. Es war irgendwie hypnotisch.

Es war unser dritter Tag in Benedicts Haus, und Ganelon war auf Vergnügungstour in der Stadt. Ich hatte ihn am Vortag begleitet und alle Erkundigungen eingezogen, die ich brauchte. Jetzt hatte ich keine Zeit mehr, den Touristen zu spielen. Ich musste nachdenken und so schnell wie möglich handeln. Im Lager hatte es keine Probleme mehr gegeben. Benedict hatte uns zu essen vorgesetzt und uns, wie versprochen, eine Karte und ein Empfehlungsschreiben mitgegeben. Wir waren bei Sonnenaufgang losgeritten und gegen Mittag am Landhaus eingetroffen. Man empfing uns zuvorkommend, und nachdem wir unsere Sachen ausgepackt hatten, waren wir in die Stadt gegangen, wo wir den Rest des Tages verbrachten.

Benedict gedachte noch einige Tage im Feld zu bleiben. Wenn er zurückkam, musste ich meine Aufgabe erledigt haben. Folglich stand ein Höllenritt auf dem Programm, denn mir blieb keine Zeit für eine gemächliche Reise. Ich musste mich an die richtigen Schatten erinnern und mich bald auf den Weg machen.

Es hätte sehr erfrischend sein können, an diesem Ort zu verweilen, der mich so sehr an mein Avalon erinnerte, wenn meine dunklen Absichten nicht förmlich zur Obsession geworden wären. Die Erkenntnis dieser Tatsache war jedoch nicht gleichbedeutend mit ihrer Bewältigung. Vertraute Szenen und Geräusche hatten mich nur kurz ablenken können, ehe ich mich wieder meinen Plänen zuwandte.

Soweit ich es überschauen konnte, würde es keine Schwierigkeiten geben. Mit dem geplanten Ausflug müssten sich zwei Probleme lösen lassen, wenn ich ihn beenden konnte, ohne Verdacht zu erregen. Das bedeutete, dass ich definitiv über Nacht ausbleiben würde, doch ich hatte so etwas schon geahnt und Ganelon gebeten, meine Abwesenheit zu decken.

Im Rhythmus der quietschenden Geräusche des Mühlrades sank mir der Kopf herab, und ich verdrängte alles andere aus meinem Geist und machte mich daran, die richtige Beschaffenheit des Sandes heraufzubeschwören, seine Färbung und Temperatur, die Winde, den Geschmack von Salz in der Luft, die Wolken …

Und ich schlief ein und begann zu träumen – doch nicht von dem Ort, den ich suchte.

Ich beobachtete ein riesiges Rouletterad, und wir alle saßen darauf – meine Brüder, meine Schwestern, ich selbst und andere, die ich kannte oder einst gekannt hatte – wir stiegen auf und stürzten hinab, jeder in der ihm zugeteilten Sektion. Wir alle forderten lautstark, das Rad möge für uns anhalten, und begannen zu jammern, wenn wir die Spitze passierten und wieder abwärts schossen. Die Fahrt des Rades begann sich zu verlangsamen, und ich befand mich auf dem Weg nach oben. Ein blonder Jüngling hing mit dem Kopf nach unten vor mir, flehte mich an und äußerte düstere Warnungen, doch seine Worte gingen in der Kakophonie der Stimmen unter. Sein Gesicht verdunkelte sich, zerschmolz, verwandelte sich in etwas unbeschreiblich Schreckliches, und ich hieb nach der Schnur, die sein Fußgelenk hielt, und er stürzte aus meinem Blickfeld. Als ich mich dem höchsten Punkt näherte, verlangsamte das Rad die Fahrt noch mehr, dann sah ich Lorraine. Sie schwenkte die Arme, gab mir verzweifelt Zeichen, rief meinen Namen. Ich sah sie ganz deutlich und beugte mich in ihre Richtung, ich sehnte mich nach ihr, wollte ihr helfen. Doch als das Rad seine Drehung fortsetzte, verschwand sie wieder.

»Corwin!«

Ich versuchte, ihren Schrei zu ignorieren, denn ich war fast oben. Der Laut ertönte von neuem, doch ich spannte die Muskeln an und bereitete mich darauf vor, hochzuspringen. Wenn das Rad nicht für mich anhielt, wollte ich versuchen, das verdammte Ding hereinlegen, auch wenn ein Sturz in die Tiefe meinen völligen Ruin bedeutet hätte. Ich setzte zum Sprung an. Noch ein Klicken …

»Corwin!«

Das Rad wich zurück, kehrte zurück, verblasste, und ich blickte wieder auf das Mühlrad, während mir mein Name in den Ohren nachklang und sich mit dem Plätschern des Bachs vermischte, damit verschmolz, darin verhallte.

Ich blinzelte und fuhr mir mit den Fingern durchs Haar. Dabei fielen mir einige Gänseblümchen auf die Schultern, und irgendwo hinter mir ertönte ein Kichern.

Schnell drehte ich mich um und erstarrte.

Sie stand etwa ein Dutzend Schritte von mir entfernt, ein großes, schlankes Mädchen mit dunklen Augen und kurzgeschnittenem braunem Haar. Sie trug eine Fechtjacke und hielt in der rechten Hand ein Rapier, in der linken eine Maske. Sie sah mich an und lachte. Ihre Zähne waren weiß, ebenmäßig und ein wenig zu lang; ein Streifen Sommersprossen zog sich über ihre schmale Nase und den oberen Teil der gebräunten Wangen. Um sie war eine Aura aus Vitalität, die eine andere Anziehungskraft ausübte als bloße Anmut. Vermutlich besonders, wenn sie mit dem Vorteil langjähriger Erfahrung gesehen wird.

Sie grüßte mich mit ihrer Klinge.

»*En garde,* Corwin«, sagte sie.

»Wer zum Teufel seid Ihr?«, fragte ich. Im gleichen Moment fiel mein Blick auf Jacke, Maske und Rapier neben mir im Gras.

»Keine Fragen, keine Antworten«, sagte sie. »Erst werden wir miteinander fechten.«

Sie setzte die Maske auf und wartete.

Ich stand auf und nahm die Jacke zur Hand. Mir war klar, dass es leichter sein würde, mit ihr zu kämpfen, als mit ihr zu diskutieren. Die Tatsache, dass sie meinen Namen kannte, beunruhigte mich, und je mehr ich darüber nachdachte, desto bekannter kam sie mir irgendwie vor. Sicher war es am besten, ihr die Freude zu machen, sagte ich mir, zog die Jacke an und knöpfte sie zu.

Dann nahm ich die Klinge zur Hand und setzte die Maske auf.

»Also gut«, sagte ich, deutete einen Salut an und trat vor. »Also gut.«

Sie kam mir entgegen, und wir begannen. Ich ließ sie angreifen.

Sie attackierte schnell mit Schlag-Finte-Finte-Stoß. Meine Riposte kam doppelt so schnell, doch sie vermochte zu parieren und mit gleichem Tempo erneut vorzustoßen. Ich reagierte darauf mit einem langsamen Rückzug, um sie aus der Reserve zu locken. Sie lachte und folgte mir, begann mich zu bedrängen. Sie war gut und sie wusste es. Sie wollte angeben. Tatsächlich wäre es ihr zweimal fast gelungen, mich zu treffen, zweimal auf dieselbe Weise, sehr tief, was ich überhaupt nicht mochte. Danach erwischte ich sie schließlich mit einem angehaltenen Stoß. Sie fluchte leise, bestätigte den Treffer und fiel sofort wieder über mich her. Normalerweise fechte ich nicht gern mit Frauen, so gut sie auch sein mögen, doch diesmal hatte ich zu meiner Überraschung Spaß an der Sache. Die Geschicklichkeit und Anmut, mit der sie ihre Angriffe anging und durchführte, bereiteten mir Freude, ließen mich lebhaft reagieren, und ich dachte über den Verstand nach, der hinter diesem Kampfstil stecken musste. Zuerst hatte ich vorgehabt, sie schnell zu ermüden, den Kampf zu beenden und dann Fragen zu stellen. Doch jetzt wünschte ich mir, die Begegnung in die Länge zu ziehen.

Sie ermüdete nur sehr langsam. Darüber brauchte ich mir keine Sorgen zu machen. Während wir am Ufer des Flusses vor- und zurücksprangen und unsere Klingen gegeneinander klirrten, ging mir jedes Zeitgefühl verloren.

Es musste ziemlich viel Zeit vergangen sein, als sie schließlich mit dem Fuß aufstampfte und die Klinge zu einem letzten Gruß hob. Dann riss sie sich die Maske vom Gesicht und lächelte mich erneut an.

»Vielen Dank«, sagte sie schweratmend.

Ich erwiderte den Gruß und warf die Netzmaske ab. Dann drehte ich mich um und fummelte an den Jackenschnallen herum, und ehe ich es bemerkte, war sie bei mir und küsste mich auf die Wange. Dazu brauchte sie sich nicht einmal auf die Zehenspitzen zu stellen. Erst war ich verwirrt, dann lächelte ich. Bevor ich etwas sagen konnte, hatte sie meinen Arm ergriffen und mich in die Richtung gedreht, aus der wir gekommen waren.

»Ich habe einen Picknickkorb für uns mitgebracht«, sagte sie.

»Ausgezeichnet. Ich bin hungrig. Außerdem bin ich neugierig ...«

»Ich erzähle Euch alles, was Ihr wissen wollt«, meinte sie fröhlich.

»Wie wär's mit Eurem Namen?«

»Dara«, erwiderte sie. »Ich heiße Dara, wie meine Großmutter.«

Dabei sah sie mich an, als hoffe sie auf eine Reaktion von mir. Es tat mir fast leid, sie enttäuschen zu müssen, doch ich nickte und wiederholte den Namen. »Warum habt Ihr mich Corwin genannt?«, fragte ich.

»Weil Ihr nun mal so heißt«, sagte sie. »Ich habe Euch erkannt.«

»Woran?«

Sie ließ meinen Arm los.

»Hier ist er«, sagte sie, griff hinter einen Baum und nahm einen Korb zur Hand, der dort zwischen den Wurzeln gestanden hatte.

»Ich hoffe, dass sich die Ameisen nicht schon darüber hergemacht haben«, sagte sie, ging zu einer schattigen Stelle am Fluss und breitete ein Tuch auf dem Boden aus.

Ich hängte die Fechtausrüstung auf einen Busch in der Nähe.

»Ihr scheint eine ganze Menge Sachen mit Euch herumzutragen«, bemerkte ich.

»Mein Pferd steht dort hinten«, erwiderte sie und deutete mit einer Kopfbewegung flussabwärts.

Dann widmete sie sich wieder der Aufgabe, das Tuch zu beschweren und den Korb auszupacken.

»Warum dort hinten?«, fragte ich.

»Damit ich mich an Euch heranschleichen konnte, natürlich. Bei Hufschlag wärt Ihr doch sicher sofort aufgewacht.«

»Da habt Ihr wahrscheinlich recht«, sagte ich.

Sie schwieg einen Augenblick lang, als hinge sie ernsten Gedanken nach, um diesen Eindruck schließlich mit einem Kichern verfliegen zu lassem

»Aber beim ersten Mal habt Ihr mich nicht gehört. Immerhin …«

»Beim ersten Mal?«, fragte ich, da sie die Frage offenbar von mir erwartete.

»Ja. Ich hätte Euch vorhin fast niedergeritten«, sagte sie. »Ihr habt fest geschlafen. Als ich Euch erkannte, bin ich nach Hause zurückgeritten und habe den Picknickkorb und die Fechtsachen geholt.«

»Oh. Ich verstehe.«

»Kommt und setzt Euch«, sagte sie. »Und öffnet doch bitte die Flasche, ja?«

Sie stellte eine Flasche vor mich hin und packte vorsichtig zwei Kristallkelche aus, die sie in die Mitte des Tuches stellte.

Ich begab mich an meinen Platz und setzte mich.

»Das ist Benedicts bestes Kristall«, stellte ich fest, als ich die Flasche öffnete.

»Ja«, sagte sie. »Seid vorsichtig beim Eingießen. Und wir sollten lieber nicht anstoßen.«

»Da habt Ihr sicher recht«, sagte ich und schenkte ein.

Sie hob das Glas.

»Auf das Wiedersehen«, sagte sie.

»Was für ein Wiedersehen?«

»Das unsere.«

»Ich habe Euch noch nie zuvor gesehen.«

»Seid nicht so prosaisch«, bemerkte sie und trank einen Schluck.

Ich zuckte die Achseln.

»Auf unser Wiedersehen.«

Daraufhin begann sie zu essen, und ich tat es ihr nach. Sie hatte so viel Spaß an der geheimnisvollen Atmosphäre, die sie geschaffen hatte, dass ich gern auf ihr Spiel einging, nur um sie fröhlich zu sehen.

»Wollen mal sehen – woher könnten wir uns kennen?«, holte ich aus. »Von einem großen Hof? Vielleicht aus einem Harem …?«

»Vielleicht aus Amber«, sagte sie. »Ihr wart dort …«

»Amber?«, fragte ich und musste daran denken, dass ich Benedicts Glas in der Hand hielt, und beschränkte meine Gefühle auf meine Stimme. »Wer seid Ihr denn eigentlich?«

»Dort standet Ihr – gutaussehend, eingebildet, von allen Damen bewundert«, fuhr sie fort. »Und ich – ein unansehnliches kleines Ding, das Euch aus der Ferne anhimmelte. Ein graues, ganz und gar nicht lebhaftes Geschöpf, die kleine Dara – eine Spätentwicklerin, wie ich noch schnell hinzufügen möchte –, die sich nach Euch verzehrte …«

Ich murmelte eine Verwünschung vor mich hin, und sie lachte erneut.

»War es nicht so?«, fragte sie.

»Nein«, entgegnete ich und tat mich noch einmal an Fleisch und Brot gütlich. »Es dürfte sich eher um jenes Freudenhaus gehandelt haben, in dem ich mich am Rücken verletzte. In jener Nacht war ich betrunken …«

»Ihr erinnert Euch also!«, rief sie. »Ich habe dort ausgeholfen. Tagsüber ritt ich Pferde ein.«

»Ich geb's auf«, sagte ich und schenkte Wein nach.

Am meisten irritierte mich die Tatsache, dass sie mir wirklich verdammt bekannt vorkam. Nach ihrem Aussehen und Verhalten schätzte ich ihr Alter allerdings auf etwa siebzehn Jahre. Das schloss eine frühere Begegnung eher aus.

»Hat Benedict Euch das Fechten beigebracht?«, fragte ich.

»Ja.«

»Was bedeutet er Euch?«

»Er ist natürlich mein Liebhaber«, erwiderte sie. »Er behängt mich mit Schmuck und Pelzen – und er fechtet mit mir.«

Wieder lachte sie.

Ich nahm den Blick nicht von ihrem Gesicht.

Ja, möglich war es ...

»Ich bin gekränkt«, sagte ich schließlich.

»Warum?«, fragte sie.

»Benedict hat mir keinen reinen Wein eingeschenkt.«

»Reinen Wein?«

»Du bist seine Tochter, nicht wahr?«

Ihr Gesicht rötete sich, doch sie schüttelte den Kopf.

»Nein«, sagte sie. »Aber du kommst der Sache schon näher.«

»Enkelin?«

»Na ja ... gewissermaßen.«

»Das verstehe ich nicht ganz.«

»Großvater – so soll ich ihn immer nennen. Doch in Wirklichkeit ist er der Vater meiner Großmutter.«

»Ich verstehe. Hast du noch Geschwister?«

»Nein, ich bin allein.«

»Was ist mit deiner Mutter – und Großmutter?«

»Beide tot.«

»Wie sind sie gestorben?«

»Gewaltsam. Beide Male geschah es, als er in Amber war. Deshalb ist er wohl seit langer Zeit nicht mehr dort gewesen. Er lässt mich nicht gern ohne Schutz hier – sogar wenn er weiß, dass ich selbst auf mich aufpassen kann. Du weißt das auch, nicht wahr?«

Ich nickte. Das erklärte Verschiedenes, unter anderem, warum er hier Protektor war. Er musste sie irgendwo aufwachsen lassen, da er sie gewiss nicht nach Amber bringen wollte. Sicher wollte er auch nicht, dass wir Übrigen von ihrer Existenz erfuhren. Zu leicht konnte man sie als Waffe gegen ihn missbrauchen. Und er konnte auch nicht wollen, dass ich sie so leicht kennenlernte.

»Ich glaube nicht, dass du jetzt hier sein solltest«, sagte ich daher. »Ich habe das Gefühl, dass Benedict ziemlich wütend wäre, wenn er es erführe.«

»Du bist genauso wie er! Ich bin erwachsen, verdammt noch mal!«

»Hast du mich das leugnen hören? Trotzdem *solltest* du jetzt an einem anderen Ort sein, nicht wahr?«

Anstelle einer Antwort stopfte sie sich einen Bissen in den Mund. Ich tat es ihr nach. Nach mehreren unbehaglichen Minuten des Kauens beschloss ich, das Thema zu wechseln.

»Wie hast du mich erkannt?«, fragte ich.

Sie trank einen Schluck Wein aus ihrem Glas und grinste.

»Natürlich von deinem Bild.«

»Welches Bild?«

»Auf der Karte«, erwiderte sie. »Als ich noch klein war, haben wir immer damit gespielt. Auf diese Weise habe ich meine Verwandten kennengelernt. Ihr beide, du und Eric, seid die anderen guten Schwertkämpfer, das wusste ich. Deshalb habe ich auch …«

»Du hast einen Satz Trümpfe?«, unterbrach ich sie.

»Nein«, sagte sie und schmollte. »Er gibt mir kein Spiel – dabei hat er mehrere, das weiß ich.«

»Wirklich? Wo bewahrt er sie auf?«

Sie kniff die Augen zusammen und fixierte mich. Verdammt! So begierig hatte ich nicht klingen wollen!

Doch sie sagte: »Die meiste Zeit hat er ein Spiel bei sich, und wo er die anderen verwahrt, weiß ich nicht. Warum? Lässt er sie dich nicht sehen?«

»Ich habe ihn noch nicht gefragt«, erklärte ich. »Verstehst du ihre Bedeutung?«

»Es gab da gewisse Dinge, die ich nicht tun durfte, wenn ich in ihrer Nähe war. Soweit ich weiß, kann man sie auf besondere Art einsetzen, aber er hat mir nie Näheres erklärt. Sie sind ziemlich wichtig, nicht wahr?«

»Ja.«

»Das dachte ich mir. Er ist immer so vorsichtig mit ihnen. Hast du ein Spiel?«

»Ja, aber es ist gerade ausgeliehen.«

»Ich verstehe. Und du möchtest die Karten für etwas Kompliziertes und Unheimliches benutzen?«

Ich zuckte die Achseln.

»Ich möchte sie tatsächlich benutzen, doch für etwas sehr Einfaches und Langweiliges.«

»Zum Beispiel?«

Ich schüttelte den Kopf.

»Wenn Benedict nicht möchte, dass du die Funktion der Karten erfährst, werde ich sie dir nicht verraten.«

»Du hast Angst vor ihm«, sagte sie.

Ihr entfuhr ein leises Knurren.

»Ich habe großen Respekt vor Benedict, ganz zu schweigen von meiner Zuneigung.«

Sie lachte.

»Ist er ein besserer Kämpfer als du, ist er besser mit dem Schwert?«

Ich wandte den Blick ab. Sie musste erst vor kurzer Zeit von einem ziemlich entlegenen Ort zurückgekehrt sein. Die Leute in der Stadt hatten alle von Benedicts Verstümmelung gewusst Diese Art Nachricht verbreitet sich immer sehr schnell. Doch ich wollte bestimmt nicht derjenige sein, der ihr davon erzählte.

»Mach daraus, was du willst«, sagte ich. »Wo bist du gewesen?«

»Im Dorf«, erwiderte sie. »In den Bergen. Großvater hat mich dorthin gebracht, zu Freunden, die Tecys heißen. Kennst du die Tecys?«

»Nein, kenne ich nicht.«

»Ich bin schon früher dort gewesen«, erzählte sie. »Er bringt mich immer in ihr Dorf, wenn es hier Probleme gibt. Der Ort hat keinen Namen. Ich nenne ihn einfach Dorf. Alles ist dort irgendwie seltsam – die Leute genauso wie das Dorf. Sie scheinen uns irgendwie anzubeten. Sie behandeln mich, als wäre ich etwas Göttliches, und antworten nie auf meine Fragen. Der Ritt dorthin ist nicht lang, aber die Berge sind ganz anders, der Himmel ist ganz anders – alles! – und es ist, als gäbe es keinen Weg zurück, sobald ich einmal dort bin. Schon früher habe ich versucht, aus eigener Kraft zurückzukehren, aber dabei habe ich mich nur verirrt. Großvater musste mich immer holen kommen, und dann war der Weg einfach. Die Tecys folgen allein seinen Anweisungen und verraten mir nichts. Sie behandeln ihn, als wäre er eine Art Gott.«

»Das ist er auch«, sagte ich. »Für sie.«

»Du hast gesagt, du kennst sie nicht.«

»Das brauche ich auch nicht. Aber ich kenne Benedict.«

»Wie schafft er das? Sag's mir.«

Ich schüttelte den Kopf.

»Wie hast du es denn geschafft?«, fragte ich sie. »Wie hast du diesmal hierher zurückkehren können?«

Sie leerte ihr Glas und hielt es mir hin. Als ich es vollgeschenkt hatte und mein Blick ihrem begegnete, hatte sie den Kopf auf die rechte Seite gelegt, die Stirn gerunzelt und ihre Augen blickten in die Ferne.

»Eigentlich weiß ich es nicht«, sagte sie, hob das Glas und nippte geistesabwesend daran. »Ich bin mir nicht mal sicher, wie ich überhaupt angefangen habe …«

Mit der linken Hand begann sie, an ihrem Messer herumzuspielen und hob es schließlich auf.

»Ich war wütend, ausgesprochen wütend, dass er mich wieder einmal weggesteckt hatte«, fuhr sie fort. »Ich sagte ihm, ich wolle hierbleiben und kämpfen, doch er ritt mit mir aus, und nach einer Weile kamen wir ins Dorf. Ich weiß nicht, wie. Es war kein langer Ritt, und plötzlich waren wir am Ziel. Ich kenne die Gegend. Ich bin hier geboren und aufgewachsen. Ich bin überallhin geritten, Hunderte von Längen in allen Richtungen. Doch auf diesen Ausflügen habe ich das Dorf niemals finden können. Trotzdem kam es mir vor, als wären wir nur kurze Zeit unterwegs gewesen, und plötzlich waren wir wieder bei den Tecys. Allerdings waren seit meinem letzten Besuch mehrere Jahre vergangen, und mit dem Älterwerden hat sich auch mein Wille gefestigt. Ich beschloss, allein zurückzukehren.«

Anscheinend achtlos kratzte sie nun mit dem Messer in der Erde neben sich herum.

»Ich wartete bis zum Einbruch der Dunkelheit«, erzählte sie, »und betrachtete die Sterne, die mir einen Anhalt geben sollten. Es war ein unheimliches Gefühl. Die Sterne sahen ganz anders aus. Ich erkannte keine einzige Konstellation. Ich ging ins Haus zurück und dachte darüber nach. Ich hatte ein bisschen Angst und wusste nicht, was ich tun sollte. Den nächsten Tag verbrachte ich mit dem Versuch, die Tecys und die anderen Leute im Dorf zu befragen. Aber das Ganze war wie ein böser Traum. Entweder waren sie strohdumm, oder sie legten es bewusst darauf an, mich zu verwirren. Es gab nicht nur keinen Weg von dort nach hier, sie hatten auch keine Ahnung, wo das ›Hier‹ lag und waren sich über das ›Dort‹ noch weniger im Klaren. In dieser Nacht sah ich mir von neuem die Sterne an, um mich zu vergewissern, was ich gesehen hatte, und da war ich fast bereit, ihnen zu glauben.«

Sie bewegte das Messer jetzt hin und her, als wollte sie es schleifen. Dabei glättete sie den Boden und klopfte ihn fest. Dann begann sie, Linien zu zeichnen.

»In den nächsten Tagen versuchte ich, den Rückweg zu finden«, fuhr sie fort. »Ich dachte, ich könnte unsere Fährte finden und ihr folgen, doch sie verschwand einfach irgendwie. Dann tat ich das Einzige, was mir noch einfiel. Jeden Morgen ritt ich in einer anderen Richtung davon, ritt bis zur Mittagsstunde und kehrte um. Doch mir kam nichts bekannt vor. Es war sehr verwirrend. Mit jedem Abend wurde ich unruhiger und zorniger über die Entwicklung – und entschlossener denn je, selbst den

Weg zurück nach Avalon zu finden. Ich musste Großvater beweisen, dass er mich nicht länger wie ein Kind abschieben und erwarten konnte, dass ich friedlich blieb.

Nach etwa einer Woche begann ich, Träume zu haben. Albträume sozusagen. Hast du schon einmal geträumt, zu laufen und zu laufen, ohne irgendwohin zu gelangen? So etwa waren meine Träume über das brennende Spinnennetz. Nur eigentlich war es gar kein Spinnennetz – es gab keine Spinne, und gebrannt hat es auch nicht. Aber ich war darin gefangen und lief darauf herum und hindurch. Dabei bewegte ich mich eigentlich gar nicht. Die Beschreibung ist ungenau, aber ich weiß nicht, wie ich es anders sagen soll. Und ich musste – ich wollte weiter versuchen, darin vorwärtszukommen. Als ich erwachte, war ich müde, als hätte ich mich tatsächlich die ganze Nacht hindurch angestrengt. So ging es viele Nächte hindurch, und jedes Mal kam mir der Traum stärker und länger und realer vor.

Dann kam der Morgen, als ich aufstand und mir der Traum noch im Kopf herumspukte, und ich wusste, dass ich nach Hause reiten konnte. Noch halb träumend, wie es schien, ritt ich los. Ich ritt die ganze Strecke, ohne einmal anzuhalten, doch diesmal kümmerte ich mich nicht besonders um die Umgebung, sondern dachte nur an Avalon – und während des Reitens wurde die Gegend immer bekannter, bis ich wieder hier war. Erst dann hatte ich das Gefühl, völlig wach zu sein. Jetzt kommen mir das Dorf und die Tecys, der fremde Himmel, die Sterne, der Wald und die Berge wie ein Traum vor. Ich bin gar nicht sicher, dass ich dorthin zurückfinden würde. Ist das nicht seltsam? Kannst du mir sagen, was passiert ist?«

Ich stand auf und ging um den Rest unserer Mahlzeit herum. Dann setzte ich mich neben sie.

»Erinnerst du dich an das Aussehen des brennenden Spinnennetzes, das eigentlich gar kein Spinnennetz war und auch gar nicht brannte?«, fragte ich.

»Ja – einigermaßen.«

»Gib mir das Messer.«

Sie reichte es mir.

Mit der Spitze begann ich ihr Gekritzel im Sand zu erweitern, verlängerte hier eine Linie, verwischte dort eine, fügte andere hinzu. Sie sagte kein Wort, doch sie verfolgte jede meiner Bewegungen. Als ich fertig war, legte ich das Messer zur Seite und wartete eine lange, stille Weile.

Schließlich sagte sie mit leiser Stimme: »Ja, das ist es«, wandte sich von der Zeichnung ab und starrte mich an. »Woher wusstest du das? Woher wusstest du, was ich geträumt habe?«

»Weil ich …«, sagte ich. »Weil du von einer Sache geträumt hast, die dir in den Genen steckt. Warum und wie, das weiß ich nicht. Es beweist aber, dass du in der Tat eine Tochter Ambers bist. Du bist durch die Schatten gegangen. Und geträumt hast du das Große Muster von Amber. Es verleiht Menschen von königlichem Geblüt Macht über die Schatten. Weißt du, wovon ich spreche?«

»Ich bin mir nicht sicher«, sagte sie. »Ich glaube nicht. Ich habe Großvater die Schatten verfluchen hören, aber ich habe nie richtig verstanden, was er meinte.«

»Dann weißt du nicht, wo Amber wirklich liegt.«

»Nein. Er ist mir immer ausgewichen. Er hat mir von Amber erzählt und von der Familie. Aber ich weiß nicht einmal die Richtung, in der Amber liegt. Ich weiß nur, dass es weit weg ist.«

»Es liegt in allen Richtungen«, sagte ich, »oder in jeder Richtung, die man sich aussucht. Man braucht nur –«

»Ja!«, unterbrach sie mich. »Ich hatte es vergessen oder dachte, er wolle nur geheimnisvoll oder herablassend tun, aber Brand hat vor langer Zeit einmal genau dasselbe gesagt. Aber was bedeutet das?«

»Brand! Wann war Brand hier?«

»Vor vielen Jahren«, entgegnete sie. »Ich war damals noch ein kleines Mädchen. Er kam oft zu Besuch. Ich war sehr in ihn verliebt und ging ihm gnadenlos auf die Nerven. Er erzählte mir Geschichten, brachte mir Spiele bei ...«

»Wann hast du ihn zum letzten Mal gesehen?«

»Oh, ich würde sagen, vor etwa acht oder neun Jahren.«

»Hast du noch andere kennengelernt?«

»Ja«, sagte sie. »Julian und Gérard waren vor nicht allzu langer Zeit hier. Erst vor wenigen Monaten.«

Ich kam mir plötzlich sehr ungeschützt vor. Benedict hatte mir manches verschwiegen. Es wäre mir lieber gewesen, er hätte mir Lügen aufgetischt, als mich völlig im Dunkeln tappen zu lassen. Wenn man dann die Wahrheit herausfindet, kann man sich leichter aufregen. Das Problem mit Benedict war, dass er zu ehrlich ist. Er würde mir lieber nichts erzählen, als mich anzulügen. Ich hatte das Gefühl, etwas Schlimmes käme auf mich zu, und ich wusste, dass ich nicht zögern durfte, dass ich so schnell wie möglich handeln musste. Ja, es würde ein harter Höllenritt zu den Steinen werden. Doch zunächst gab es noch mehr zu erfahren, bevor ich es versuchte. Die Zeit … verdammt!

»Hast du sie da zum ersten Mal gesehen?«, fragte ich.

»Ja«, antwortete sie. »Und ich war sehr gekränkt.« Sie schwieg einen Augenblick lang und seufzte. »Großvater hat mir verboten, unsere Verwandtschaft zu erwähnen. Er stellte mich als seinen Schützling vor. Und er weigerte sich, mir den Grund zu nennen. Verdammt!«

»Ich bin sicher, er hatte sehr gute Gründe.«

»Oh, die hatte ich auch. Aber das hilft einem trotzdem nicht weiter, wenn man sein ganzes Leben lang darauf gewartet hat, seine Verwandten kennenzulernen. Weißt *du*, warum er mich so behandelt hat?«

»Amber macht im Augenblick eine schwere Zeit durch«, erwiderte ich, »und die Lage dürfte sich noch verschlimmern, ehe sie wieder besser wird. Je weniger Leute von deiner Existenz wissen, desto geringer ist die Chance, dass du in die Sache hineingezogen wirst und Schaden nimmst. Er wollte dich nur schützen.«

Sie tat, als spucke sie aus.

»Ich brauche keinen Schutz«, meinte sie. »Ich kann selbst auf mich aufpassen.«

»Du bist eine vorzügliche Fechterin«, sagte ich. »Leider ist das Leben komplizierter als ein faires Duell.«

»Das weiß ich auch. Ich bin ja kein Kind mehr. Aber –«

»Nichts ›aber‹! Ich hätte an seiner Stelle genauso gehandelt. Er schützt sowohl sich als auch dich. Ich bin überrascht, dass er Brand eingeweiht hat. Er wird verdammt wütend sein, wenn er erfährt, dass ich ebenfalls die Wahrheit kenne.«

Ihr Kopf fuhr herum und sie starrte mich mit aufgerissenen Augen an.

»Aber du würdest uns doch nicht schaden wollen«, sagte sie. »Wir … wir sind doch verwandt …«

»Woher, zum Teufel, willst du wissen, warum ich hier bin oder was ich denke?«, sagte ich. »Vielleicht hast du dich und deinen Großvater soeben ans Messer geliefert!«

»Du machst doch einen *Scherz,* nicht wahr?«, fragte sie und hob wie abwehrend die linke Hand.

»Ich weiß nicht. Es muss kein Scherz sein – doch ich würde wohl kaum darüber sprechen, wenn ich etwas Übles im Schilde führte, nicht wahr?«

»Nein … wahrscheinlich nicht«, sagte sie.

»Ich will dir etwas sagen, das dir Benedict längst hätte sagen müssen«, fuhr ich fort. »Vertraue nie einem Verwandten. Das ist viel schlimmer als Fremden zu vertrauen. Bei einem Fremden besteht immerhin die Möglichkeit, dass du nicht in Gefahr bist.«

»Das meinst du wirklich ernst, oder?«

»Ja.«

»Das gilt auch für dich?«

Ich lächelte.

»Für mich gilt das natürlich nicht. Ich bin ein Muster an Ehre, Freundlichkeit, Gnade und Güte. Du kannst mir rückhaltlos vertrauen.«

»Das werde ich tun«, sagte sie und ich lachte.

»Oh doch!«, beharrte sie. »Du würdest uns kein Leid antun. Das weiß ich.«

»Erzähl mir von Gérard und Julian.« Mir war unbehaglich zumute wie immer, wenn mir jemand unvoreingenommenes Vertrauen entgegenbrachte. »Weshalb waren sie hier?«

Sie schwieg einen Moment lang, ohne den Blick von mir zu nehmen. »Ich habe dir schon ziemlich viel anvertraut«, sagte sie schließlich, »nicht wahr? Du hast recht. Man kann nie vorsichtig genug sein. Ich glaube, jetzt bist du wieder an der Reihe.«

»Gut. Du lernst den Umgang mit unseresgleichen schnell. Was willst du wissen?«

»Wo liegt das Dorf wirklich? Und wo Amber? Die beiden sind sich irgendwie ähnlich, nicht wahr? Was sollte das heißen, als du vorhin sagtest, Amber liege in allen Richtungen oder in jeder, die man sich aussucht? Was sind Schatten?«

Ich stand auf und blickte auf sie hinab. Dann streckte ich die Hand aus. Sie wirkte plötzlich sehr jung und mehr als verängstigt, doch sie ergriff meine Hand.

»Wohin …?«, fragte sie im Aufstehen.

»Hier entlang«, sagte ich und führte sie an die Stelle, wo ich geschlafen und den Wasserfall und das Mühlrad betrachtet hatte.

Sie wollte etwas sagen, doch ich unterbrach sie.

»Schau hin«, sagte ich. »Du musst nur schauen.«

Und so standen wir da und starrten auf das Wirbeln, Plätschern und Drehen, während ich meine Gedanken ordnete. Dann sagte ich: »Komm«, ergriff sie am Ellbogen und ging mit ihr auf den Wald zu.

Während wir uns zwischen den Bäumen bewegten, verdunkelte eine Wolke die Sonne, und die Schatten wurden tiefer. Die Stimmen der Vögel klangen schriller, und Feuchtigkeit stieg aus dem Boden auf. Wir gingen von Baum zu Baum, und die Blätter wurden länger und breiter. Als die Sonne zurückkehrte, wirkte ihr Licht gelber, und hinter einer Wegbiegung stießen wir auf Weinranken. Die Stimmen der Vögel wurden rauher, zahlreicher. Dann stieg der Weg plötzlich an, und ich führte sie an einer Steinformation vorbei auf höheres Gelände. Ein fernes, kaum vernehmliches Grollen schien sich hinter uns bemerkbar zu machen. Das Blau des Himmels veränderte sich, während wir uns über eine Lichtung bewegten und eine große braune Eidechse verscheuchten, die sich auf einem Felsen gesonnt hatte. Als wir um eine andere Felsgruppe bogen, sagte sie: »Ich wusste gar nicht, dass es hier so etwas gibt. Diesen Weg habe ich noch nie genommen.« Doch ich antwortete ihr nicht, denn ich war mit meiner ganzen Willenskraft beschäftigt, die Substanz der Schatten zu verändern.

Kurz darauf sahen wir uns wieder dem Wald gegenüber, doch nun führte der Weg hangaufwärts zwischen Bäumen hindurch. Jetzt waren die Bäume tropische Riesen, durchsetzt mit Farngewächsen, und neue Geräusche – Gebell, Zischen, Summen – waren zu hören. Während wir weitergingen, verstärkte sich das Grollen ringsum und auch der Boden begann, davon zu vibrieren. Dara klammerte sich fester an meinen Arm; sie sagte nichts mehr, verschlang aber jedes Detail mit den Augen. Große, flache helle Blumen wuchsen im Unterholz zwischen Pfützen, in denen sich die von oben herabtropfende Feuchtigkeit sammelte. Die Temperatur war beträchtlich angestiegen, und wir schwitzten ganz anständig. Das Grollen wurde nun zu einem übermächtigen Tosen, und als wir an den Rand des Waldes kamen, wurden wir von dem Lärm bestürmt wie von ständigem Gewitterdonner. Ich führte sie an den Rand des Abgrunds und deutete in die Tiefe.

Vor uns fiel der Wasserfall gut tausend Fuß hinab: ein mächtiger Katarakt, unter dessen mächtigem Aufprall der Fluss dröhnte wie ein Amboss. Die Strömung war schnell und stark, ließ Luftblasen und mächtige Gischtwolken über weite Strecken wirbeln, bevor sie sich schließlich auflösten. Uns gegenüber, etwa eine halbe Meile entfernt, halb verdeckt durch Regenbogen und Wasserdunst, einer von Titanenhand geformten Insel ähnlich, rotierte langsam ein gigantisches Rad, bedächtig und schimmernd. Hoch über uns ließen sich große Vögel wie schwebende Kruzifixe in den Luftströmungen dahintreiben.

Wir verweilten ziemlich lange dort. Ein Gespräch war unmöglich und unnötig zugleich. Als sie sich schließlich abwandte, um mich mit zusammengekniffenen Augen abschätzend anzusehen, nickte ich und deutete mit den Augen auf den Wald. Wir machten kehrt und gingen in die Richtung, aus der wir gekommen waren.

Bei der Rückkehr liefen dieselben Vorgänge umgekehrt ab, wobei es mir leichter fiel. Als wir endlich wieder sprechen konnten, schwieg Dara dennoch, da sie offenbar inzwischen erkannt hatte, dass ich ein Teil der Veränderungsprozesse war, die ringsum abliefen.

Erst als wir wieder an dem alten Fluss standen und das kleine Mühlrad beobachteten, ergriff sie das Wort.

»War das ein Ort wie das Dorf?«

»Ja. Ein Schatten.«

»Und wie Amber?«

»Nein. Amber wirft die Schatten. Wenn man sich darauf versteht, lassen sie sich in jede gewünschte Form bringen. Jener Ort war ein Schatten, ebenso dein Dorf – und auch *dies hier* ist ein Schatten. Jeder Ort, den du dir nur vorstellen kannst, existiert irgendwo in den Schatten.«

»Und du und Großvater und die anderen könnt euch in diesen Schatten bewegen und euch nehmen und aussuchen, was ihr wollt?«

»Ja.«

»Und ich habe dasselbe getan, als ich aus dem Dorf zurückkehrte?«

»Ja.«

Ihr Gesicht war eine Studie aufdämmernder Erkenntnis. Ihre beinahe schwarzen Augenbrauen senkten sich um einen Zentimeter, und ihre Nasenflügel weiteten sich mit einem schnellen Atemzug.

»Ich kann es also auch …«, sagte sie. »Ich kann mich überallhin bewegen, kann alles tun, was ich will!«

»Die Fähigkeit ist in dir«, sagte ich.

Da küsste sie mich in einer impulsiven Geste und wirbelte davon; ihr Haar umtanzte den schlanken Hals, als sie versuchte, sich alles auf einmal anzusehen.

»Dann kann ich alles tun!«, sagte sie und blieb stehen.

»Es gibt Grenzen, Gefahren …«

»So ist das Leben«, sagte sie. »Wie lerne ich, es einzusetzen?«

»Der Schlüssel dazu ist das Große Muster von Amber. Du musst es abschreiten, um die Fähigkeit voll zu erringen. Es ist in den Boden eines Saales unter dem Palast von Amber eingezeichnet. Es ist ziemlich groß. Man muss außen beginnen und ohne stehenzubleiben zur Mitte gehen. Dabei tritt ein ziemlich starker Widerstand auf, und man muss sich sehr anstrengen, um ihn zu brechen. Wenn man stehenbleibt oder das Muster zu verlassen versucht, bevor man es vollendet hat, vernichtet es einen. Doch vollendet man es, kann man die angeborene Macht über die Schatten bewusst kontrollieren.«

Sie eilte zu unserem Picknicklager und betrachtete das Muster, das wir dort in den Boden geritzt hatten.

Ich folgte ihr langsam. Als ich näherkam, sagte sie: »Ich muss nach Amber reisen und das Muster abschreiten!«

»Ich bin sicher, dass Benedict entsprechende Pläne mit dir hat – eines Tages.«

»Eines Tages?«, fragte sie. »Nein, jetzt! Ich muss das Muster sofort beschreiten! Warum hat er mir nie etwas von diesen Dingen erzählt?«

»Weil es gerade nicht möglich ist. Die Verhältnisse in Amber sind so, dass es für euch beide gefährlich wäre, deine Existenz dort bekanntwerden zu lassen. Amber ist vorübergehend gesperrt für dich.«

»Das ist nicht fair!« Sie starrte mich mürrisch an.

»Natürlich nicht«, sagte ich. »Aber so sind die Dinge nun mal. Gib nicht mir die Schuld.«

Die Worte wollten mir nicht so recht über die Lippen, lag doch ein Teil der Schuld tatsächlich bei mir.

»Fast wäre es besser, wenn du mir nichts davon erzählt hättest«, sagte sie, »wenn ich es doch noch nicht haben kann.«

»So schlimm ist es nun auch wieder nicht«, erwiderte ich. »Die

Situation in Amber wird sich stabilisieren – es dauert nicht mehr lange.«

»Wie erfahre ich davon?«

»Benedict wird es wissen. Er wird dir davon erzählen.«

»Er hat mir bisher nie viel von irgendetwas erzählen wollen!«

»Wozu auch? Nur damit du dich schlecht fühlst? Du weißt, dass er dich gut behandelt hat, dass er sich Sorgen um dich macht. Wenn die Zeit reif ist, wird er die nötigen Schritte unternehmen.«

»Und wenn er es nicht tut? Wirst du mir dann helfen?«

»Ich werde tun, was ich kann.«

»Wie kann ich dich finden? Wie kann ich es dich wissen lassen?«

Ich lächelte. Wir waren an diesem Punkt des Gesprächs angelangt, ohne dass ich bewusst darauf abgezielt hatte. Den wirklich wichtigen Teil brauchte ich ihr nicht zu verraten. Nur genug, um mir vielleicht später zu nützen …

»Die Karten«, sagte ich. »Die Familientrümpfe. Die sind mehr als eine sentimentale Vorliebe. Sie sind ein Verständigungsmittel. Besorge dir meine Karte, blicke sie fest an, konzentriere dich darauf, versuche, alle anderen Gedanken aus deinem Geist zu vertreiben, tu so, als hättest du es wirklich mit mir zu tun, fang an, mit mir zu sprechen. Dabei wirst du feststellen, dass dein Wunsch Wirklichkeit geworden ist und ich dir tatsächlich antworte.«

»Das sind alles Dinge, die mir Großvater beim Umgang mit den Karten verboten hat!«

»Natürlich.«

»Wie funktioniert das?«

»Ein andermal«, sagte ich. »Eine Hand wäscht die andere, weißt du noch? Ich habe dir von Amber und den Schatten erzählt. Jetzt erzähl du mir von Gérards und Julians Besuch.«

»Ja«, sagte sie. »Da gibt es allerdings nicht viel zu berichten. Vor fünf oder sechs Monaten hielt Großvater eines Morgens mitten in seiner Tätigkeit inne. Er war gerade dabei, einige Bäume im Obstgarten zu beschneiden – das macht er gern selbst –, und ich half ihm dabei. Er stand auf einer Leiter und schnipselte herum, und plötzlich erstarrte er, senkte die Schere und bewegte sich mehrere Minuten lang nicht. Ich dachte, er ruhe sich aus, und harkte weiter. Dann hörte ich ihn sprechen – er murmelte nicht nur vor sich hin, sondern sprach, als wäre er an einer Unterhaltung beteiligt. Zuerst dachte ich, er meinte mich, und fragte, was er gesagt habe. Doch er ignorierte mich. Jetzt, wo ich über die Trümpfe Bescheid weiß, ist mir klar, dass er damals mit einem von ihnen gesprochen haben muss. Wahrscheinlich mit Julian. Jedenfalls stieg er anschließend hastig von der Leiter, sagte mir, er müsse für einen oder zwei Tage fort, und ging zum Haus. Doch gleich darauf blieb er stehen und kehrte zurück. Dann sagte er mir, dass er mich, falls Julian und Gérard auf Besuch kämen, als sein Mündel, die verwaiste Tochter eines getreuen Bediensteten vorstellen würde. Wenig später ritt er davon und nahm zwei reiterlose Pferde mit. Er hatte das Schwert angelegt.

Er kehrte mitten in der Nacht zurück und hatte beide bei sich. Gérard war nur noch halb bei Bewusstsein. Sein linkes Bein war gebrochen, und die gesamte linke Körperhälfte wies Prellungen auf. Julian war ebenfalls ziemlich mitgenommen, hatte aber nichts gebrochen. Die beiden sind fast einen Monat lang bei uns geblieben und sie haben sich schnell wieder erholt. Dann liehen sie sich zwei Pferde aus und verschwanden. Seither habe ich sie nicht wiedergesehen.«

»Was haben sie über die Gründe ihrer Verwundungen gesagt?«

»Nur, dass sie in einen Unfall verwickelt worden seien. Sie wollten mit mir nicht darüber sprechen.«

»Wo? Wo ist das geschehen?«

»Auf der schwarzen Straße. Ich habe sie mehrmals davon sprechen hören.«

»Wo liegt die schwarze Straße?«

»Das weiß ich nicht.«

»Was haben sie darüber gesagt?«

»Sie haben sie mehrmals verflucht. Das war alles.«

Ich blickte hinab und sah einen Rest Wein in der Flasche. Ich bückte mich, schenkte zwei letzte Gläser voll und reichte ihr eines.

»Auf unser Wiedersehen«, sagte ich und lächelte.

»Auf das Wiedersehen«, wiederholte sie, und wir tranken.

Sie begann, unser Lager aufzuräumen, und ich half ihr. Plötzlich machte sich wieder das Gefühl bemerkbar, dass mir die Zeit zwischen den Fingern verrann.

»Wie lange soll ich warten, bis ich mich mit dir in Verbindung setze?«, fragte sie.

»Drei Monate. Lass mir drei Monate Zeit.«

»Wo wirst du dann sein?«

»Hoffentlich in Amber.«

»Wie lange bleibst du hier?«

»Nicht sehr lange. Offen gesagt muss ich auf der Stelle einen kleinen Ausflug unternehmen. Bis morgen müsste ich zurück sein. Und dann bleibe ich wahrscheinlich nur noch ein paar Tage.«

»Ich wünschte, du bliebest länger.«

»Ich auch. Es würde mir sicher Spaß machen, jetzt wo ich dich kenne.«

Sie errötete und schien sich ganz auf den Korb zu konzentrieren, den sie packte. Ich suchte die Fechtsachen zusammen.

»Kehrst du jetzt zum Haus zurück?«, fragte sie.

»In die Ställe. Ich reite sofort los.«

Sie nahm den Korb auf.

»Dann gehen wir zusammen. Mein Pferd steht in dieser Richtung.«

Ich nickte und folgte ihr zu einem Pfad, der sich rechts von uns entlangzog.

»Wahrscheinlich wäre es das Beste, wenn ich niemandem etwas sage, und schon gar nicht Großvater, nicht wahr?«

»Das wäre weise.«

Das Plätschern und Gurgeln des Flüsschens auf seinem Weg zum Meer verhallte, und nur das Quietschen des Mühlrads, das die Wasserfläche zerteilte, war noch eine Zeitlang zu hören.

6.

Meistens ist gleichmäßiges Vorankommen wichtiger als Geschwindigkeit. Solange es eine regelmäßige Folge von Anreizen gibt, in die sich der Geist verbeißen kann, ist auch Platz für laterale Bewegungen. Hat das erst einmal begonnen, ist das Tempo eine Sache des persönlichen Ermessens.

Ich bewegte mich also langsam, aber gleichmäßig voran, wie es mein Urteilsvermögen vorgab. Es wäre sinnlos gewesen, Star unnötig zu ermüden. Schnelle Veränderungen fallen schon Menschen schwer. Tiere, die sich nicht leicht etwas vormachen können, haben größere Schwierigkeiten damit und drehen manchmal sogar durch.

Ich überquerte den Fluss auf einer kleinen Holzbrücke und bewegte mich eine Zeitlang parallel zu ihm. Ich hatte vor, die eigentliche Stadt zu umgehen und der ungefähren Richtung des Wasserlaufes zu folgen, bis ich in Küstennähe war. Es war ein schöner Nachmittag. Mein Weg war schattig, kühl. Grayswandir hing an meiner Hüfte.

Ich ritt nach Westen und erreichte schließlich die Hügel, die sich dort erhoben. Ich wollte mit der Verschiebung erst beginnen, wenn ich eine Stelle erreicht hatte, von der ich auf die große Stadt hinabblicken konnte, welche die größte Bevölkerungskonzentration in diesem Reich darstellte, das meinem Avalon ähnelte. Die Stadt trug denselben Namen, und mehrere Hunderttausend Menschen lebten und arbeiteten dort. Etliche der Silbertürme fehlten, und der Fluss durchschnitt die Stadt weiter südlich in einem etwas anderen Winkel, nachdem er sich vorher um das Achtfache verbreitert hatte. Rauch stieg von den Schmieden und Schänken auf, leicht gekräuselt von einer Brise aus dem Süden; die Menschen bewegten sich zu Fuß, im Sattel oder auf dem Bock von Wagen oder Kutschen durch die schmalen Straßen, betraten und verließen Läden, Herbergen, Häuser; Vogelscharen wirbelten durcheinander, stießen hinab und stiegen wieder auf über den Plätzen, wo Pferde angebunden waren; bunte Wimpel und Banner flatterten, Wasser schimmerte, Dunst lag in der Luft. Ich war zu weit entfernt, um Stimmen zu hören oder das Klappern, Hämmern, Sägen, Rasseln und Quietschen, und nur ein vages Summen schlug an mein Ohr. Zwar vermochte ich keine individuellen Düfte auszumachen, doch selbst als Blinder hätte ich schon am Geruch bemerkt, dass eine Stadt ganz in der Nähe lag.

Der Anblick erfüllte mein Herz mit einer gewissen Nostalgie, mit einer vagen Sehnsucht nach jenem Ort, der genauso hieß wie diese Stadt, aber in einem Schattenland der Vergangenheit untergegangen war, ein Ort, an dem das Leben einfach und ich glücklicher gewesen war als in diesem Moment.

Doch man lebt nicht so lange wie ich ohne jene besondere Erkenntnisfähigkeit, die naive Gefühle im Entstehen erfasst und dadurch meist verhindert, dass Sentimentalität aufkommt.

Jene Tage waren vorbei, und mein ganzes Streben galt nun

Amber. Ich wendete mich ab und setzte meinen Weg nach Süden fort. Der Wunsch zu siegen regte sich in mir. Amber, ich vergesse nicht …

Die Sonne wurde zu einem grellen Wundmal über meinem Kopf, und der Wind begann, mich zu umtosen. Der Himmel wurde immer gelber und strahlender, bis es schien, als erstrecke sich über mir von Horizont zu Horizont eine Wüste. Die Hügel wurden zum Tiefland hin felsiger und boten sich in windgeformten Skulpturen von grotesker Gestalt und düsterer Färbung dar. Als ich die Vorberge verließ, hüllte mich ein Sandsturm ein, so dass ich das Gesicht in meinem Mantel verbergen und die Augen zu Schlitzen zusammenkneifen musste. Star wieherte, schnaubte mehrmals, trottete weiter. Sand, Felsbrocken, Wind und das Orange des Himmels, eine schiefergraue Wolkengruppe, auf die sich die Sonne zubewegte …

Dann lange Schatten, das Ersterben des Windes, Stille … Nur das Klappern der Hufe auf dem Gestein und die Geräusche des Atems … Düsternis, als Sonne und Wolken zusammentreffen … Die Grundfesten des Tages, von Donner erschüttert … Ferne Objekte in unnatürlicher Deutlichkeit … Ein kaltes, blaues, elektrisierendes Gefühl in der Luft … Wieder Donner …

Jetzt ein wogender, glasiger Vorhang zu meiner Rechten, als der Regen auf mich zukommt … Blaue Bruchstellen in den Wolken … Die Temperatur im Absinken, unsere Schritte gleichmäßig, die Welt nun ein einfarbiger Hintergrund …

Dröhnender Donner, grellweißes Blitzen, der Vorhang, der uns entgegenflackert … Zweihundert Meter … Dann hundertundfünfzig … Genug!

Die Flanke pflügt, furcht sich schäumend dahin ... Der feuchte Erdgeruch ... Das Wiehern Stars ... Ein Voranstürmen ...

Kleine Wasserrinnsale, die vorankriechen, einsinken, den Boden beflecken ... Zuerst schlammig blubbernd, dann dahinrinnend ... Jetzt ein gleichmäßiger Strom ... Ringsum kleine plätschernde Bäche ...

Vor uns eine Anhöhe, und Stars Muskeln spannen und entspannen, spannen und entspannen sich unter mir, während er die Spalten und Wasserläufe überspringt, durch die dahinrasende Wasserwand taucht und den Hang erreicht, funkensprühende Hufe auf Felsgestein, während wir höher klettern, während die Stimme des gurgelnden, dahinschäumenden Stroms zu einem gleichmäßigen Tosen absinkt ...

Immer höher und schließlich Trockenheit, eine kurze Pause, um den Saum meines Umhangs auszuwringen ... Unter, hinter und rechts von uns leckt ein graues, sturmzerzaustes Meer am Fuß der Klippe, auf der wir halten ...

Ins Inland nun, auf die Kleefelder und den Abend zu, das Dröhnen der Brandung im Rücken ...

Die Verfolgung von Sternschnuppen im dunkler werdenden Osten, nach einiger Zeit Ruhe und Nacht ...

Klar ist der Himmel, hell die Sterne, bis auf einige kleine Wolkenfetzen ...

Eine heulende Schar rotäugiger Geschöpfe, die sich auf unserer Spur winden ... Schatten ... Grünäugig ... Schatten ... Gelb ... Schatten ... Fort ...

Doch dunkle Gipfel mit Schneerücken bedrängen sich gegenseitig ringsum ... Festgefrorener Schnee, trocken wie Staub, von den eisigen Windstößen des Gebirges wellenförmig angehoben … Puderschnee wie Mehl … Eine Erinnerung an die italienischen Alpen, an Skifahren … Schneewogen, die über Felshänge getrieben werden … Ein weißes Feuer in der Nachtluft … Meine Füße, die in den nassen Stiefeln schnell zu erstarren beginnen … Star schnaubend und verwirrt, einen Huf vorsichtig vor den anderen setzend, den Kopf schüttelnd, als könne er das alles nicht fassen …

Schatten hinter den Felsen, ein leichterer Hang, ein ersterbender Wind, weniger Schnee …

Ein gewundener Weg, eine Serpentine, ein Eingang in die Wärme … Hinab, hinab in die Nacht, unter den sich verändernden Sternen …

Fern ist der Schnee der letzten Stunde, jetzt ausgetrocknete Pflanzen und eine Ebene … Fern, und die Nachtvögel erheben sich taumelnd in die Luft, wirbeln über der Aasmahlzeit durcheinander, stoßen heiseres Protestgeschrei aus, als wir vorbeireiten …

Wieder langsamer, zu dem Ort, wo das Gras wogt, bewegt von dem wärmeren Wind … Das Fauchen einer jagenden Katze … Die schattenhafte Flucht eines hüpfenden rehähnlichen Wesens … Sterne, die ihre Plätze einnehmen, und das zurückkehrende Gefühl in meinen Füßen …

Star bäumt sich auf, wiehert, flieht im Galopp vor einer unsichtbaren Erscheinung … Es dauert lange, ihn zu beruhigen, und noch länger, bis das Zittern vergangen ist …

Eiszapfen eines zunehmenden Mondes auf fernen Baumwipfeln … Feuchte Erde, die einen schimmernden Nebel ausatmet … Motten, die im Nachtlicht tanzen …

Der Boden momentan in pendelnder, sich wölbender Bewegung, als träten Berge von einem Bein aufs andere … Jedem Stern ein Double … Ein Lichtkranz um den runden Mond … Die Ebene, die Luft darüber, voller fliehender Umrisse …

Die Erde, eine abgelaufene Uhr, tickt und verstummt … Stabilität … Trägheit … Die Sterne und der Mond wieder eins mit ihrem Geist …

Ein Bogen um den Waldrand, nach Westen … Impressionen eines schlummernden Dschungels: Delirium von Schlangen unter Öltuch …

Nach Westen, nach Westen … Irgendwo ein Fluss mit breiten sauberen Ufern, die mir den Weg zum Meer erleichtern …

Hufschlag, wirbelnde, zuckende Schatten … Die Nachtluft in meinem Gesicht … Ein kurzer Blick auf helle Wesen auf hohen, dunklen Mauern und schimmernden Türmen … Die Luft schmeckt plötzlich süßer … Die Vision verschwimmt … Schatten …

Zentaurenhaft sind Star und ich unter einer einzigen Schweißschicht verschmolzen … Wir saugen die Luft ein und geben sie in gemeinsamen Explosionen der Anstrengung wieder von uns … Der Hals in Donner gehüllt, schrecklich die Pracht der Nüstern … Den Boden verschlingend …

Lachend, der Geruch des Wassers ringsum, die Bäume links sehr nahe …

Dann dazwischen … Schmale Stämme, Weinranken, breite Blätter, tropfende Feuchtigkeit … Spinngewebe im Mondlicht, kämpfende Schatten darin … Schwammhafter Boden … Phosphoreszierender Fungus auf umgestürzten Bäumen …

Eine freie Stelle … Raschelnde lange Grashalme …

Mehr Bäume …

Wieder der Flussgeruch …

Später Geräusche … Laute … Das Glucksen von Wasser …

Näher, lauter, endlich daneben … Der Himmel, der sich aufbäumt und seinen Bauch einzieht, und die Bäume … Sauber, mit einem kühlen, feuchten Duft … Im gleichen Tempo links daneben herreitend … Leicht und schwebend, folgen wir …

Trinken … In den Untiefen herumplätschernd, dann bauchhoch mit gesenktem Kopf, Star im Wasser, trinkend wie eine Pumpe, Gischt aus den Nüstern prustend … Flussaufwärts plätschert es gegen meine Stiefel … Tropft mir aus dem Haar, läuft an meinen Armen herab … Stars Kopf wendet sich beim Klang des Gelächters …

Dann wieder flussabwärts, langsam, gewunden … Zuletzt gerade, sich ausbreitend, langsamer werdend …

Bäume dichter, dann ausgedünnt …

Lang, gleichmäßig, gemächlich …

Ein schwaches Licht im Osten …

Jetzt nach unten geneigt und weniger Bäume … Felsiger, die Dunkelheit wieder komplett …

Der erste schwache Hinweis auf das Meer, schon wieder überlagert … Klappernd weiter, weiter in der Kühle der späten Nacht … Wieder ein flüchtiger Salzgeschmack …

Gestein, und das Fehlen von Bäumen … Hart, steil, kahl, abwärts … Immer unzugänglicher …

Ein Blitzen zwischen Felswänden … Losgetretene Steine in der jetzt dahinrasenden Strömung, das Plätschern vom Echo des

Dröhnens verschluckt … Immer tiefer der Schlund, sich ausbreitend …

Hinab, hinab …

Und weiter …

Jetzt wieder Helligkeit im Osten, sanfter der Hang … Wieder Salzgeruch, diesmal stärker …

Schiefer und Dreck … Um eine Ecke, hinab, immer heller …

Weiter, weich und locker der Boden …

Windhauch und Licht, Windhauch und Licht … Hinter einem Felsvorsprung …

Zügel anziehen.

Unter mir lag die öde Küste, endlose Reihen gerundeter Dünenrücken, gegeißelt von einem südwestlichen Wind, der Sandstreifen emporschleudert und den Umriss des fernen kahlen, düsteren Morgenmeeres teilweise verwischte.

Ich sah zu, wie sich von Osten her ein rosafarbener Film über das Wasser legte. Hier und dort entblößte der sich bewegende Sand dunkle Kiesflecken. Über den anbrandenden Wellen erhoben sich zerklüftete Felsmassen. Zwischen den mächtigen Dünen, die Hunderte von Fuß hoch waren, und mir, hoch über der abweisenden Küste, befand sich eine wilde, zerschlagene Ebene aus zerklüfteten Felsen und Kies, jetzt gerade im ersten Schimmer des Morgens aus der Hölle oder der Nacht emportauchend und von Schatten bevölkert.

Ja, hier war ich richtig.

Ich stieg ab und sah zu, wie die Sonne die Szene mit einem trostlosen grellen Tag bezwang. Dies war das harte weiße Licht, das ich gesucht hatte. Hier, *ohne* Menschen, war genau der Ort, den ich Jahrzehnte zuvor auf der Schatten-Erde meines Exils gesehen hatte. Keine Bulldozer, keine Siebe, keine besenschwingenden Farbigen, keine hermetisch abgeriegelte Stadt Oranjemund. Keine Röntgenmaschinen, kein Stacheldraht, keine bewaffneten Posten. Hier gab es nichts von alledem. Nein. Denn dieser Schatten hatte niemals einen Sir Ernest Oppenheimer erlebt, und es hatte weder eine Firma »Consolidated Diamond Mines of South West Africa« gegeben, noch eine Regierung, die eine solche Anhäufung von Küstenschürfrechten gutgeheißen hätte. Hier erstreckte sich die Wüste namens Namib etwa vierhundert Meilen nordwestlich von Kapstadt, ein Streifen Dünen und Felsgestein, bis zu etlichen Dutzend Meilen breit und etwa dreihundert Meilen lang an dieser elenden Küste, an der meerwärts gelegenen Flanke der Richtersveld-Berge, in deren Schatten ich jetzt stand. Hier lagen Diamanten wie Vogelkot im Sand. Natürlich hatte ich eine Harke und ein Sieb mitgebracht.

Ich schnürte meine Vorräte auf und machte ein Frühstück. Es würde ein heißer, staubiger Tag werden.

Während ich in den Dünen arbeitete, dachte ich an Doyle, den kleinen Juwelier aus Avalon mit den dünnen Haaren und dem feuerroten, mit Geschwülsten bedeckten Gesicht. Juweliersrouge? Wozu wollte ich all das Juweliersrouge – genug, um eine Armee von Juwelieren ein Dutzend Leben lang zu versorgen? Ich hatte die Achseln gezuckt. Was interessierte es ihn, wozu ich es brauchte, so lange ich dafür zahlte? Nun, wenn es eine neue Verwendung für das Zeug gab, die viel Geld versprach, wäre man ja ein Dummkopf … Mit anderen Worten, er war nicht in der Lage, mich innerhalb einer Woche mit der gewünschten Menge zu versorgen? Kleine gepresste Kicherlaute zwischen Zahnlücken. Eine Woche? Oh nein! Natürlich nicht! Lächerlich, völlig unmöglich … Ich begriff. Nun, vielen Dank, und vielleicht war der Konkurrent ein Stück weiter oben in der Lage, das Zeug zu beschaffen, außerdem mochte er sich für ein paar ungeschliffene Diamanten interessieren, die ich in einigen Tagen erwartete … Diamanten, sagten Sie? Moment. Er interessierte sich stets für Diamanten … Ja, aber in Sachen Juweliersrouge ließen seine Leistungen deutlich zu wünschen übrig. Eine erhobene Hand. Vielleicht hatte er sich etwas zu voreilig über seine Fähigkeit geäußert, das Poliermittel zu liefern. Die Menge hatte ihn stutzig gemacht. Die Ingredienzien gab es jedoch reichlich, und die Formel war ziemlich simpel. Ja, eigentlich gab es keinen Grund, warum man nicht etwas arrangieren könnte. Innerhalb einer Woche. Aber nun zu den Diamanten …

Bevor ich seinen Laden verließ, hatten wir etwas arrangiert.

Ich habe viele Menschen kennengelernt, die der Meinung waren, dass Schießpulver explodiert, was natürlich nicht zutrifft. Es brennt nur sehr schnell ab und entwickelt dabei einen Gasdruck, der eine Kugel aus einer Hülse presst und durch den Lauf einer Waffe treibt, nachdem es von der Zündkapsel entzündet worden ist, die das eigentliche Explodieren besorgt, wenn der Zündhebel hineingetrieben wird. Mit familienüblicher Voraussicht hatte ich im Laufe der Jahre mit einer Reihe von Brennstoffen experimentiert. Meine Enttäuschung angesichts der Entdeckung, dass sich Schießpulver in Amber nicht entzünden ließ und dass alle ausprobierten Zündkapseln dort ebenfalls nicht funktionierten, wurde nur durch die Erkenntnis abgemildert, dass auch keiner meiner Verwandten Feuerwaffen nach Amber bringen konnte. Erst viel später, während eines Besuchs in Amber, nachdem ich ein Armband poliert hatte, das für Deirdre bestimmt war, und das verschmutzte Tuch in einen Kamin warf, entdeckte ich die wunderbare Eigenschaft des Juweliersrouges aus Avalon. Zum Glück flog nur eine kleine Menge in die Luft, und ich war zu dem Zeitpunkt allein.

Das Mittel war ein ausgezeichneter Zündstoff, genau so, wie es war. Mit einer ausreichenden Menge nichtzündfähigen Materials verschnitten, konnte man es auch richtig zum Brennen bringen.

Ich behielt die Entdeckung für mich, nahm ich doch an, dass sich das Mittel eines Tages dazu einsetzen ließ, um in Amber gewisse grundsätzliche Dinge zu entscheiden. Unglücklicherweise hatten Eric und ich unseren Zusammenstoß, ehe dieser Tag heranrückte, und meine Entdeckung wurde zusammen mit all meinen anderen Erinnerungen auf Eis gelegt. Als ich mein Gedächtnis endlich zurückgewonnen hatte, tat ich mich mit Bleys zusammen, der einen Angriff auf Amber plante. Er brauchte mich eigentlich nicht, hatte mich aber als Partner akzeptiert, auch um ein Auge auf mich zu haben. Hätte ich ihm Gewehre geliefert, wäre er unbesiegbar und ich überflüssig gewesen. Und hätten wir Amber tatsächlich erobert, wie es seine Pläne vorsahen, wäre die Situation noch unhaltbarer geworden, da der größte Teil der Besatzungsmacht und natürlich das Offizierskorps auf seiner Seite standen. Dann hätte ich einiges aufbieten müssen, um das Kräfteverhältnis wieder auszugleichen. Ein paar Bomben und etliche automatische Waffen zum Beispiel.

Wäre ich nur einen Monat früher wieder zu mir gekommen, hätte sich vieles anders entwickelt. Dann säße ich jetzt vielleicht in Amber und wäre nicht geblendet, aufgeschürft und ausgedörrt, mit einem weiteren Höllenritt vor mir und einem ganzen Sack voll Sorgen, mit denen ich mich danach befassen musste.

Ich spuckte Sand, um nicht zu ersticken, wenn ich lachte. Zur Hölle mit diesen Spekulationen. Ich hatte Wichtigeres zu bedenken als das, was hätte geschehen können. Wie zum Beispiel Eric …

Ich erinnere mich an jenen Tag, Eric. Ich stand in Ketten und war vor dem Thron auf die Knie gezwungen worden. Vorher hatte ich mich selbst gekrönt, um dich zu verspotten, und war dafür geschlagen worden. Als ich die Krone das zweite Mal in der Hand hielt, schleuderte ich sie in deine Richtung. Aber du hast sie aufgefangen und gelächelt. Ich war froh, dass sie wenigstens nicht beschädigt war, wenn sie dich schon nicht verwunden konnte. So ein schönes Ding … Ganz aus Silber, mit sieben langen Zacken besetzt mit Smaragden, edler als alle Diamanten. An beiden Schläfen ein großer Rubin … An jenem Tag hast du dich selbst gekrönt, arrogant, mit hastigem Pomp. Deine ersten Worte als Herrscher wurden mir zugeflüstert, noch ehe das Echo »Lang lebe der König!« im Saal verhallt war. Ich erinnere mich an jedes einzelne. »Deine Augen haben den schönsten Anblick genossen, den sie jemals sehen werden«, hast du gesagt, dann: »Wachen! Bringt Corwin in die Schmiede und brennt ihm die Augen aus! Er soll sich an die Szenen dieses Tages als die letzten erinnern, die er sah! Dann werft ihn in die Schwärze des tiefsten Verlieses unter Amber, auf dass sein Name vergessen sei!«

»Jetzt herrschst du in Amber«, sagte ich laut. »Doch habe ich mein Augenlicht wieder und habe weder vergessen, noch bin ich vergessen worden.«

Nein, dachte ich. Sieh zu, wie du mit deinem Titel fertig wirst, Eric. Die Mauern Ambers sind hoch und dick. Versteck dich dahinter. Umgib dich mit dem nutzlosen Stahl von Klingen. Wie eine Ameise panzerst du deine Behausung mit Staub. Du weißt jetzt, dass du nicht sicher leben kannst, solange ich lebe, und ich habe dir versprochen, dass ich zurückkehren werde. Ich komme, Eric. Ich bringe Waffen aus Avalon, und ich werde deine Tore einreißen und deine Verteidiger niederstrecken. Und dann wird es so sein wie schon einmal, kurz, vor langer Zeit, ehe deine Männer dich retteten. An jenem Tage holte ich mir nur wenige Tropfen deines Blutes. Diesmal wird es alles sein.

Ich scharrte einen weiteren Rohdiamanten frei, etwa den sechzehnten, und schob ihn in den Beutel an meinem Gürtel.

Während ich auf die untergehende Sonne starrte, dachte ich an Benedict, Julian und Gérard. Was für eine Verbindung bestand zwischen ihnen? Wie immer sie aussah, jede Kombination, die Julian einschloss, war mir suspekt. Gérard war in Ordnung. Ich hatte ruhig einschlafen können damals im Lager, als ich mir vorstellte, dass sich Benedict mit ihm in Verbindung gesetzt hatte. Doch wenn er jetzt mit Julian verbündet war, war das ein Grund zur gesteigerten Besorgnis. Wenn mich ein Mensch noch mehr hasste als Eric, dann Julian. Wenn er erfuhr, wo ich steckte, dann war ich in großer Gefahr. Für eine Konfrontation war ich noch nicht gerüstet.

Vermutlich hätte Benedict eine moralische Rechtfertigung gefunden, mich in diesem Augenblick zu verraten. Schließlich wusste er, dass mein Tun Unruhe nach Amber bringen würde und ihm war auch klar, dass ich etwas im Schilde führte. Ich konnte ihn sogar verstehen. Ihm ging es um die Erhaltung des Reiches. Im Gegensatz zu Julian war er ein Mann mit Prinzipien, und ich bedauerte, nicht auf seiner Seite zu stehen. Ich konnte nur hoffen, dass mein Coup so schnell und schmerzlos ablaufen würde wie das Ziehen eines Zahns unter Vollnarkose und dass wir dann hinterher wieder auf der gleichen Seite stehen würden. Nachdem ich nun Dara kennengelernt hatte, wünschte ich mir das auch um ihretwillen.

Er hatte mir einfach zu wenig verraten. Ich wusste nicht einmal, ob er wirklich die ganze Woche über im Feld bleiben wollte oder ob er sich womöglich schon mit Streitkräften Ambers zusammengetan hatte, um mir eine Falle zu stellen, mein Gefängnis zu mauern, um mein Grab auszuheben. Ich musste mich beeilen, so gern ich noch in Avalon verweilt wäre.

Ich beneidete Ganelon, der jetzt in irgendeinem Gasthaus oder Freudenhaus trank, hurte oder kämpfte. Er war zu Hause. Sollte ich ihn seinen Vergnügungen überlassen, obwohl er sich erboten hatte, mich nach Amber zu begleiten? Doch nein, bei meinem Verschwinden würde man ihn verhören, ihm Schlimmes antun, wenn Julian in der Sache steckte, und dann war es nicht mehr weit, bis er in dem Land, das er für seine Heimat hielt, als Ausgestoßener gelten würde, wenn man ihn überhaupt laufen ließ. Daraufhin würde er zweifellos wieder zum Gesetzlosen werden, und dieses dritte Mal würde wahrscheinlich sein Verderben sein. Nein, ich würde mein Versprechen halten. Er würde mich begleiten, wenn er das noch immer wollte. Wenn er seinen Entschluss geändert hatte, nun … Ich beneidete ihn sogar um die Aussicht auf ein gesetzloses Dasein in Avalon. Zu gern wäre ich noch länger geblieben, um mit Dara durch die Berge zu reiten, übers Land zu reisen, auf den Flüssen zu fahren …

Ich dachte an das Mädchen. Das Wissen um ihre Existenz veränderte die Lage. Ich wusste noch nicht genau wie. Trotz unseres starken Hasses und unserer kleinlichen Animositäten sind wir Geschwister aus Amber doch ziemlich familienbewusst, stets interessiert an Neuigkeiten über die anderen, bestrebt, die Position der übrigen Familienmitglieder im wechselhaften Bild des Geschehens zu kennen. Der Austausch von Klatschgeschichten hat zwischen uns zweifellos so manchen tödlichen Schlag verzögert. Zuweilen vergleiche ich uns im Geiste mit einer Gruppe boshafter alter Damen, die in einem Altersheim ein abgefeimtes Hindernisrennen veranstalten.

Ich vermochte Dara nicht in das große Ganze einzuordnen, da sie selbst nicht wusste, wohin sie gehörte. Oh, sie würde es schon herausfinden. Sobald ihre Existenz sich herumsprach, würde sie hervorragende Lehrer finden. Nachdem ich sie auf ihre Einzigartigkeit aufmerksam gemacht hatte, war es nur eine Sache der Zeit, bis sie bei dem großen Spiel mitmischte. Während unseres Gesprächs im Wäldchen war ich mir zuweilen vorgekommen wie eine Schlange – aber zum Teufel, sie hatte ein

Recht auf dieses Wissen. Früher oder später würde sie die Wahrheit erfahren, und je eher sie sie kannte, desto eher konnte sie damit beginnen, ihre Verteidigung aufzubauen. Es war also zu ihrem eigenen Vorteil.

Natürlich war es möglich – sogar wahrscheinlich –, dass ihre Mutter und Großmutter von ihrer Herkunft nichts gewusst hatten …

Und was hatte es ihnen gebracht? Nach Daras Auskunft waren sie beide eines gewaltsamen Todes gestorben.

War es möglich, dass der lange Arm Ambers aus den Schatten nach ihnen gegriffen hatte? Und dass er wieder zuschlagen würde?

Wenn er wollte, konnte Benedict so hart und gemein und rücksichtslos sein wie wir alle. Vielleicht sogar härter. Er würde kämpfen, um seine Familie zu schützen, zweifellos auch einen von uns töten, wenn er es für nötig hielt. Er hatte offenbar angenommen, dass es für Daras Schutz ausreichte, ihre Existenz geheimzuhalten und ihr die Wahrheit zu verschweigen. Er war sicher wütend auf mich, wenn er erfuhr, was ich getan hatte, ein weiterer Grund zur Eile. Doch ich hatte ihr nicht aus bloßer Verdrehtheit die Wahrheit gesagt. Ich wollte, dass sie überlebte, und fand, dass er bisher nicht den richtigen Weg eingeschlagen hatte. Wenn ich zurückkam, hatte sie die Situation bestimmt überdacht. Sicher würde sie viele Fragen haben, und ich würde die Gelegenheit nutzen, sie zur Vorsicht anzuhalten und ihr Gründe dafür zu nennen.

Ich knirschte mit den Zähnen.

Das alles musste nicht sein. Wenn ich erst einmal in Amber

regierte, wäre die Situation eine andere. Musste eine andere sein …

Warum hatte bisher niemand eine Möglichkeit gefunden, die grundlegende Natur des Menschen zu verändern? Sogar das Auslöschen all meiner Erinnerungen und ein neues Leben in einer neuen Welt hatte wieder zu demselben alten Corwin geführt. Wenn ich nicht glücklich war mit dem, was ich war, konnte ich wahrlich Grund zum Verzweifeln haben.

An einer ruhigen Stelle des Flusses reinigte ich mich von Staub und Schweiß und dachte gründlich über die schwarze Straße nach, die meinen beiden Brüdern Schwierigkeiten gemacht hatte. Mir fehlten noch viele Informationen.

Während ich badete, lag Grayswandir in Reichweite. Ein Familienangehöriger ist in der Lage, einem Verwandten durch die Schatten zu folgen, solange die Spur noch warm ist. Doch mein Bad blieb ungestört, wenn ich auch Grayswandir auf dem Rückweg dreimal einsetzen musste, allerdings gegen weniger alltägliche Dinge als Brüder.

Aber damit war zu rechnen gewesen, hatte ich doch das Tempo erheblich beschleunigt …

Es war noch dunkel, kurz vor Einsetzen der Morgendämmerung, als ich die Ställe hinter dem Landhaus meines Bruders erreichte. Ich kümmerte mich um Star, der zuletzt doch etwas nervös geworden war, redete ihm gut zu und beruhigte ihn, während ich ihn abrieb und ihm dann ausreichend Hafer und Wasser hinstellte. Ganelons Feuerdrache grüßte mich aus der benachbarten Box. Ich säuberte mich an der Pumpe im hinteren Teil des Stalles und versuchte zu entscheiden, wo ich mich zum Schlafen niederlegen sollte.

Ich brauchte dringend Ruhe. Ein paar Stunden Schlaf würden mich für eine Weile wieder auf die Beine bringen, doch ich weigerte mich, sie unter Benedicts Dach zu verbringen. So leicht wollte ich mich denn doch nicht hereinlegen lassen. Zwar hatte ich oft geäußert, einst im Bett sterben zu wollen, aber in Wirklichkeit wünschte ich mir, in hohem Alter von einem Elefanten zertrampelt zu werden, während ich Liebe machte.

Benedicts Alkoholvorräten gegenüber war ich weniger ablehnend eingestellt und ich wollte einen Schluck von etwas Starkem. Das Haus lag im Dunkeln; ich trat lautlos ein und fand die Kommode.

Ich schenkte mir ein ordentliches Glas ein, leerte es, goss nach und ging zum Fenster. Von hier aus hatte ich einen guten Ausblick. Das Landhaus stand an einem Hang, und Benedict hatte die Umgebung geschickt gestalten lassen.

»Weiß liegt die lange Straße im Mondenschein«, rezitierte ich, überrascht vom Klang meiner Stimme. »Der Mond steht still über dem Land …«

»Das tut er. Das tut er, Freund Corwin«, hörte ich Ganelon sagen.

»Ich habe Euch gar nicht bemerkt«, sagte ich leise, ohne mich umzudrehen.

»Der Grund dafür ist, dass ich so still sitze«, meinte er.

»Oh. Wie betrunken seid Ihr?«

»Fast gar nicht. Jedenfalls nicht mehr: Aber wenn Ihr ein netter Kerl wärt und mir einen Drink holen würdet …«

Ich wandte mich um.

»Warum könnt Ihr Euch nicht selbst einen holen?«

»Mir tun alle Knochen weh!«

»Na gut.«

Ich schenkte ihm ein Glas ein, brachte es ihm. Er hob es langsam, nickte mir dankend zu, trank einen Schluck.

»Ah, das tut gut!«, seufzte er. »Hoffentlich wirkt es betäubend.«

»Ihr habt Euch in einen Kampf verwickeln lassen?«, fragte ich.

»Aye«, entgegnete er. »In mehrere.«

»Dann erduldet Eure Wunden wie ein mutiger Soldat, damit ich mir mein Mitleid ersparen kann!«

»Aber ich habe gewonnen!«

»Gott! Wo habt Ihr die Leichen gelassen?«

»Oh, so schlimm war es auch wieder nicht. Ein Mädchen hat mir das angetan.«

»Dann habt Ihr wohl bekommen, wofür Ihr bezahlt habt.«

»Um so etwas ging es gar nicht. Ich glaube, ich habe uns in Verlegenheit gebracht.«

»Uns? Wie?«

»Ich wusste nicht, dass sie die Dame des Hauses war. Ich kam zurück und war so richtig in Stimmung und hielt sie für ein Hausmädchen …«

»Dara?«, fragte ich aufhorchend.

»Aye, so hieß sie. Ich klopfte ihr auf das Hinterteil und war auf einen Kuss oder zwei aus …« Er stöhnte. »Dann packte sie mich, hob mich vom Boden hoch und hielt mich über ihren Kopf. Dann sagte sie, sie sei die Dame des Hauses. Dann ließ sie mich fallen. Ich wiege fast zwei Zentner, wenn nicht mehr, und es war ein langer Weg nach unten.«

Er trank aus seinem Glas, und ich lachte leise.

»Sie hat auch gelacht«, sagte er reuig. »Sie half mir auf die Beine und war nicht unfreundlich. Ich habe mich selbstverständlich entschuldigt … Euer Bruder muss ein ziemlich harter Bursche sein. Ein so starkes Mädchen ist mir noch nie über den Weg gelaufen. Was die mit einem Mann anstellen könnte …« Ehrfürchtiges Staunen schwang in seiner Stimme mit. Langsam schüttelte er den Kopf und kippte den Rest des Alkohols hinunter. »Es war erschreckend – und auch schrecklich peinlich«, schloss er.

»Hat sie Eure Entschuldigung angenommen?«

»Oh ja. Sie war ziemlich freundlich. Sie sagte mir, ich solle den Zwischenfall vergessen und sie würde dasselbe tun.«

»Warum liegt Ihr dann nicht im Bett und schlaft Euch aus?«

»Ich wollte auf Euch warten, falls Ihr noch kämt. Ich wollte Euch gleich abfangen.«

»Nun, das habt Ihr getan.«

Langsam stand er auf und griff nach seinem Glas.

»Wir wollen ins Freie gehen«, sagte er.

»Gute Idee.«

Auf dem Weg nach draußen nahm er noch die Brandykaraffe mit, was ich ebenfalls für eine gute Idee hielt, und wir folgten einem Weg durch den Garten hinter dem Haus. Schließlich setzte er sich ächzend auf eine alte Steinbank unter einem großen Eichenbaum, füllte unsere Gläser nach und trank.

»Ah! Euer Bruder versteht sich auch auf Alkohol«, sagte er.

Ich setzte mich neben ihn und stopfte meine Pfeife.

»Nachdem ich mich entschuldigt und ihr meinen Namen genannt hatte, unterhielten wir uns eine Zeitlang«, fuhr Ganelon fort. »Sobald sie erfuhr, dass ich Euch begleite, wollte sie alle möglichen Sachen von mir wissen – über Amber und die Schatten und Euch und die übrige Familie.«

»Habt Ihr ihr irgendetwas gesagt?«, fragte ich und zündete die Pfeife an.

»Unmöglich, selbst wenn ich's gewollt hätte«, erwiderte er. »Ich weiß nichts von den Dingen, die sie wissen wollte.«

»Gut.«

»Doch ich habe darüber nachgedacht. Ich glaube nicht, dass Benedict ihr allzu viel erzählt, und begreife auch den Grund. An Eurer Stelle würde ich sehr darauf achten, was ich ihr sage, Corwin. Sie scheint ausgesprochen neugierig zu sein.«

Ich nickte und blies den Rauch durch die Nase.

»Dafür gibt es einen Grund«, sagte ich. »Einen sehr guten Grund. Es freut mich zu wissen, dass Ihr einen kühlen Kopf bewahrt, auch wenn Ihr getrunken habt. Vielen Dank, dass Ihr es mir erzählt habt.«

Er zuckte die Achseln und trank von seinem Brandy.

»Ein tüchtiger Sturz ist ziemlich ernüchternd. Außerdem ist Euer Wohlergehen zugleich das meine.«

»Das ist wahr. Findet diese Version Avalons Eure Zustimmung?«

»Version? Das *ist* mein Avalon«, sagte er. »Eine neue Generation ist herangewachsen, gewiss, aber es ist derselbe Ort. Ich habe heute das Feld der Dornen besucht, wo ich in Euren Diensten Jack Haileys Truppe besiegte. Es war dieselbe Stelle.«

»Das Feld der Dornen …«, sagte ich und erinnerte mich.

»Ja, dies ist mein Avalon«, fuhr er fort. »Und ich werde auf meine alten Tage hierher zurückkehren, wenn wir die Sache in Amber überstehen.«

»Ihr wollt noch immer mitkommen?«

»Schon mein ganzes Leben lang habe ich mir gewünscht, Amber zu sehen – na ja, seit ich zum ersten Mal davon hörte, und zwar von Euch, in glücklicheren Zeiten.«

»Ich weiß eigentlich nicht mehr, was ich damals sagte. Es muss eine gute Geschichte gewesen sein.«

»Wir waren herrlich betrunken an jenem Abend, und es kommt mir wie gestern vor, dass Ihr mir – teilweise unter Tränen – von dem mächtigen Berg Kolvir und den grünen und goldenen Türmen der Stadt erzähltet, von den Promenaden, Plätzen und Terrassen, Blumen und Brunnen … Eure Geschichte kam mir nur kurz vor, doch sie nahm den größten Teil der Nacht in Anspruch – als wir schließlich ins Bett taumelten, war es schon Morgen. Gott! Ich könnte Euch fast eine Karte der Stadt zeichnen! Ich muss sie sehen, ehe ich sterbe!«

»Ich erinnere mich nicht an den Abend«, sagte ich langsam. »Ich muss sehr betrunken gewesen sein.«

Er lachte leise.

»Wir haben in der guten alten Zeit viel Spaß gehabt«, erwiderte er. »Und man erinnert sich hier an uns, allerdings als Menschen, die vor sehr langer Zeit gelebt haben – und viele Geschichten sind ganz verkehrt. Aber zum Teufel! Wer behält die Dinge schon so in Erinnerung, wie sie wirklich waren?«

Ich rauchte stumm vor mich hin und dachte zurück.

»Und das alles bringt mich auf ein paar Fragen«, fuhr er fort.

»Bitte.«

»Wird Euer Angriff auf Amber Euch mit Eurem Bruder Benedict verfeinden?«

»Ich wünschte wirklich, ich wüsste darauf eine Antwort«, entgegnete ich. »Zuerst wohl ja. Doch meine Attacke müsste längst abgeschlossen sein, ehe er einem Hilferuf folgen und Amber erreichen kann. Also mit Verstärkung. Er allein kann im Nu nach Amber gelangen, wenn ihm von der anderen Seite jemand hilft. Aber das würde wenig bringen. Nein. Ihm liegt nichts daran, Amber zu zerreißen, und er wird jeden unterstützen, der es zusammenhalten kann, davon bin ich überzeugt. Wenn ich Eric erst einmal vertrieben habe, wird er wollen, dass die Auseinandersetzungen sofort beendet werden, und er wird mich auf dem Thron akzeptieren, nur um dieses Ziel zu erreichen. Obwohl er natürlich die Machtübernahme nicht gutheißen wird.«

»Darauf will ich hinaus. Wird es als Folge zwischen Euch später böses Blut geben?«

»Ich glaube nicht. In dieser Sache geht es ausschließlich um Politik, und wir kennen uns schon fast unser ganzes Leben lang und sind stets besser miteinander ausgekommen als jeder von uns etwa mit Eric.«

»Ich verstehe. Da wir beide in dieser Sache stecken und Avalon nun Benedict zu gehören scheint, habe ich mir Gedanken gemacht, was er dazu sagen würde, wenn ich eines Tages hierher zurückkehrte. Würde er mich hassen, weil ich Euch geholfen habe?«

»Das bezweifle ich sehr. So ist er nie gewesen.«

»Dann möchte ich meine Frage noch erweitern. Gott weiß, dass ich ein erfahrener Offizier bin, und wenn es uns gelänge, Amber zu erobern, wäre das auch für ihn bewiesen. Nachdem nun sein Arm verletzt ist, glaubt Ihr, dass er mich als Feldkommandant seiner Miliz in Betracht ziehen würde? Ich kenne die Gegend hier so gut. Ich könnte ihn zum Feld der Dornen führen und ihm den Kampf dort beschreiben. Himmel! Ich würde ihm gut dienen –, so gut wie ich Euch gedient habe.«

Dann lachte er.

»Verzeihung. Besser, als ich Euch gedient habe.«

Ich lachte auch und trank einen Schluck.

»Das wäre nicht leicht«, erwiderte ich. »Natürlich gefällt mir der Gedanke. Aber ich bin mir nicht sicher, ob er Euch jemals vertrauen würde. Es würde zu sehr nach einer List von mir aussehen.«

»Verdammte Politik! Das wollte ich damit nicht erreichen! Das Soldatendasein ist mein Ein und Alles, und ich liebe Avalon.«

»Ich glaube Euch. Aber könnte er Euch glauben?«

»Mit nur einem Arm braucht er einen guten Mann. Er könnte –«

Ich begann zu lachen und beherrschte mich sofort wieder, denn Laute dieser Art sind noch aus großer Entfernung vernehmbar. Außerdem ging es hier um Ganelons Gefühle.

»Es tut mir leid«, sagte ich. »Entschuldigt bitte. Ihr versteht das nicht. Ihr begreift nicht, mit wem wir uns damals am ersten Abend im Zelt unterhalten haben. Euch ist er vielleicht wie ein normaler Mensch vorgekommen – verkrüppelt noch dazu. Aber das ist nicht der Fall. Ich fürchte Benedict. Kein Wesen in den

Schatten oder in der Realität kommt ihm gleich. Er ist der Waffenmeister Ambers. Könnt Ihr Euch ein Millennium vorstellen? Eintausend Jahre? Mehrere Jahrtausende? Könnt Ihr einen Mann begreifen, der an fast jedem Tag eines solchen Lebens einen Teil seiner Zeit im Umgang mit Waffen, Taktiken und Strategien verbracht hat? Ihr seht ihn hier in einem winzigen Königreich als Kommandant einer kleinen Miliz, mit einem gepflegten Obstgarten hinter dem Haus – lasst Euch dadurch nicht täuschen! Was immer die Militärwissenschaft ausmacht, hallt in seinem Kopf nach. Oft ist er von Schatten zu Schatten gereist und hat unzählige Variationen derselben Schlacht beobachtet, mit kaum veränderten Voraussetzungen, um seine Theorien über Kriegführung zu testen. Er hat Armeen von solcher Größe befehligt, dass Ihr sie Tag um Tag an Euch vorbeimarschieren lassen könntet, ohne dass ein Ende der Kolonnen abzusehen wäre. Auch wenn ihn der Verlust des Arms beeinträchtigt, würde ich nicht gegen ihn kämpfen wollen, weder mit Waffen noch mit den bloßen Fäusten. Nur gut, dass er selbst keine Absichten auf den Thron hat, sonst säße er längst darauf. Und wenn er dort säße, hätte ich meinen Anspruch wohl in diesem Moment aufgegeben und mich ihm unterworfen. Ich fürchte Benedict.«

Ganelon schwieg eine lange Zeit, und ich trank einen tiefen Schluck, denn mein Hals war trocken geworden.

»Das wusste ich natürlich nicht«, sagte er schließlich. »Ich wäre zufrieden, wenn er mich einfach nach Avalon zurückkehren ließe.«

»Das tut er bestimmt. Das weiß ich.«

»Dara sagte, sie habe heute von ihm gehört. Er hat beschlossen, seinen Aufenthalt im Feld abzukürzen. Wahrscheinlich kommt er schon morgen zurück.«

»Verdammt!«, sagte ich und stand auf. »Dann müssen wir uns beeilen! Ich hoffe, Doyle hat das Zeug bereit. Wir müssen ihn morgen früh aufsuchen und die Angelegenheit beschleunigen. Ich möchte fort sein, bevor Benedict zurückkehrt!«

»Ihr habt also die Klunker?«

»Ja.«

»Darf ich sie sehen?«

Ich löste den Beutel von meinem Gürtel. Er öffnete die Schnur und nahm mehrere Steine heraus, die er in der linken Hand hielt und mit den Fingerspitzen langsam wendete.

»Die sehen nicht gerade umwerfend aus«, sagte er. »Soweit ich sie in diesem Licht überhaupt erkennen kann. Halt! Da ist ein Schimmer! Nein …«

»Sie sind natürlich im Rohzustand. Ihr haltet ein Vermögen in den Händen.«

»Erstaunlich«, sagte er, legte die Steine wieder in den Beutel und machte ihn zu. »Und es war so einfach für Euch.«

»So einfach war es nun auch wieder nicht.«

»Trotzdem scheint es mir fast unfair, dass Ihr so schnell an ein Vermögen gekommen seid.«

Er gab mir den Beutel zurück.

»Ich werde dafür sorgen, dass Ihr ein Vermögen erhaltet, wenn unsere Arbeit beendet ist«, sagte ich. »Das dürfte ein kleiner Ausgleich sein, falls Benedict Euch keine Stellung anbietet.«

»Nachdem ich nun weiß, wer er ist, bin ich entschlossener denn je, eines Tages für ihn zu arbeiten.«

»Wir werden sehen, was sich tun lässt«

»Jawohl. Vielen Dank, Corwin. Wie sollen wir unsere Abreise angehen?«

»Am besten legt Ihr Euch jetzt hin, denn ich werde Euch früh wecken. Star und Feuerdrache werden es bestimmt nicht mögen, vor einen Wagen gespannt zu werden, fürchte ich, doch wir müssen uns eines von Benedicts Fahrzeugen ausborgen und in die Stadt fahren. Vorher werde ich noch ein Ablenkungsmanöver arrangieren, das von unserem geordneten Rückzug ablenkt. Dann treiben wir Juwelier Doyle zur Eile an, beschaffen uns unsere Ladung und verschwinden möglichst schnell in die Schatten. Je größer unser Vorsprung ist, desto schwerer wird es Benedict fallen, uns aufzuspüren. Wenn wir einen halben Tag voaus sind, ist es für ihn praktisch unmöglich, uns in die Schatten zu folgen.«

»Warum sollte er uns überhaupt folgen wollen?«

»Er misstraut mir – und das zu Recht. Er wartet darauf, dass ich meinen Zug mache. Er weiß, dass ich mir hier etwas beschaffen will, doch er weiß nicht, was. Er will es herausfinden, damit er eine erneute Gefahr von Amber abwenden kann. Sobald er merkt, dass wir endgültig verschwunden sind, weiß er, dass wir das Gewünschte bekommen haben, und wird nach uns suchen.«

Ganelon gähnte, reckte sich, trank sein Glas aus.

»Ja«, sagte er schließlich. »Wir sollten uns wirklich hinlegen, um für die Hetzerei gerüstet zu sein. Nachdem Ihr mir mehr über Benedict erzählt habt, finde ich die andere Sache, die ich Euch noch berichten wollte, weniger überraschend – wenn auch nicht weniger beunruhigend.«

»Und das wäre …?«

Er stand auf, ergriff vorsichtig die Flasche und deutete den Weg entlang.

»Wenn Ihr in dieser Richtung weitergeht«, sagte er, »vorbei an der Hecke, welche das Ende dieses Grundstücks markiert, und wenn Ihr dann noch etwa zweihundert Schritte in den angrenzenden Wald hineingeht, erreicht Ihr zur Linken eine kleine Gruppe junger Bäume in einer überraschend auftauchenden Senke, etwa vier Fuß tiefer als der Weg. Dort unten befindet sich ein frisches Grab – die Erde ist festgetrampelt und mit Blättern bestreut. Ich habe die Stelle vorhin gefunden, als ich mich dort erleichtern wollte.«

»Woher wisst Ihr, dass es sich um ein Grab handelt?«

Er lachte leise.

»Wenn in einem Loch Leichen liegen, nennt man das im Allgemeinen so. Es ist nicht sehr tief, und ich habe ein bisschen mit einem Ast herumgestochert. Vier Leichen liegen dort – drei Männer und eine Frau.«

»Wie lange sind sie schon tot?«

»Nicht sehr lange. Höchstens ein paar Tage.«

»Ihr habt nichts verändert?«

»Ich bin kein Dummkopf, Corwin.«

»Es tut mir leid. Aber Eure Entdeckung beunruhigt mich erheblich, denn ich verstehe sie überhaupt nicht.«

»Offensichtlich haben diese Leute Benedict verärgert, und er hat sich revanchiert.«

»Möglich. Wie sahen sie aus? Wie sind sie gestorben?«

»Nichts Besonderes. Sie waren im mittleren Alter, und man

hat ihnen die Kehle durchgeschnitten – bis auf einen Burschen, der einen Stich in den Leib bekommen hat.«

»Seltsam. Aber es ist gut, dass wir hier bald verschwinden. Wir haben genug eigene Sorgen und können auf die hiesigen Probleme gern verzichten!«

»Wahr gesprochen. Gehen wir zu Bett!«

»Geht ruhig schon vor. Ich bin noch nicht soweit.«

»Befolgt Euren eigenen Rat und legt Euch hin«, sagte er und wandte sich wieder dem Haus zu. »Bleibt nicht auf und macht Euch Sorgen.«

»Nein.«

»Also gute Nacht.«

»Bis morgen.«

Ich blickte ihm nach. Er hatte natürlich recht, doch ich war noch nicht bereit, mein Bewusstsein loszulassen. Noch einmal ging ich meine Pläne durch, um sicherzugehen, dass ich nichts übersehen hatte, leerte das Glas und stellte es auf die Bank. Dann stand ich auf und schlenderte umher, kleine Rauchfähnchen hinter mir herziehend. Mondlicht fiel herab, und die Morgendämmerung war meiner Schätzung nach immer noch ein paar Stunden entfernt. Ich war fest entschlossen, den Rest der Nacht im Freien zu verbringen, und hoffte, ein passendes Plätzchen zu finden.

Natürlich ging ich irgendwann doch den Weg hinab zu der Gruppe junger Schösslinge. Dort stöberte ich ein bisschen herum und fand tatsächlich frische Erdspuren, aber ich hatte keine Lust, beim Mondenschein Leichen zu exhumieren, und war durchaus bereit, auf Ganelons Aussage hinsichtlich seiner

Funde zu vertrauen. Ich weiß nicht einmal, warum ich überhaupt hinging. Vermutlich ein morbider Zug. Allerdings wollte ich mich hier auch nicht zum Schlafen niederlegen.

Stattdessen begab ich mich in die Nordwestecke des Gartens und fand ein Eckchen, das vom Haus aus nicht eingesehen werden konnte. Hecken ragten hoch auf, das Gras war lang und weich und roch angenehm. Ich breitete meinen Mantel aus, setzte mich darauf und zog meine Stiefel aus. Dann schob ich die Füße ins kühle Gras und seufzte.

Lange konnte es nicht mehr dauern. Durch die Schatten zu den Diamanten zu den Waffen nach Amber. Ich war unterwegs. Noch vor einem Jahr hatte ich hilflos in einer Zelle gesessen und war so oft zwischen Vernunft und Wahnsinn hin und her geschwankt, dass ich die Grenze förmlich ausradiert hatte. Inzwischen war ich wieder frei und bei Kräften, konnte sehen und hatte einen Plan. Ich war eine Gefahr, die sich von neuem bemerkbar zu machen suchte, eine tödlichere Gefahr als je zuvor. Diesmal hing mein Geschick nicht von den Plänen eines anderen ab. Diesmal war ich für Erfolg oder Fehlschlag allein verantwortlich.

Das Gefühl war angenehm, so wie das Gras und der Alkohol, der sich inzwischen meines Körpers bemächtigt hatte und mich mit einer warmen Flamme erfüllte. Ich säuberte meine Pfeife, steckte sie fort, reckte mich, gähnte und wollte mich schon zum Schlafen niederlegen.

Da bemerkte ich in der Ferne eine Bewegung, stemmte mich auf die Ellbogen hoch und versuchte, die Ursache zu erkennen. Ich musste nicht lange warten. Eine Gestalt bewegte sich langsam und lautlos auf dem Weg, blieb immer wieder stehen. Sie verschwand unter dem Baum, wo Ganelon und ich gesessen hatten, und war eine Zeitlang meinen Blicken entzogen. Dann ging sie mehrere Dutzend Schritte weiter, verharrte und schien in meine Richtung zu blicken. Schließlich kam sie auf mich zu.

Sie passierte ein Gebüsch und tauchte aus dem Schatten auf, und ihr Gesicht wurde plötzlich vom Mondlicht erfasst. Offenbar bemerkte sie es, denn sie lächelte in meine Richtung und begann, langsamer zu gehen, und blieb schließlich vor mir stehen.

»Du scheinst dein Quartier nicht sonderlich zu mögen, Lord Corwin«, sagte Dara.

»Ganz im Gegenteil«, erwiderte ich. »Nur haben wir eine so schöne Nacht, dass der Naturliebhaber in mir die Oberhand gewonnen hat.«

»Auch letzte Nacht muss etwas in dir die Oberhand gewonnen haben«, sagte sie. »Trotz des Regens.« Sie setzte sich neben meinen Mantel. »Hast du drinnen geschlafen oder draußen?«

»Ich war draußen«, sagte ich. »Doch zum Schlafen bin ich nicht gekommen. Um ehrlich zu sein, habe ich seit unserer letzten Begegnung nicht geschlafen.«

»Wo bist du gewesen?«

»Unten am Meer. Ich habe Sand gesiebt.«

»Hört sich trostlos an.«

»Das war es auch.«

»Ich habe viel nachgedacht, seit wir durch die Schatten gewandert sind.«

»Das kann ich mir vorstellen.«

»Allzu viel geschlafen habe auch ich nicht. Deshalb habe ich dich nach Hause kommen und mit Ganelon sprechen hören, deshalb wusste ich auch, dass du hier irgendwo sein musstest, als er allein zurückkam.«

»Da hattest du recht.«

»Ich muss nach Amber, weißt du. Ich muss das Muster beschreiten.«

»Ich weiß. Und das wirst du auch.«

»Bald, Corwin. Bald!«

»Du bist jung, Dara. Du hast viel Zeit.«

»Verdammt! Ich habe schon mein ganzes Leben darauf gewartet – ohne es überhaupt zu wissen! Gibt es denn keine Möglichkeit, jetzt zu reisen?«

»Nein.«

»Warum nicht? Du könntest mich auf kurzem Wege durch die Schatten führen, nach Amber, könntest mich das Muster abschreiten lassen …«

»Wenn wir nicht auf der Stelle getötet werden, haben wir vielleicht das Glück, für die erste Zeit in benachbarten Zellen – oder auf benachbarten Streckbänken – unterzukommen, bevor man uns hinrichtet.«

»Weshalb denn? Du bist ein Prinz der Stadt. Du hast das Recht zu tun, was dir beliebt.«

Ich lachte.

»Ich bin ein Geächteter, meine Liebe. Wenn ich nach Amber zurückkehre, richtet man mich hin, wenn ich Glück habe. Oder stellt etwas weit Schlimmeres mit mir an. Wenn ich mir allerdings überlege, wie sich die Dinge beim letzten Mal entwickelt haben, möchte ich annehmen, dass man mich schnell tötet.

Diese Höflichkeit erwiese man zweifellos auch meiner Begleiterin.«

»Oberon würde so etwas nicht tun.«

»Bei entsprechender Provokation wäre er dazu durchaus in der Lage. Aber diese Frage stellt sich gar nicht. Oberon ist nicht mehr. Mein Bruder Eric sitzt auf dem Thron und nennt sich Herrscher.«

»Wann ist das passiert?«

»Nach der Zeitrechnung in Amber vor mehreren Jahren.«

»Warum sollte er dich umbringen wollen?«

»Natürlich um zu verhindern, dass ich ihn umbringe.«

»Würdest du ihn denn töten?«

»Ja, und ich werde es auch. Schon bald, denke ich.«

Sie sah mich an. »Warum?«

»Damit ich selbst auf den Thron komme. Du musst wissen, dass der Titel eigentlich mir gehört. Eric hat ihn sich widerrechtlich angeeignet. Ich bin erst vor Kurzem vor Folter und mehrjähriger Gefangenschaft geflohen, die er angeordnet hatte. Er machte allerdings den Fehler, mich am Leben zu lassen, weil er sich an meiner Qual weiden wollte. Er hätte nie gedacht, dass ich mich befreien und ihn eines Tages erneut herausfordern würde. Ich hatte die Hoffnung selbst schon aufgegeben. Doch seit ich das Glück einer zweiten Chance genieße, möchte ich solche Fehler vermeiden.«

»Aber er ist dein Bruder.«

»Nur wenigen Menschen ist diese Tatsache deutlicher bewusst als uns beiden, das kann ich dir versichern.«

»Wie schnell rechnest du damit – dein Ziel zu erreichen?«

»Wie ich neulich sagte: Wenn du an die Trümpfe herankommst, solltest du dich in etwa drei Monaten mit mir in Verbindung setzen. Wenn das nicht geht und sich die Dinge plangemäß entwickeln, melde ich mich bei dir, sobald ich die Herrschaft angetreten habe. Du müsstest innerhalb eines Jahres die Chance erhalten, das Muster zu beschreiten.«

»Und wenn du scheiterst?«

»Dann musst du länger warten. Bis Eric seine Herrschaft gefestigt und Benedict ihn als König anerkannt hat. Dazu ist Benedict nämlich nicht bereit. Er hat sich schon lange nicht mehr in Amber blicken lassen, und Eric glaubt wahrscheinlich, dass er nicht mehr unter den Lebenden weilt. Wenn er jetzt in Amber erscheint, muss er sich für oder gegen Eric stellen. Stellt er sich auf Erics Seite, ist Erics weitere Herrschaft gesichert – aber dafür möchte Benedict nicht verantwortlich sein. Spricht er sich gegen ihn aus, wird das Kämpfe zur Folge haben – und das will er ebenfalls nicht. Er selbst hat keine Ambitionen auf die Krone. Nur indem er sich von der Bühne fernhält, kann er die Ruhe gewährleisten, die im Moment herrscht. Lässt er sich blicken, ohne Stellung zu beziehen, könnte *er* vielleicht damit durchkommen, doch eine solche Haltung wäre gleichbedeutend mit einer Ablehnung von Erics Anspruch und würde ebenfalls zu Problemen führen. Nähme er dich mit auf die Reise nach Amber, würde er sich damit seiner Freiheit berauben, denn Eric würde durch dich Druck auf ihn ausüben.«

»Wenn du den Kampf also verlierst, komme ich vielleicht nie nach Amber?«

»Ich beschreibe dir die Situation, wie ich sie sehe. Es sind zweifellos viele Faktoren im Spiel, die ich nicht kenne. Ich bin lange weg gewesen.«

»Du *musst* siegen!«, sagte sie und fügte abrupt hinzu: »Würde Großvater dich unterstützen?«

»Das bezweifle ich. Aber die Situation wäre dann ganz anders. Ich weiß von seiner Existenz, und von deiner. Ich werde ihn nicht bitten, mich zu unterstützen. Solange er sich nicht gegen mich stellt, bin ich zufrieden. Und wenn ich schnell, effizient und erfolgreich handle, wird er nicht gegen mich vorgehen. Es wird ihm nicht gefallen, dass ich über dich Bescheid weiß, aber wenn er erkennt, dass ich dir nicht schaden möchte, wird alles in Ordnung sein.«

»Warum willst du mich nicht als Druckmittel benutzen? Das wäre am einfachsten.«

»Richtig. Aber ich habe gemerkt, dass ich dich mag«, erwiderte ich. »Das kommt also nicht infrage.«

Sie lachte.

»Ich habe dich bezaubert!«, sagte sie.

Ich lachte leise.

»Ja, auf deine spezielle zarte Weise – mit dem Degen in der Hand.«

Plötzlich wurde sie wieder ernst.

»Großvater kommt morgen zurück«, sagte sie. »Hat Ganelon dir davon erzählt?«

»Ja.«

»Wie beeinflusst das deine unmittelbaren Pläne?«

»Ich gedenke, ein hübsches Stück weg zu sein, bevor er hier eintrifft.«

»Was wird er tun?«

»Zuerst wird er sehr zornig auf dich sein, weil du hier bist. Dann wird er wissen wollen, wie du den Rückweg gefunden hast und wieviel du mir über dich erzählt hast.«

»Was sollte ich ihm antworten?«

»Sag ihm die Wahrheit über deinen Rückweg. Das gibt ihm Stoff zum Nachdenken. Was deinen Status angeht, so hat dich deine frauliche Intuition hinsichtlich meiner Vertrauenswürdigkeit veranlasst, mir dasselbe aufzutischen wie Julian und Gérard. Und wenn das Thema unseres Verbleibs zur Sprache kommt, haben Ganelon und ich uns einen Wagen ausgeliehen, um in die Stadt zu fahren, und gesagt, wir kämen erst spät zurück.«

»Aber wohin wollt ihr wirklich?«

»In die Stadt, aber nur kurz. Und wir werden nicht zurückkommen. Unser Vorsprung muss möglichst groß sein, denn Benedict kann mich bis zu einem gewissen Punkt durch die Schatten verfolgen.«

»Ich werde ihn nach besten Kräften aufhalten. Wolltest du mich vor deiner Abreise nicht noch aufsuchen?«

»Ich wollte morgen früh noch mit dir sprechen. Durch deine Unruhe bist du mir zuvorgekommen.«

»Dann freue ich mich, dass ich unruhig gewesen bin. Wie willst du Amber erobern?«

Ich schüttelte den Kopf. »Nein, liebe Dara. Alle ränkeschmiedenden Prinzen müssen ein paar Geheimnisse für sich behalten. Dieses Geheimnis gehört mir allein.«

»Es überrascht mich, dass in Amber so viel Misstrauen und Missgunst herrschen.«

»Warum? So ist es doch überall, mehr oder weniger. Man ist stets von solchen Dingen umgeben, denn alle Orte sind nach dem Bilde Ambers geformt.«

»Das ist schwer zu verstehen ...«

»Eines Tages wirst du es verstehen. Lass es damit zunächst genug sein.«

»Noch etwas. Da ich in der Lage bin, irgendwie mit den Schatten fertigzuwerden, obwohl ich das Muster noch nicht bewältigt habe, sag mir doch bitte genauer, wie du das anstellst. Ich möchte mich verbessern.«

»Nein!«, sagte ich. »Ich werde es nicht zulassen, dass du mit den Schatten herumspielst, ehe du richtig darauf vorbereitet bist. Selbst nachdem du das Muster abgeschritten hast, ist das noch gefährlich genug, und jeder vorherige Versuch wäre tollkühn. Du hast Glück gehabt, aber jetzt lass die Finger davon. Ich werde dir dabei helfen, indem ich dir nichts mehr davon erzähle.«

»Na schön«, sagte sie. »Tut mir leid. Dann muss ich wohl warten.«

»Das musst du wohl. Und du bist nicht böse?«

»Nein. Na ja ...« Sie lachte. »Es würde ja auch nichts nützen. Du weißt sicher, wovon du sprichst. Ich bin froh, dass du um mich besorgt bist.«

Ich brummte etwas vor mich hin, und sie hob die Hand und berührte mich an der Wange. Daraufhin wandte ich den Kopf zur Seite, und ihr Gesicht näherte sich langsam dem meinen. Ihr Lächeln war verschwunden, die Lippen öffneten sich und die Augen waren fast geschlossen. Als wir uns küssten, spürte ich, wie sich ihre Arme um meinen Hals und meine Schultern legten und wie die meinen sie in einer ähnlichen Geste umschlossen. Meine Überraschung ging in der Süße unter, in Wärme und einer gewissen Erregung, der ich bereitwillig nachgab.

Wenn Benedict davon jemals erfuhr, würde er mehr als nur wütend auf mich sein …

7.

Der Wagen quietschte monoton, und die Sonne stand bereits tief im Westen, von wo sie uns noch mit einem heißen Streifen Tageslicht versorgte. Auf der Ladefläche schnarchte Ganelon zwischen den Kisten, und ich beneidete ihn um seine lautstarke Beschäftigung. Er schlief bereits seit mehreren Stunden, während das mein dritter Tag ohne Ruhepause war.

Wir waren vielleicht fünfzehn Meilen aus der Stadt heraus und fuhren weiter nach Nordosten. Doyle hatte die erbetene Menge noch nicht fertig gehabt, doch Ganelon und ich hatten ihn überredet, seinen Laden zu schließen und die Produktion zu beschleunigen. Dies verzögerte unsere Abreise unerwünschterweise um mehrere Stunden. Ich war zu aufgekratzt gewesen um zu schlafen, und bekam auch jetzt kein Auge zu, während ich mich durch die Schatten manövrierte. Ich kämpfte die Müdigkeit und den Abend zurück und holte einige Wolken herbei, die mir Schatten spendeten. Wir bewegten uns auf einer trockenen, tiefausgefahrenen Lehmstraße. Der Boden hatte eine hässliche gelbe Färbung und knirschte und bröckelte, als wir drüberfuhren. Braunes Gras hing zu beiden Seiten des Weges schlaff herab, und die Bäume waren klein und knorrig, die Rinde dick und bemoost. Wir kamen an zahlreichen Schieferformationen vorbei.

Ich hatte Doyle für den Stoff gut bezahlt und auch ein hübsches Armband gekauft, das Dara am folgenden Tag zugestellt werden sollte. Meine Diamanten baumelten an meinem Gürtel, Grayswandir in der Nähe meiner Hand. Star und Feuerdrache schritten gleichmäßig und kraftvoll aus. Ich war dabei, es zu schaffen.

Ich fragte mich, ob Benedict schon nach Hause zurückgekehrt war. Ich fragte mich, wie lange er sich wohl hinsichtlich meines Aufenthaltsortes täuschen ließ. Ich war noch lange nicht vor ihm sicher. Er konnte einer Spur sehr lange in die Schatten folgen, und ich hinterließ eine ziemlich breite Spur. Aber ich hatte keine andere Wahl. Ich brauchte den Wagen und musste mich mit unserer jetzigen Geschwindigkeit abfinden, war ich doch keinesfalls in der Verfassung für einen weiteren Höllenritt. Langsam und vorsichtig machte ich mich an die Verschiebungen, im Bewusstsein meiner abgestumpften Sinne und der zunehmenden Erschöpfung sowie in der Hoffnung, dass die allmähliche Steigerung von Veränderung und Entfernung zwischen mir und Benedict eine Barriere errichtete, die recht schnell unüberwindlich wurde.

Auf den nächsten zwei Meilen suchte ich mir einen Weg vom Spätnachmittag zurück in die Mittagsstunde, die ich allerdings bewölkt hielt, denn ich wünschte mir nur das Licht des Mittags, nicht seine Hitze. Dann konnte ich eine kleine Brise ausfindig machen. Sie erhöhte die Wahrscheinlichkeit eines Regenschauers, aber man kann nicht alles haben.

Inzwischen musste ich ständig gegen die Müdigkeit ankämpfen und die Versuchung war groß, Ganelon zu wecken und unsere Flucht zunächst nur in die Entfernung gehen zu lassen, während er kutschierte und ich schlief. Doch so früh wagte ich das nicht. Es gab noch zu viele Dinge zu tun.

Ich wünschte mir mehr Tageslicht, zugleich eine bessere Straße, ich hatte den gottverdammten gelben Lehm satt, und ich musste auch etwas an den Wolken verändern und durfte dabei nicht unser Ziel vergessen ...

Ich rieb mir die Augen und atmete mehrmals tief durch. Die Bilder in meinem Kopf begannen zu tanzen, und das ständige dumpfe Pochen der Pferdehufe und das Quietschen des Wagens begannen eine einschläfernde Wirkung auszuüben. Das Rucken und Schwanken nahm ich kaum noch wahr, die Zügel hingen mir locker in der Hand, und ich war schon einmal weggenickt und hatte sie zu Boden gleiten lassen. Zum Glück schienen die Pferde zu wissen, was man von ihnen erwartete.

Nach einer Weile erklommen wir einen langen, flachen Hang, der in einen Vormittag hineinführte. Der Himmel war inzwischen ziemlich dunkel, und es kostete mehrere Meilen und ein halbes Dutzend Kehren, die Wolkendecke etwas aufzulösen. Ein Unwetter konnte den Weg im Handumdrehen in einen Sumpf verwandeln. Bei dem Gedanken zuckte ich zusammen, ließ den Himmel in Ruhe und konzentrierte mich wieder auf die Straße.

Wir erreichten eine baufällige Brücke, die über ein ausgetrocknetes Flussbett führte. Am gegenüberliegenden Ufer war die Straße glatter, weniger gelb. Im Laufe der nächsten Stunde wurde sie noch dunkler, flacher, härter, und das Gras am Rand nahm eine frische grüne Farbe an.

Doch inzwischen hatte es zu regnen begonnen.

Ich kämpfte eine Zeitlang dagegen an, entschlossen, mein Gras und die dunkle, leichte Straße nicht aufzugeben. Mein Kopf begann zu schmerzen, doch der Schauer endete eine Viertelmeile später, und die Sonne ließ sich wieder blicken.

Die Sonne … oh ja, die Sonne.

Wir ratterten weiter und kamen in ein kühles Tal, wo wir schließlich eine weitere kleine Brücke überquerten. Diesmal zog sich in der Mitte des Flussbetts ein schmaler Wasserlauf hin. Längst hatte ich mir die Zügel um die Handgelenke gebunden, da ich immer wieder kurz wegdämmerte. Wie aus großer Entfernung begann ich mich zu konzentrieren, richtete mich auf, ordnete meine Gedanken …

Aus dem Wald zu meiner Rechten erkundeten die Vögel zögernd den Tag. Tautropfen hingen schimmernd an den Grashalmen, den Blättern. Ein kühler Hauch machte sich in der Luft bemerkbar, und die Strahlen der Morgensonne fielen schräg zwischen den Bäumen hindurch …

Doch mein Körper ließ sich durch das Erwachen dieses Schattens nicht täuschen, und ich war erleichtert, als sich Ganelon endlich hinter mir reckte und zu fluchen begann. Wäre er nicht bald zu sich gekommen, hätte ich ihn wohl wecken müssen.

Mir reichte es. Vorsichtig zupfte ich an den Zügeln. Die Pferde begriffen, was ich wollte, und blieben stehen. Ich zog die Bremse fest, da wir uns auf einer Steigung befanden, und griff nach der Wasserflasche.

»He!«, sagte Ganelon, während ich trank. »Lasst mir auch einen Tropfen!«

Ich reichte ihm die Flasche nach hinten.

»Jetzt fahrt Ihr weiter«, sagte ich. »Ich muss schlafen.«

Er trank eine halbe Minute lang und atmete heftig aus.

»Gut«, sagte er und schwang sich über die Wagenkante auf die Straße. »Aber bitte noch einen Augenblick Geduld. Die Natur fordert ihr Recht.«

Er verließ die Straße, und ich kroch nach hinten auf die Ladefläche und streckte mich dort aus, wo er eben noch gelegen hatte. Den Mantel faltete ich zu einem Kissen zusammen.

Gleich darauf hörte ich ihn auf den Bock steigen, und es gab einen Ruck, als er die Bremse löste. Ich hörte, wie er mit der Zunge schnalzte und die Zügel aufknallen ließ.

»Haben wir Morgen?«, rief er mir zu.

»Ja.«

»Großer Gott! Dann habe ich den ganzen Tag und die ganze Nacht geschlafen!«

Ich lachte leise.

»Nein. Ich habe ein bisschen an den Schatten herumgeschoben«, sagte ich. »Ihr habt nur sechs oder sieben Stunden geschlafen.«

»Das verstehe ich nicht. Aber egal, ich glaube Euch. Wo sind wir jetzt?«

»Wir fahren noch immer nach Nordosten«, antwortete ich, »ungefähr zwanzig Meilen außerhalb der Stadt und vielleicht ein Dutzend von Benedicts Haus entfernt. Gleichzeitig haben wir uns durch die Schatten bewegt.«

»Was soll ich jetzt tun?«

»Folgt einfach weiter der Straße. Wir brauchen die Entfernung.«

»Könnte uns Benedict noch einholen?«

»Ich glaube ja. Deshalb dürfen wir die Pferde noch nicht ausruhen lassen.«

»Alles klar. Soll ich nach etwas Bestimmtem Ausschau halten?«

»Nein.«

»Wann soll ich Euch wecken?«

»Nie.«

Dann schwieg er, und während ich darauf wartete, dass mein Bewusstsein sich auflöste, dachte ich natürlich an Dara. Schon vorher waren meine Gedanken immer wieder zu ihr gewandert.

Es war ganz überraschend gekommen. Ich hatte sie nicht als Frau gesehen, bis sie sich in meine Arme sinken ließ und meinen Gedanken diesbezüglich revidierte. Einen Augenblick später waren meine höheren Funktionen auf den bloßen Trieb reduziert, wie Freud einmal zu mir gesagt hatte. Ich konnte nicht einmal den Alkohol verantwortlich machen, da ich gar nicht viel getrunken hatte. Warum wollte ich die Schuld überhaupt woanders suchen? Weil ich mir irgendwie schuldig vorkam, deswegen. Sie war zu weitläufig mit mir verwandt, als dass ich sie mir wirklich als Familienmitglied vorstellen konnte. Und das war auch nicht der springende Punkt. Ich hatte außerdem nicht das Gefühl, die Situation ausgenutzt zu haben, denn als sie mich suchen kam, wusste sie, was sie tat. Es waren eher die Umstände, die Zweifel an meinen Motiven aufkommen ließen. Schon als ich sie kennenlernte und auf den Spaziergang durch die Schatten führte, hatte ich mehr erringen wollen als ihr Vertrauen und ihre Freundschaft. Ich versuchte einen Teil ihrer Treue, ihres Vertrauens, ihrer Zuneigung von Benedict auf mich zu lenken. Ich hatte sie auf meiner Seite sehen wollen, als eine mögliche Verbündete in diesem Haus, das schnell zum feindlichen Lager werden konnte. Ich hatte gehofft, sie im Notfall ausnützen zu können. All dies stimmte. Doch ich konnte mir einfach nicht vorstellen, dass ich sie nur gehabt hatte, um diesen Zielen näherzukommen. Vielleicht war aber doch ein Körnchen Wahrheit darin. Jedenfalls machte mich diese Erkenntnis unruhig und weckte das Gefühl, niederträchtig gehandelt zu haben. Warum? Ich hatte in meinem Leben viele Dinge getan, die objektiv betrachtet viel schlimmer waren, und diese Dinge machten mir nicht sonderlich zu schaffen. Ich kämpfte mit mir und rang mich dabei mühsam zu der Antwort durch, an der kein Weg vorbeiführte. Ich mochte das Mädchen, ganz einfach. Es war etwas anderes als die Freundschaft, die mich mit Lorraine verbunden hatte, mit ihrem Hauch weltmüden Einvernehmens zwischen zwei Veteranen. Auch unterschied sich mein Empfinden von der beiläufigen Sinnlichkeit, die kurz zwischen mir und Moire aufgeflackert war, bevor ich zum zweiten Mal durch das Muster schritt. Es war etwas anderes. Ich kannte Dara so kurz, dass es mir vollkommen unlogisch vorkam. Ich war ein Mann, der Jahrhunderte hinter sich hatte. Und doch … hatte ich seit Jahrhunderten nicht mehr so empfunden. Ich hatte dieses Gefühl vergessen, bis jetzt. Ich wollte mich nicht in sie verlieben. Noch nicht. Vielleicht später. Am besten überhaupt nicht. Sie war nicht die Richtige für mich. Sie war noch ein Kind. Alles, was sie sich wünschte, alles, was sie neu und faszinierend fand, hatte ich bereits getan. Nein, das passte nicht. Es war nicht richtig, mich in sie zu verlieben. Ich sollte es lassen …

Ganelon summte ein zotiges Lied mehr schlecht als recht vor sich hin. Der Wagen hüpfte und knirschte, wandte sich bergauf. Die Sonne strahlte mir ins Gesicht, und ich bedeckte meine Augen mit dem Unterarm. Irgendwann schlug endlich die Bewusstlosigkeit zu und bezwang mich.

Als ich aufwachte, war die Mittagsstunde vorbei, und ich fühlte mich wie gerädert. Ich nahm einen großen Schluck aus der Flasche, schüttete mir etwas in die Handfläche und rieb mir damit die Augen aus. Ich fuhr mir mit den Fingern durch die Haare. Dann sah ich mir die Umgebung an.

Viel Grün auf allen Seiten, kleine Baumgruppen und offene Flächen mit hohem Gras. Wir fuhren immer noch auf einem unbefestigten Weg, der hier allerdings ziemlich fest und glatt war. Der Himmel war bis auf einige Wolken klar, Licht und Schatten wechselten ziemlich regelmäßig. Ein leichter Wind wehte.

»Wieder unter den Lebenden. Gut!«, sagte Ganelon, als ich über die Vorderwand kletterte und mich neben ihn setzte.

»Die Pferde werden langsam müde, Corwin, und ich würde mir gern etwas die Beine vertreten«, sagte er. »Außerdem bin ich sehr hungrig. Ihr nicht auch?«

»Ja. Haltet dort vorn links im Schatten. Wir werden eine Pause machen.«

»Ich würde gern noch ein Stück weiterfahren«, erwiderte er.

»Hat das einen besonderen Grund?«

»Ja. Ich möchte Euch etwas zeigen.«

»Na schön.«

Wir fuhren vielleicht eine halbe Meile weiter und erreichten schließlich eine Kurve, die uns ein wenig mehr in Richtung Norden führte. Nach kurzer Zeit kamen wir zu einem Hügel, von dessen Gipfel aus wir eine weitere Anhöhe erblickten, die sich noch höher emporschwang.

»Wie weit wollt Ihr noch fahren?«, fragte ich.

»Bis zum nächsten Hügel«, antwortete er. »Vielleicht können wir es von dort aus sehen.«

»Na gut.«

Die Pferde mühten sich mit der Steigung des zweiten Hügels, und ich stieg aus und schob von hinten. Als wir endlich den Gipfel erreichten, hatte mich die Mischung aus Schweiß und Staub noch mehr gerädert, aber wenigstens war ich jetzt wach. Ganelon zügelte die Pferde und zog die Bremse fest. Er stieg auf die Ladefläche des Wagens und stellte sich auf eine Kiste. Nach links blickend, legte er die Hand über die Augen.

»Kommt hier hoch, Corwin!«, rief er.

Ich kletterte über die hintere Klappe, und er ging in die Hocke und streckte mir die Hand entgegen. Ich ergriff sie, und er half mir auf die Kiste, wo ich mich neben ihn stellte. Er zeigte auf etwas, und ich folgte seinem Finger mit den Blicken.

Etwa eine dreiviertel Meile entfernt verlief von links nach rechts, so weit ich sehen konnte, ein breiter schwarzer Streifen. Wir befanden uns mehrere hundert Meter über der Erscheinung und konnten sie etwa eine halbe Meile weit gut überschauen. Ihr Durchmesser betrug mehrere hundert Fuß und schien konstant zu bleiben, obwohl sich der Streifen auf der Strecke, die wir einsehen konnten, zweimal drehte und wendete. Innerhalb standen Bäume, die völlig schwarz waren. Irgendetwas schien sich zu bewegen, doch ich vermochte nicht zu sagen, was es war. Vielleicht war es nur der Wind, der das schwarze Gras am Rand bewegte. Doch in der ganzen Erscheinung schien sich zugleich etwas zu regen, dahinzufließen wie Strömungen in einem flachen, dunklen Fluss.

»Was ist das?«, fragte ich.

»Ich dachte, dass Ihr mir das vielleicht sagen könntet«, erwiderte Ganelon. »Ich nahm an, dass es zu Euren Schatten-Zaubereien gehört.«

Ich schüttelte langsam den Kopf.

»Ich war ziemlich schläfrig, doch an so etwas Seltsames würde ich mich erinnern. Woher habt Ihr gewusst, dass dieses Ding hier sein würde?«

»Während Ihr schlieft, sind wir ihm mehrmals nahe gekommen und haben uns wieder von ihm entfernt. Ich mag die Aura nicht, ein allzu vertrautes Gefühl. Erinnert Euch das nicht an etwas?«

»Ja, allerdings. Leider.«

Er nickte.

»Es ist wie der verdammte Kreis in Lorraine. Genau so.«

»Die schwarze Straße …«, sagte ich.

»Was?«

»Die schwarze Straße«, wiederholte ich. »Ich wusste nicht, was sie meinte, als sie davon sprach, aber jetzt beginne ich zu verstehen. Das ist gar nicht gut.«

»Ein weiteres schlechtes Vorzeichen?«

»Ich fürchte ja.«

Er fluchte. »Wird es uns unmittelbar Ärger machen?«

»Ich glaube nicht, aber genau kann man das nie wissen.«

Er stieg von der Kiste, und ich folgte ihm.

»Wir wollen die Pferde grasen lassen«, sagte er, »und dann unsere Mägen versorgen.«

»Ja.«

Wir gingen nach vorn, und er nahm die Zügel. Am Fuße des Hügels fanden wir eine gute Stelle.

Wir verweilten dort fast eine Stunde lang und sprachen hauptsächlich über Avalon. Die schwarze Straße erwähnten wir nicht, obwohl ich mich in Gedanken immer wieder damit beschäftigte. Natürlich musste ich mir das Ding noch näher ansehen.

Als wir zur Weiterfahrt bereit waren, übernahm ich wieder die Zügel. Die Pferde, die sich etwas erholt hatten, zogen energisch an.

Ganelon saß links von mir und war noch immer ziemlich gesprächig. Erst da ging mir auf, wie viel ihm diese seltsame Rückkehr bedeutet hatte. Er hatte viele Orte besucht, die ihm aus der Zeit seines Räuberlebens bekannt waren, außerdem vier Schlachtfelder, auf denen er sich in seiner ehrbaren Zeit ausgezeichnet hatte. Seine Erinnerungen rührten mich in mancher Hinsicht. Eine ungewöhnliche Mischung aus Gold und Lehm war dieser Mann. Er hätte ein Sohn Ambers sein sollen.

Die Meilen glitten schnell vorbei, und wir kamen allmählich der schwarzen Straße näher, als ich plötzlich einen vertrauten Stich im Kopf verspürte. Ich reichte Ganelon die Zügel.

»Nehmt!«, sagte ich. »Fahrt weiter!«

»Was ist?«

»Später! Fahrt einfach!«

»Soll ich die Pferde antreiben?«

»Nein. Fahrt ganz normal weiter. Seid ein paar Minuten still.«

Ich schloss die Augen, legte den Kopf in die Hände, leerte meinen Geist und errichtete eine Mauer um die entstehende Leere. Niemand zu Hause. Bin beim Mittagessen. Betteln verboten. Hier wohnt niemand. Nicht stören. Betreten verboten. Vorsicht, bissiger Hund. Achtung, Steinschlag. Rutschgefahr bei Nässe. Wird demnächst abgerissen …

Der Ansturm ließ nach und setzte wieder mit voller Macht ein. Ich blockierte ihn erneut. Es folgte eine dritte Welle, die ich ebenfalls stoppte.

Dann war es vorbei.

Ich seufzte und massierte mir die Augen.

»Alles wieder in Ordnung«, sagte ich.

»Was war los?«

»Jemand hat versucht, sich auf ganz besondere Weise mit mir in Verbindung zu setzen. Mit ziemlicher Sicherheit war es Benedict. Offenbar hat er gerade ein paar Dinge herausgefunden, die ihn wünschen lassen könnten, uns aufzuhalten. Ich übernehme jetzt die Zügel. Ich fürchte, dass er uns bald auf der Spur sein wird.«

Ganelon überließ mir die Führung des Wagens.

»Wie stehen unsere Chancen, ihm zu entwischen?«

»Mittlerweile nicht schlecht, würde ich sagen, jetzt wo wir eine ziemliche Strecke hinter uns gebracht haben. Sobald das

Schwindelgefühl in meinem Kopf aufgehört hat, mische ich noch ein paar Schatten durcheinander.«

Ich steuerte den Wagen, und der Weg wand sich hierhin und dorthin, verlief eine Zeitlang parallel zu der schwarzen Straße und rückte dann näher heran. Irgendwann waren wir nur noch wenige hundert Meter von ihr entfernt.

Ganelon betrachtete die schwarze Straße stumm und sagte schließlich: »Sie erinnert mich zu stark an diesen anderen Ort. Die winzigen Nebelfetzen, die um alles herumwallen, das Gefühl, dass sich jemand links oder rechts von einem bewegt, ohne dass man ihn sehen kann …«

Ich biss mir auf die Lippen. Der Schweiß brach mir aus. Ich versuchte, mich von dem Ding durch die Schatten fortzubewegen, und fühlte eine Art Widerstand. Es war nicht dasselbe Gefühl monolithischer Unbeweglichkeit, wie es eintritt, wenn man in Amber durch die Schatten zu treten versucht. Nein, es war etwas völlig anderes. Es war ein Gefühl der – Unentrinnbarkeit.

Dabei bewegten wir uns tatsächlich durch die Schatten. Die Sonne wanderte über den Himmel, rückte zur Mittagsstunde zurück – der Gedanke an eine Nacht in der Nähe des schwarzen Streifens missfiel mir –, und der Himmel verlor etwas von seiner blauen Farbe, die Bäume schossen höher neben uns empor, und in der Ferne tauchten Berge auf.

War es möglich, dass sich die Straße durch die Schatten zog?

Es musste so sein. Warum sonst hätten Julian und Gérard sie finden und sich so dafür interessieren sollen?

Es war bedauernswert, aber ich fürchtete, dass wir einiges gemeinsam hatten, die Straße und ich. Zur Hölle damit!

Lange Zeit fuhren wir parallel zu ihr und kamen ihr allmählich immer näher. Bald trennten uns noch etwa hundert Fuß. Dann fünfzig …

… Und wie ich geahnt hatte, kam schließlich der Augenblick, da sich unsere Pfade kreuzten.

Ich zog die Zügel an. Ich stopfte meine Pfeife, zündete sie an und rauchte vor mich hin, während ich das Ding studierte. Augenscheinlich mochten Star und Feuerdrache das schwarze Gebiet nicht, das unseren Weg kreuzte. Sie wieherten und wollten zur Seite ausbrechen.

Wenn wir auf dem Weg bleiben wollten, mussten wir diagonal über die schwarze Fläche fahren. Ein Teil des Terrains lag außerdem hinter einer Reihe Felsen und konnte nicht eingesehen werden. Hohes Gras stand am Rande der Schwärze, da und dort auch am Fuße der Felsformationen. Nebelschwaden bewegten sich dazwischen, und über den Senken hingen Dunstwolken. Der Himmel, den man durch die Atmosphäre über dem Streifen sehen konnte, war um etliches dunkler und hatte ein seltsam rußiges, verschmiertes Aussehen. Eine unnatürliche Stille lag darüber, fast als würde ein unsichtbares Wesen lauern und den Atem anhalten.

Dann hörten wir einen Schrei. Es war die Stimme eines Mädchens. Der alte Trick mit der Frau in Not?

Er kam von irgendwo rechts, von einer Stelle hinter den Felsen. Die Sache roch nach einer Falle. Aber Himmel! Vielleicht war wirklich jemand in Gefahr!

Ich warf Ganelon die Zügel zu, sprang zu Boden und zog Grayswandir.

»Ich sehe mich mal um«, sagte ich, ging nach rechts und sprang über den Graben, der neben der Straße verlief.

»Beeilt Euch.«

Ich drängte mich durchs Unterholz und kletterte auf einen Felshang. Auf der gegenüberliegenden Seite musste ich ein weiteres Gebüsch überwinden und erreichte schließlich eine höhere Felsformation. Von neuem ein Schrei, und diesmal hörte ich auch andere Geräusche.

Dann war ich auf der Anhöhe und konnte ziemlich weit zu blicken.

Das schwarze Gebiet begann etwa vierzig Fuß unter mir, und die Szene, die meine Aufmerksamkeit erregte, spielte sich ungefähr hundertundfünfzig Fuß jenseits ab.

Bis auf die Flammen war es ein einfarbiges Bild. Eine ganz in Weiß gekleidete Frau mit schwarzem Haar, das ihr bis zu den Hüften herabhing, war an einen der schwarzen Bäume gefesselt, glimmende Äste lagen um ihre Füße aufgehäuft. Ein halbes Dutzend haariger Albinomänner, die fast völlig nackt waren und sich beim Herumtanzen weiter entkleideten, stocherten knurrend und lachend mit Stöcken nach der Frau und dem Feuer und griffen sich dabei immer wieder an die Genitalien. Die Flammen waren inzwischen so hoch, dass sie das Gewand der Frau versengten und den Stoff glimmen ließen. Das lange Kleid war zerrissen, so dass ich ihren üppig geformten Körper erkennen konnte, während der Rauch sie derart einhüllte, dass ihr Gesicht nicht auszumachen war.

Ich stürzte vorwärts, betrat das Gebiet der schwarzen Straße, sprang über die langen Grasbüschel und warf mich auf die Gestalten. Ich köpfte den ersten und spießte einen zweiten auf, bevor mein Angriff überhaupt bemerkt wurde. Die anderen drehten sich um und hieben brüllend mit den Stöcken auf mich ein.

Grayswandir wütete zwischen ihnen, bis sie zerstückelt zu Boden sanken und still waren. Ihre Körpersäfte waren schwarz.

Ich wandte mich um und stieß mit einem Fußtritt das Feuer beiseite. Dann näherte ich mich der Frau und durchtrennte ihre Fesseln. Schluchzend fiel sie mir in die Arme.

Erst jetzt bemerkte ich ihr Gesicht – oder eher das Fehlen eines Gesichts. Sie trug eine elfenbeinerne Vollmaske ohne jede Andeutung von Gesichtszügen, bis auf zwei winzige rechteckige Schlitze für die Augen.

Ich zog sie von dem Feuer und den Toten fort. Sie klammerte sich schwer atmend an mich, wobei sie sich mit dem ganzen Körper an mich drängte. Nach einer mir angemessen erscheinenden Zeit versuchte ich, mich von ihr zu lösen. Doch sie wollte mich nicht loslassen und war überraschend stark.

»Es ist alles vorbei«, sagte ich. Sie antwortete nicht.

Ihre festen Hände bewegten sich fordernd über meinen Körper, vollführten rauhe Liebkosungen, die eine beunruhigende Wirkung auf mich hatten. Von Sekunde zu Sekunde stieg ihre Anziehungskraft auf mich. Ich ertappte mich dabei, dass ich ihr Haar und den übrigen Körper streichelte.

»Es ist alles vorbei«, wiederholte ich. »Wer seid Ihr? Warum wollte man Euch verbrennen? Was waren das für Männer?«

Doch sie antwortete nicht. Sie hatte zu schluchzen aufgehört, wenn sie auch noch immer heftig atmete, nun allerdings aus anderen Gründen.

»Warum tragt Ihr diese Maske?«, flüsterte ich.

Ich griff danach, aber sie warf den Kopf zurück.

Doch dieses Detail kam mir nicht sonderlich wichtig vor. Während ein nüchterner, logischer Teil meines Ich genau wusste, dass diese Leidenschaft unvernünftig war, war ich zugleich so machtlos wie die Götter der Epikureer. Ich wollte sie auf der Stelle besitzen.

In diesem Augenblick hörte ich Ganelon meinen Namen rufen und versuchte, mich in seine Richtung zu wenden.

Doch sie hielt mich zurück. Ihre Kräfte verblüfften mich.

»Kind von Amber«, ertönte ihre vertraut klingende Stimme. »Wir schulden dir dies für alles, was du uns gegeben hast, und wir werden dich jetzt ganz besitzen.«

Wieder drang Ganelons Stimme an meine Ohren, eine endlose Flut von Verwünschungen. Ich wehrte mich unter Aufbietung sämtlicher Kräfte gegen ihren Griff auf und er wurde schwächer. Meine Hand schoss vor, und ich riss die Maske ab.

Als ich mich befreite, ertönte ein kurzer zorniger Schrei und vier letzte, verhallende Worte:

»Amber muss vernichtet werden!«

Hinter der Maske war kein Gesicht. Dahinter war überhaupt nichts.

Ihr Gewand sank schlaff über meinen Arm. Sie – oder es –war verschwunden.

Ich machte schnell kehrt und sah Ganelon am Rand der schwarzen Fläche liegen. Seine Beine waren unnatürlich verdreht. Seine Klinge hob und senkte sich langsam, doch ich konnte nicht erkennen, womit er kämpfte. Ich eilte zu ihm.

Das lange schwarze Gras, das ich übersprungen hatte, wand sich um seine Knöchel und Unterschenkel. Während er sich freizuhacken versuchte, wippten andere Grashalme hin und her, als wollten sie seinen Schwertarm einfangen. Es war ihm gelungen, sein rechtes Bein teilweise zu befreien, und ich beugte mich vor und schaffte es, seine Arbeit zu vollenden.

Dann trat ich außer Reichweite der Gräser hinter ihn und warf die Maske fort, die ich, wie ich in diesem Augenblick erkannte, noch immer umklammert hielt. Sie fiel innerhalb der schwarzen Fläche zu Boden und begann sofort zu qualmen.

Ich packte Ganelon unter den Armen und versuchte, ihn fortzuzerren. Das Gras widersetzte sich, doch zuletzt riss ich ihn los. Ich schleppte ihn über das restliche Gras, das uns von der friedlicheren grünen Spielart am Straßenrand trennte.

Er kam wieder auf die Füße, musste sich aber noch schwer auf mich stützen. Er bückte sich und klopfte auf seine Gamaschen.

»Betäubt«, sagte er. »Mir sind die Beine eingeschlafen.«

Ich half ihm zum Wagen zurück. Er hielt sich daran fest und begann mit den Füßen aufzustapfen.

»Es kribbelt!«, verkündete er. »Ich habe langsam wieder Gefühl darin … Aua!«

Schließlich humpelte er zum vorderen Teil des Wagens. Ich half ihm auf den Kutschbock und folgte ihm.

»Schon besser«, sagte er. »Meine Füße kommen langsam wieder zu sich. Das Zeug hat mir förmlich die Kraft aus den Beinen gesogen. Und aus dem Rest meines Körpers. Was war los?«

»Unser schlechtes Omen hat sein Versprechen wahrgemacht.«

»Was nun?«

Ich ergriff die Zügel und löste die Bremse.

»Wir fahren hinüber«, erwiderte ich. »Ich muss mehr über dieses Ding erfahren. Haltet Eure Klinge bereit.«

Er knurrte und legte sich die Waffe über die Knie. Den Pferden gefiel mein Kommando gar nicht, doch als ich ihre Flanken mit der Peitsche tätschelte, setzten sie sich in Bewegung.

Wir erreichten das schwarze Gebiet, und mir war, ais wären wir plötzlich in eine Wochenschau aus dem Zweiten Weltkrieg geraten. Weit weg und doch merkwürdig nah, düster, deprimierend, bedrückend. Selbst das Quietschen des Wagens und der Hufschlag klangen irgendwie gedämpft, schienen plötzlich aus der Ferne zu kommen. In meinen Ohren setzte ein schwaches, nachdrückliches Klingeln ein. Das Gras am Straßenrand bewegte sich, als wir vorbeifuhren, doch ich achtete darauf, ihm nicht zu nahe zu kommen. Wir durchquerten mehrere Nebelfelder. Obwohl sie geruchlos waren, konnten wir kaum darin atmen. Während wir uns dem ersten Hügel näherten, begann ich mit der Verschiebung, die uns durch die Schatten bringen sollte.

Wir umrundeten den Hügel.

Nichts.

Die düstere Höllenszene hatte sich nicht verändert.

Da wurde ich wütend. Aus dem Gedächtnis zeichnete ich das Muster auf und hielt es mir flammend vor mein inneres Auge. Wieder probierte ich eine Verschiebung.

Sofort begann mein Kopf zu schmerzen. Von der Stirn bis zum Hinterkopf schoss ein Schmerz und verharrte dort wie ein glühender Draht. Aber das stachelte meinen Zorn nur noch mehr an und ich verstärkte meine Bemühungen, die schwarze Straße im Nichts verschwinden zu lassen.

Die Umgebung verschwamm. Der Nebel verdichtete sich, wallte in Schwaden über die Straße. Umrisse wurden undeutlich. Ich schüttelte die Zügel, und die Pferde schritten schneller aus. In meinem Kopf begann es zu dröhnen, als wollte mir der Schädel zerspringen.

Stattdessen zersprang sekundenlang alles andere …

Der Boden erbebte, begann, da und dort Risse zu zeigen, aber es war mehr als nur das. Durch alles schien ein plötzliches Zucken zu gehen, und die Risse waren nicht nur bloße Bruchstellen im Boden.

Es war, als habe jemand gegen einen Tisch getreten, auf dem sich ein lose zusammengelegtes Puzzle befunden hatte. Lücken erschienen in der ganzen Szene: hier ein grüner Stamm, dort ein Wasserflirren, die Ecke eines blauen Himmels, absolute Schwärze, weißes Nichts, die halbe Fassade eines Backsteinhauses, Gesichter hinter einem Fenster, Feuer, ein Stück sternenheller Himmel …

Die Pferde galoppierten dahin, und ich musste an mich halten, um vor Schmerz nicht aufzuschreien.

Ein Gewirr an verschiedensten Geräuschen – tierisch, menschlich, mechanisch – umtoste uns. Ich glaubte Ganelon fluchen zu hören, aber ich war mir nicht sicher.

Ich glaubte, der Schmerz würde mir das Bewusstsein rauben, doch aus Sturheit und Zorn beschloss ich durchzuhalten. Ich konzentrierte mich auf das Muster, wie sich ein Sterbender an seinen Gott klammert, und warf meinen gesamten Willen gegen die Existenz der schwarzen Straße.

Plötzlich war der Druck gewichen, und die Pferde stürmten ungestüm dahin, zerrten uns in ein grünes Feld. Ganelon griff nach den Zügeln, doch ich zog sie bereits an und schrie den Pferden zu, bis sie anhielten.

Wir hatten die schwarze Straße überquert.

Ich drehte mich um und blickte zurück. Die Szene war schwankend und zuckend, als betrachtete ich sie durch aufgewühltes Wasser. Unsere Passage zeichnete sich jedoch scharf und reglos ab, wie eine Brücke oder ein Damm, und das Gras am Rand war grün.

»Das war ja schlimmer«, sagte Ganelon, »als der Ritt, auf dem Ihr mich damals ins Exil führtet.«

»Das finde ich auch«, sagte ich und redete leise auf die Pferde ein und brachte sie schließlich dazu, auf den unbefestigten Weg zurückzukehren und weiterzutrotten.

Die Welt war hier wieder heller und wir fuhren an großen Pinien vorbei, deren frischer Geruch in der Luft lag. Eichhörnchen und Vögel bewegten sich in den Ästen. Der Boden war dunkler, fruchtbarer. Wir schienen uns in größerer Höhe zu befinden als vor der Überquerung. Es freute mich, dass wir wirklich eine Verschiebung durchgemacht hatten – und noch dazu in der gewünschten Richtung.

Der Weg krümmte sich, führte ein Stück zurück, verlief wieder gerade. Ab und zu konnten wir einen Blick auf die schwarze Straße erhaschen. Sie lag nicht allzuweit entfernt zu unserer Rechten. Noch immer fuhren wir annähernd parallel dazu. Das

Ding zog sich eindeutig durch sämtliche Schatten. Soweit wir erkennen konnten, schien es wieder in seinen düsteren Normalzustand zurückgefunden zu haben.

Meine Kopfschmerzen ließen nach und meine Stimmung verbesserte sich etwas. Wir erreichten einen höherliegenden Abschnitt und hatten einen herrlichen Ausblick auf ein großes Waldgebiet, das mich an Teile von Pennsylvanien erinnerte, durch die ich vor vielen Jahren gefahren war.

Ich reckte mich. »Wie geht es Euren Beinen?«

»Gut«, sagte Ganelon, der sich umgedreht hatte. »Ich kann ziemlich weit schauen, Corwin …«

»Ja?«

»Und ich sehe einen Reiter, der schnell näher kommt.«

Ich stand auf und drehte mich um. Vielleicht stöhnte ich sogar, als ich mich wieder auf den Sitz fallen ließ und mit den Zügeln schnalzte.

Er war noch zu weit entfernt, um deutlich sichtbar zu sein – auf der anderen Seite der schwarzen Straße. Aber wer konnte es sonst sein, wer sonst konnte mit solcher Geschwindigkeit unseren Spuren folgen?

Ich fluchte.

Wir näherten uns dem Gipfel der Anhöhe. Ich wandte mich an Ganelon und sagte: »Macht Euch auf einen weiteren Höllenritt gefasst.«

»Ist das Benedict?«

»Ich glaube schon. Wir haben vorhin zu viel Zeit verloren. Allein kann er sich sehr schnell bewegen – besonders durch die Schatten.«

»Glaubt Ihr, dass wir ihn noch abschütteln können?«

»Das werden wir feststellen«, erwiderte ich. »Und zwar ziemlich bald.«

Ich trieb die Pferde mit einem Schnalzen an und lockerte die Zügel. Wir erreichten die Kuppe, und ein eisiger Wind fuhr uns entgegen. Der Weg flachte ab, und der Schatten eines Felsbrockens zu unserer Linken verdunkelte den Himmel. Als wir daran vorbei waren, hielt sich die Dunkelheit, und feine Schneekristalle stachen unsere Gesichter und Hände.

Wenige Augenblicke später fuhren wir wieder bergab, und das Schneetreiben wurde zu einem tobenden Sturm. Der Wind kreischte uns in den Ohren, und der Wagen ratterte und rutschte. Hastig richtete ich ihn wieder aus. Schon waren wir von Schneewehen umgeben, und die Straße war weiß. Unser Atem dampfte, Eis schimmerte an Bäumen und Felsen.

Bewegung und vorübergehende Verwirrung der Sinne. Das brauchten wir jetzt …

Wir rasten weiter, und der Wind bedrängte uns, schmerzte und brüllte. Die Schneewehen rückten bis auf die Straße vor.

Wir kamen um eine Kurve und ließen den Sturm hinter uns. Noch immer war die Welt ein eisbedecktes Etwas, noch immer wehte gelegentlich eine Schneeflocke vorbei, doch die Sonne löste sich aus den Wolken, schüttete ihr Licht über das Land, und wieder einmal fuhren wir bergab … Kamen durch einen Nebel und erreichten eine schroffe, aber schneelose Felseinöde …

… Wir hielten uns rechts, gelangten wieder in die Sonne, folgten einem gewundenen Weg durch hohes, glattes, blaugraues Gestein auf eine Ebene …

… Wo fern zur Rechten die schwarze Straße Schritt hielt.

Hitzewogen überrollten uns, und das Land dampfte. Blasen platzten in brodelnden Massen, die die Krater füllten, entließen ihre giftigen Dämpfe in die stickige Luft. Flache Pfützen erstreckten sich vor uns wie eine Handvoll verstreuter alter Bronzemünzen.

Die Pferde galoppierten dahin, halb irrsinnig vor Angst, als neben dem Weg Geysire auszubrechen begannen. Kochendheißes Wasser sprühte in schimmernden, dampfenden Kaskaden über die Fahrspur, verfehlte uns knapp. Der Himmel schien aus Messing zu bestehen, und die Sonne sah aus wie ein verfaulter Apfel. Der Wind war ein hechelnder Hund mit schlechtem Atem.

Der Boden zitterte, und in der Ferne spuckte ein Berg seinen Gipfel zum Himmel empor und warf ihm Feuersbrünste hinterher. Ein ohrenbetäubendes Krachen folgte, und Luftwogen bestürmten uns. Der Wagen schwankte und brach aus der Spur.

Wir rasten auf eine Reihe schwarzer Berge zu, während die ganze Zeit über der Boden bebte und der Wind uns mit der Stärke eines Hurrikans bedrängte. Als sich das, was von dem Weg noch übrig war, in die falsche Richtung wandte, verließen wir ihn und fuhren holpernd und dröhnend über die Ebene. Die Berge wuchsen langsam vor uns empor, tanzten in der aufgewühlten Luft.

Ich wandte mich um, als ich Ganelons Hand auf meinem Arm spürte. Er rief irgendetwas, doch ich vermochte ihn nicht zu verstehen. Dann deutete er nach hinten, und ich blickte in die Richtung. Aber dort zeigte sich nichts Überraschendes. Die Luft war turbulent, voller Staub, Erdbrocken und Asche. Ich zuckte die Achseln und konzentrierte mich wieder auf die Berge.

Am Fuße der nächsten Anhöhe tat sich eine tiefe Dunkelheit auf. Ich hielt darauf zu.

Als sich der Boden wieder abwärts senkte, wuchs sie vor mir empor, eine gewaltige Höhlenöffnung, verdeckt durch einen Vorhang aus Staub und fallenden Steinen.

Ich ließ die Peitsche knallen, und wir legten die letzten fünf- oder sechshundert Meter zurück und stürzten uns hinein.

Sofort zügelte ich die Pferde, ließ sie im Schritt gehen.

Der Weg führte weiter nach unten. Wir bogen um eine Ecke und befanden uns in einer breiten und hohen Grotte. Durch Löcher hoch oben sickerte Licht herein, beleuchtete Stalaktiten und fiel auf zuckende grüne Seen. Der Boden bebte zwar immer noch, aber mein Gehör erholte sich und ich sah einen gewaltigen Stalagmiten zusammenbrechen und vernahm ein leises Klirren.

Wir überquerten einen schwarzen Abgrund auf einer Brücke, die aus Kalkstein zu bestehen schien und hinter uns zusammenbrach und verschwand.

Steine regneten von oben herab, manchmal auch größere Felsbrocken. In Ecken und Spalten schimmerte es grün von Moos und rot von Pilzen, Streifen von Mineralien krümmten sich funkelnd, große Kristalle und flache Blumen aus hellem Gestein trugen zu der feuchten, unheimlichen Schönheit dieses Ortes bei. Wir rollten durch Höhlen, die an eine Kette von Seifenblasen erinnerten, und fuhren mit einem schäumenden Strom um die Wette, der schließlich in einem schwarzen Loch verschwand.

Ein langer, gewundener Tunnel führte uns schließlich wieder

nach oben, und ich hörte schwach und widerhallend Ganelons Stimme: »Ich glaube, ich habe eine Bewegung gesehen – könnte ein Reiter sein – oben auf dem Berg – nur einen Augenblick lang – dort hinten.«

Wir erreichten eine etwas hellere Höhle.

»Wenn das Benedict war, wird er alle Mühe haben, uns zu folgen!«, rief ich, gefolgt von einem Beben und gedämpftem Krachen, als weitere Dinge hinter uns zusammenbrachen.

Wir fuhren aufwärts, bis schließlich Öffnungen über uns erschienen und den Blick auf einige Stellen blauen Himmels freigaben. Das Klirren der Hufe und das Rumpeln des Wagens klangen wieder einigermaßen normal, und wir nahmen auch ein Echo wahr. Das Beben hörte auf, kleine Vögel schwirrten über uns dahin, und das Licht wurde stärker.

Dann noch eine Wegbiegung und der Ausgang lag vor uns, eine breite niedrige Öffnung in den Tag. Wir mussten die Köpfe einziehen, als wir unter dem gezackten Überhang hindurchfuhren.

Wir holperten und stolperten über einen Vorsprung aus moosbedecktem Gestein und schauten dann auf ein Kiesbett hinab, das sich wie eine Sensenspur über den Hang zog und zwischen Riesenbäumen unter uns verschwand. Ich schnalzte mit der Zunge, trieb die Pferde von neuem an.

»Sie sind jetzt sehr müde«, bemerkte Ganelon.

»Ich weiß. Sie können bald ausruhen, so oder so.«

Der Kies knirschte unter unseren Rädern. Die Bäume dufteten angenehm.

»Habt Ihr es bemerkt? Dort unten, zur Rechten?«

»Was …?«, begann ich und wandte den Kopf. »Oh«, sagte ich dann.

Die infernalische schwarze Straße war noch immer neben uns, etwa eine Meile entfernt.

»Durch wie viele Schatten zieht sie sich?«, überlegte ich.

»Anscheinend durch alle«, meinte Ganelon.

Ich schüttelte langsam den Kopf.

»Hoffentlich nicht.«

Wir fuhren in die Tiefe, unter einem blauen Himmel und einer goldenen Sonne, die sich ganz normal dem Westen entgegensenkte.

»Ich hatte beinahe Angst, die Höhle zu verlassen«, sagte Ganelon nach einer Weile. »Unmöglich vorherzusagen, was auf der anderen Seite sein würde.«

»Die Pferde hätten nicht mehr lange mitgemacht. Ich musste mir etwas einfallen lassen. Wenn das vorhin Benedict war, sollte sein Pferd besser in sehr guter Verfassung sein. Er hat es ziemlich stark angetrieben. Und dann all die Hindernisse … Ich glaube, er ist zurückgefallen.«

»Vielleicht kennt sich das Tier mit so etwas aus«, sagte Ganelon, während wir knirschend in eine Rechtskurve fuhren und der Höhlenschlund unseren Blicken entschwand.

»Die Möglichkeit besteht natürlich«, sagte ich, dachte an Dara und fragte mich, was sie in diesem Augenblick wohl machte.

Allmählich kamen wir immer tiefer, dabei schoben wir uns langsam und unmerklich durch die Schatten. Der Weg führte immer mehr nach rechts, und ich fluchte, als ich bemerkte, dass wir uns wieder der schwarzen Straße näherten.

»Verdammt! Das Ding ist so aufdringlich wie ein Versicherungsvertreter!«, sagte ich, und mein Ärger schlug in eine Art Hass um. »Wenn die Zeit reif ist, werde ich es vernichten!«

Ganelon antwortete nicht. Er trank gerade einen großen Schluck Wasser. Dann reichte er mir die Flasche, und ich trank ebenfalls.

Schließlich erreichten wir ebenes Terrain, und wie bisher krümmte und wand sich der Weg beim geringsten Anlass. Das erlaubte den Pferden, es langsamer anzugehen, und würde auch einen berittenen Verfolger herunterbremsen.

Etwa eine Stunde später ließ meine Anspannung nach, und wir hielten an, um zu essen. Wir waren gerade fertig, als Ganelon – der unentwegt den Berg beobachtet hatte – aufstand und die Hand über die Augen legte.

»Nein!«, sagte ich und sprang auf. »Ich glaube es einfach nicht!«

Ein einsamer Reiter war aus der Höhle gekommen. Ich sah, wie er einen Moment zögerte und dann unserem Weg folgte.

»Was machen wir jetzt?«, fragte Ganelon.

»Wir packen unsere Sachen zusammen und fahren weiter. So können wir das Unvermeidliche vielleicht noch ein Weilchen hinausschieben. Ich brauche mehr Zeit zum Nachdenken.«

Und wieder rollten wir dahin, noch immer in einem gemächlichen Tempo, das so gar nicht zur Höchstgeschwindigkeit meiner Gedanken passte Es musste eine Möglichkeit geben, ihn aufzuhalten! Wenn möglich, ohne ihn umzubringen.

Doch mir fiel nichts ein.

Abgesehen von der schwarzen Straße, die sich wieder einmal heranschlängelte, war es ein herrlicher Nachmittag an einem wunderschönen Ort. Es wäre eine Schande, diese Erde mit Blut zu beflecken, besonders wenn es mein eigenes Blut sein sollte. Obwohl Benedict die Klinge nur noch links führen konnte, fürchtete ich mich davor, ihm gegenüberzutreten. Ganelon würde mir da gar nichts nützen. Benedict würde kaum Notiz von ihm nehmen.

In der nächsten Kurve schob ich uns weiter durch die Schatten. Gleich darauf stieg mir schwacher Rauchgeruch in die Nase. Wieder nahm ich eine leichte Verschiebung vor.

»Er kommt schnell näher!«, verkündete Ganelon. »Ich habe ihn eben noch gesehen, wie er … Da steigt Rauch auf! Flammen! Der Wald brennt!«

Ich lachte und blickte zurück. Die Hälfte des Hanges war unter Rauchwolken verborgen, ein orangerotes Phantom raste durch das Grün, und erst in dieser Sekunde erreichte das Krachen und Knistern meine Ohren. Aus eigenem Antrieb erhöhten die Pferde die Geschwindigkeit.

»Corwin! Habt Ihr …?«

»Ja! Wenn der Hang steiler und unbewaldet gewesen wäre, hätte ich es mit einer Steinlawine versucht.«

Augenblicklich war die Luft voller Vögel. Wir näherten uns der schwarzen Straße. Feuerdrache warf den Kopf hoch und wieherte. Schaumflocken hingen ihm am Maul. Er versuchte auszubrechen, stieg dann auf die Hinterhand und schlug mit den Vorderläufen aus. Star machte einen erschreckten Laut und zog nach rechts. Ich kämpfte einen Augenblick dagegen an, gewann die Kontrolle zurück, beschloss, die Tiere ein bisschen laufen zu lassen.

»Er kommt immer noch!«, schrie Ganelon.

Ich fluchte, und wir flohen. Irgendwann führte uns der Weg unmittelbar an der schwarzen Straße entlang. Wir befanden uns auf einer langen Geraden, und ein Blick über die Schulter zeigte mir, dass der ganze Berg in Flammen stand – ein rotes Meer, durch das sich wie eine hässliche Narbe der Weg zog. Und dann sah ich den Verfolger. Er war auf halbem Wege nach unten und galoppierte wie ein Derbyreiter dahin. Gott! Was für ein Pferd das sein musste! Ich fragte mich, welcher Schatten das Tier geboren hatte.

Ich zog die Zügel an, zunächst sanft, dann fester, bis wir schließlich wieder langsamer fuhren. Wir waren mittlerweile nur noch wenige hundert Fuß von der schwarzen Straße entfernt, und ich hatte dafür gesorgt, dass es ganz in der Nähe eine Stelle gab, wo die Entfernung nur noch dreißig oder vierzig betrug. Es gelang mir, die Pferde an diesem Punkt zum Stehen zu bringen, und schweratmend standen sie dort. Ich reichte Ganelon die Zügel, zog Grayswandir und sprang hinunter auf den Weg.

Warum auch nicht? Es war ein gutes, ebenes Fleckchen, und vielleicht sprach das schwarze, verkohlte Stück Erde, das so sehr von den Farben des Lebens und Wachsens direkt daneben abstach, einen morbiden Instinkt in mir an.

»Was nun?«, wollte Ganelon wissen.

»Wir können ihn nicht abschütteln«, antwortete ich. »Und wenn er es durch das Feuer schafft, ist er in wenigen Minuten hier. Eine weitere Flucht wäre sinnlos. Ich erwarte ihn an dieser Stelle.«

Ganelon drehte die Zügel um einen Pflock und griff nach seinem Schwert.

»Nein«, sagte ich. »Ihr könnt das Ergebnis des Kampfes sowieso nicht beeinflussen. Ich bitte Euch daher um Folgendes: Fahrt mit dem Wagen ein Stück und wartet dort auf mich. Wenn die Sache zu meiner Zufriedenheit ausgeht, reisen wir weiter. Wenn nicht, müsst Ihr Euch Benedict sofort ergeben. Er hat es auf mich abgesehen, und er wird dann der Einzige sein, der Euch nach Avalon zurückführen kann. Er wird es auch tun. Wenigstens könntet Ihr auf diese Weise in Eure Heimat zurückkehren.«

Er zögerte.

»Fahrt los«, befahl ich. »Tut, was ich gesagt habe.«

Er blickte zu Boden. Er löste die Zügel. Er sah mich an.

»Viel Glück«, sagte er und trieb die Pferde an.

Ich verließ den Weg, nahm vor einer kleinen Gruppe junger Bäume Aufstellung und wartete. Ich behielt Grayswandir in der Hand, schaute einmal kurz auf die schwarze Straße und richtete schließlich den Blick auf den Weg.

Nach kurzer Zeit erschien er am Rand der Flammen, umgeben von Rauch und Feuer und brennenden Ästen. Es war in der Tat Benedict, das Gesicht zum Teil verdeckt, den Stumpf seines rechten Arms zum Schutz der Augen angewinkelt, und er galoppierte herbei wie ein gespenstischer Flüchtling aus der Hölle. Er brach durch einen Schauer aus Funken und glimmenden Aschestücken, erreichte das Freie und stürmte auf dem Weg herbei.

Schon bald konnte ich den Hufschlag hören. Es wäre eines Gentlemans würdig gewesen, die Klinge in der Scheide stecken zu lassen, solange ich wartete. Doch wenn ich das tat, hatte ich vielleicht keine Gelegenheit mehr, sie zu ziehen.

Unwillkürlich überlegte ich, wie Benedict sein Schwert tragen mochte und welches er wohl mitführte. Eine gerade Klinge? Oder gekrümmt? Lang? Kurz? Er verstand sich auf alle gleich. Er hatte mir schließlich den Umgang mit Hieb- und Stichwaffen beigebracht …

Es mochte nicht nur höflich, sondern auch klug sein, Grayswandir wegzustecken. Vielleicht wollte er sich zuerst mit mir unterhalten – und eine blanke Waffe mochte ihn zur Unbedachtsamkeit herausfordern. Doch als der Hufschlag lauter wurde, merkte ich, dass ich Angst hatte, die Klinge wegzustecken.

Bevor er in Sicht kam, wischte ich mir einmal kurz die Handfläche trocken. An der Kurve hatte er sein Tier gezügelt, und er musste mich im gleichen Augenblick gesehen haben wie ich ihn. Er ritt direkt auf mich zu und ließ sein Pferd dabei immer langsamer gehen. Doch er schien nicht die Absicht zu haben anzuhalten.

Es war fast ein mystischer Augenblick, ich weiß nicht, wie ich es anders ausdrücken soll. Während er näher kam, lief mein Verstand schneller als die Zeit, so dass ich den Eindruck hatte, als stünde mir eine Ewigkeit zur Verfügung, das Näherkommen dieses Mannes zu verfolgen, der mein Bruder war. Seine Kleidung war verschmutzt, sein Gesicht geschwärzt, der Stumpf des rechten Arms erhoben, wild hin und her zuckend. Das große Tier unter ihm war schwarz und rot gestreift und besaß eine wilde rote Mähne und einen ebensolchen Schwanz. Doch es war wirklich ein Pferd, das die Augen rollte, Schaum vor dem

Maul hatte und rasselnd atmete. Dann erkannte ich, dass er die Klinge auf dem Rücken trug, der Griff ragte über seiner rechten Schulter empor. Langsamer werdend, den Blick starr auf mich gerichtet, verließ er den Weg und steuerte auf eine Stelle links von mir zu, zog einmal die Zügel an und ließ sie dann los, lenkte das Pferd nur noch mit den Knien. Die linke Hand fuhr in einer grußähnlichen Bewegung an seinem Kopf vorbei nach oben und packte den Griff seiner Waffe. Sie löste sich geräuschlos und beschrieb einen anmutigen Bogen über ihm, ehe sie in einer tödlichen Position schräg vor seiner linken Schulter zur Ruhe kam, wie ein einzelner Flügel aus mattem Stahl mit einer winzigen Vorderkante, die wie ein Streifen Spiegelglas schimmerte. Sein Anblick brannte sich mit einer gewissen Pracht in meinen Verstand, mit einem bestimmten Glanz, der irgendwie anrührend war. Die Klinge war eine lange sensenähnliche Waffe, mit der ich ihn schon zuvor gesehen hatte. Nur hatten wir damals als Verbündete gegen einen gemeinsamen Gegner gekämpft, den ich für unbesiegbar gehalten hatte. Benedict hatte in jener Nacht das Gegenteil bewiesen. Als sich die Waffe nun gegen mich erhob, überfiel mich der Gedanke an meine Sterblichkeit, ein Gedanke, der mich nie zuvor in dieser Weise betroffen hatte. Es war, als hätte jemand einen Schleier von der Welt genommen, und ich begriff für einen Augenblick die volle Macht des Todes.

Der Moment ging vorüber. Ich wich in das Wäldchen zurück. Ich hatte mich dort aufgestellt, um die Bäume auszunutzen. Ich wich etwa zwölf Fuß weit zwischen die Stämme zurück und machte zwei Schritte nach links. Das Pferd stieg im letzten Augenblick auf die Hinterhand und schnaubte und wieherte mit geblähten Nüstern. Dann wandte es sich zur Seite, wobei es große Erdbrocken aufwirbelte. Benedicts Arm bewegte sich mit nahezu unsichtbarer Geschwindigkeit, wie die Zunge einer Schildkröte, und seine Klinge fuhr durch einen jungen Baum, dessen Stamm ich auf drei Zoll Durchmesser schätzte. Der Baum blieb noch einen Moment lang stehen, ehe er langsam umkippte.

Seine Stiefel prallten auf den Boden, und er schritt auf mich zu. Auch aus diesem Grund hatte ich mir die Baumgruppe ausgesucht, denn er sollte zu mir kommen müssen an einen Ort, wo eine lange Klinge durch Äste und Stämme behindert werden musste.

Doch im Voranstürmen schwang er die Waffe geradezu beiläufig hin und her, und ringsum stürzten die Bäume. Wenn er nur nicht so schrecklich gut gewesen wäre.Wenn er nur nicht Benedict gewesen wäre …

»Benedict«, sagte ich ganz ruhig. »Sie ist jetzt erwachsen und kann ihre eigenen Entscheidungen treffen.«

Doch er ließ nicht erkennen, ob er mich gehört hatte. Er kam einfach weiter auf mich zu und schwang dabei die mächtige Klinge hin und her. Sie sirrte durch die Luft, und immer wieder war ein weicher Laut zu hören, wenn sie einen weiteren Baum durchtrennte und davon nur geringfügig verlangsamt wurde.

Ich hob Grayswandir und richtete es auf seine Brust.

»Nicht weiter, Benedict«, sagte ich. »Ich möchte nicht mit dir kämpfen.«

Er hob die Waffe in Angriffsposition und sagte nur ein Wort: »Mörder!«

Dann zuckte seine Hand vor, und fast gleichzeitig wurde mein

Schwert zur Seite geschlagen. Ich parierte den nachfolgenden Stich, und er fegte meine Riposte zur Seite und griff von neuem an.

Diesmal machte ich mir nicht die Mühe einer Riposte. Ich parierte einfach, zog mich zurück und trat hinter einen Baum.

»Ich verstehe nicht«, sagte ich und schlug seine Klinge nieder, die an dem Stamm entlangglitt und mich beinahe aufgespießt hätte. »Ich habe in letzter Zeit niemanden getötet. Jedenfalls nicht in Avalon.«

Wieder ein dumpfer Laut, und der Baumstamm stürzte auf mich zu. Ich brachte mich in Sicherheit und wich, seine Schläge abwehrend, zurück.

»Mörder«, sagte er wieder.

»Ich weiß nicht, wovon du redest, Benedict!«

»Lügner!«

Nun endlich blieb ich stehen und verteidigte meine Position. Verdammt! Es war sinnlos, für etwas zu sterben, das gar nicht stimmte. Ich ripostierte, so schnell ich konnte, suchte überall nach einer ungedeckten Stelle. Doch die gab es nicht.

»Dann sag's mir wenigstens«, rief ich. »Bitte!«

Doch er schien nicht mehr reden zu wollen. Er bedrängte mich, und ich musste erneut zurückweichen. Es war, als versuchte ich, mit einem Gletscher zu kämpfen. Dabei festigte sich meine Überzeugung, dass er den Verstand verloren hatte, was mir allerdings nicht im geringsten weiterhalf. Bei jedem anderen hätte der Wahnsinn die Reaktionsfähigkeit beeinträchtigt. Doch Benedict hatte im Laufe der Jahrhunderte seine Reflexe perfektioniert und ich war fest überzeugt, dass selbst das Entfernen seiner Großhirnrinde die Vollkommenheit seiner Bewegungen nicht beeinträchtigt hätte.

Unbarmherzig trieb er mich zurück. Ich duckte mich zwischen den Bäumen hindurch, und er hieb sie nieder und bedrängte mich weiter. Ich machte den Fehler anzugreifen und vermochte seine Gegenattacke erst im letzten Augenblick von meiner Brust abzulenken. Ich kämpfte eine Woge der Panik nieder, als ich erkannte, dass er mich auf den Rand der Baumgruppe zutrieb. Bald hatte er mich im Freien, wo ihn keine Bäume mehr behinderten.

Meine Aufmerksamkeit war dermaßen auf ihn gerichtet, dass ich erst mitbekam, was passierte, als es zu spät war.

Mit einem lauten Schrei sprang Ganelon von irgendwo herbei, legte die Arme um Benedict und hielt seinen Schwertarm fest.

Selbst wenn ich es wirklich gewollt hätte, es fehlte mir in diesem Augenblick die Gelegenheit, ihn zu töten. Er war zu schnell, und Ganelon kannte die Kräfte dieses Mannes nicht.

Benedict wendete sich nach rechts und brachte Ganelon auf diese Weise zwischen sich und mich. Gleichzeitig ließ er seinen Armstumpf wie einen Knüppel herumwirbeln und traf Ganelon an der linken Schläfe. Dann zerrte er den linken Arm frei, packte Ganelon am Gürtel, riss ihn von den Füßen und schleuderte ihn in meine Richtung. Als ich zur Seite trat, bückte er sich, nahm die Waffe wieder auf, die vor ihm niedergefallen war, und griff erneut an. Ich hatte kaum Zeit für einen Blick nach hinten, wo Ganelon zehn Fuß entfernt in einem Haufen gelandet war.

Ich parierte und setzte meinen Rückzug fort. Ich hatte nur noch einen Trick übrig, und es betrübte mich, dass Amber seines rechtmäßigen Herrschers beraubt sein würde, wenn der Versuch misslänge.

Es ist aus irgendeinem Grund schwieriger, mit einem guten Linkshänder zu kämpfen als mit einem guten Rechtshänder, und das wirkte sich zusätzlich gegen mich aus. Doch ich musste etwas ausprobieren. Ich musste etwas herausfinden, auch wenn ich damit ein Risiko einging.

Ich machte einen großen Schritt zurück, entfernte mich vorübergehend aus seiner Reichweite. Dann beugte ich mich vor und griff an. Der Zug war sorgfältig überlegt und wurde sehr schnell vorgetragen.

Ein unerwartetes Ergebnis, das sicher zum Teil auf Glück beruhte, war der Umstand, dass ich ihn tatsächlich traf, allerdings nicht dort, wo ich wollte. Einen Augenblick lang rutschte Grayswandir über eine seiner Paraden und traf ihn am linken Ohr. Das machte ihn vorübergehend langsamer, aber nicht genug. Stattdessen verstärkte er seine Verteidigung. Obwohl ich weiter angriff, kam ich einfach nicht mehr durch. Es war nur ein kleiner Schnitt, doch das Blut trat aus dem Ohrläppchen und rann tropfenweise herab.

Nun kam der gefährliche Teil, doch ich musste es wagen. Ich bot ihm eine kleine Chance, nur einen Sekundenbruchteil lang, wusste ich doch, dass er sie ergreifen und auf mein Herz zielen würde.

Das tat er auch, und ich parierte im letzten Augenblick. Ungern erinnere ich mich daran, wie nahe seine Klingenspitze meinem Herzen kam.

Dann gab ich erneut nach, wich zurück, verließ rückwärts

das Wäldchen. Parierend und mich zurückziehend bewegte ich mich an Ganelon vorbei, der am Boden lag. Ich gab weitere fünfzehn Fuß nach, defensiv und konservativ kämpfend.

Dann offerierte ich Benedict eine zweite Möglichkeit.

Wie schon einmal griff er an, und ich vermochte ihn noch einmal abzuwehren. Danach verstärkte er seinen Angriff, drängte mich bis zum Rand der schwarzen Straße zurück.

Dort hielt ich inne und verteidigte meine Stellung, wobei ich langsam an die Position rückte, die ich ausgesucht hatte. Ich musste ihn noch ein paar Sekunden lang beschäftigen, ihn mir zurechtlegen …

Diese Sekunden fielen mir sehr schwer, doch ich kämpfte mit aller Macht und hielt mich bereit.

Dann öffnete ich ihm zum dritten Mal dieselbe Flanke.

Ich wusste, dass er versuchen würde, dies auf die gleiche Art zu nutzen. Mein rechtes Bein stand hinter dem linken, spannte sich an, als er attackierte. Ich versetzte seiner Klinge nur einen leichten seitlichen Schlag, während ich rückwärts auf die schwarze Straße sprang und dabei sofort den Arm auf volle Länge ausstreckte, um ein Nachstoßen zu verhindern.

Und er tat, was ich gehofft hatte. Er hieb auf meine Klinge ein und rückte normal vor, als ich eine Quarte vollführte …

… wodurch er in die schwarzen Grasbüschel trat, die ich im Zurückweichen übersprungen hatte.

Zuerst wagte ich nicht nach unten zu blicken. Ich setzte mich zur Wehr ohne zurückzuweichen und gab der Flora eine Chance.

Es dauerte nur wenige Sekunden. Benedict merkte es, als er

sich das nächste Mal zu bewegen versuchte. Ich sah den verwirrten Ausdruck auf seinem Gesicht, dann die Anstrengung. Da wusste ich, dass ich ihn hatte.

Allerdings bezweifelte ich, dass ihn das lange aufhalten würde, und schritt sofort zur Tat.

Ich tänzelte außerhalb der Reichweite seiner Klinge zur Seite, stürmte vor und sprang über den Grasrand von der schwarzen Straße. Er versuchte sich zu drehen, doch die Halme hatten sich bis zu den Knien um seine Beine gewunden. Er schwankte einen Moment, konnte sich aber auf den Beinen halten.

Ich ging hinter ihm nach rechts. Mit einem Stich hätte ich ihn nun mühelos töten können, aber dafür gab es natürlich keinen Grund mehr.

Er schwang den Arm hinter sich, drehte den Kopf und richtete die Klinge auf mich. Er begann, sein linkes Bein freizuziehen.

Doch ich fintete nach rechts, und als er zu parieren versuchte, hieb ich ihm mit aller Kraft die Breitseite Grayswandirs in den Nacken.

Das betäubte ihn, und ich vermochte mich zu nähern und ihm mit der linken Hand in die Nieren zu schlagen. Er krümmte sich leicht zusammen, und ich blockierte seinen Schwertarm und versetzte ihm einen zweiten Hieb in den Nacken, diesmal mit der Faust. Bewusstlos stürzte er zu Boden, und ich nahm ihm die Klinge aus der Hand und warf sie zu Boden. Das Blut aus dem Ohrläppchen zog sich wie ein exotischer Ohrring an seinem Hals entlang.

Ich legte Grayswandir zur Seite, packte Benedict an den Achselhöhlen und zog ihn von der schwarzen Straße fort. Das Gras leistete heftigen Widerstand, doch ich stemmte mich dagegen und konnte ihn schließlich befreien.

Ganelon hatte sich langsam aufgerichtet. Er humpelte herbei, stellte sich neben mich und schaute auf Benedict hinab.

»Was für ein Bursche«, sagte er. »Was für ein Bursche … Was machen wir mit ihm?«

Ich warf mir meinen Bruder über die Schulter und richtete mich auf.

»Ich bringe ihn erstmal zum Wagen«, sagte ich. »Holt Ihr bitte die Waffen.«

»Ja.«

Ich ging die Straße entlang, und Benedict blieb bewusstlos – was ich sehr begrüßte, wollte ich ihn doch nicht noch einmal niederschlagen, wenn es sich vermeiden ließ. Ich deponierte ihn am Stamm eines großen Baumes neben dem Wagen.

Als Ganelon mich eingeholt hatte, steckte ich die Klingen wieder in die Scheiden und bat ihn, von mehreren Kisten die Seile zu entfernen. Während er damit beschäftigt war, durchsuchte ich Benedict und fand das Gewünschte.

Anschließend fesselte ich ihn an den Baum, während Ganelon das Pferd holte. Wir banden es an einen benachbarten Busch, an den ich auch sein Schwert hängte.

Dann bestieg ich den Kutschbock des Wagens, und Ganelon setzte sich neben mich.

»Wollt Ihr ihn einfach so zurücklassen?«, fragte er.

»Fürs Erste.«

Wir fuhren weiter. Ich schaute nicht zurück, aber dafür Ganelon umso öfter.

»Er hat sich noch nicht bewegt«, berichtete er und fuhr fort: »Noch nie hat mich jemand einfach genommen und fortgeschleudert. Und dazu noch mit einer Hand!«

»Deshalb habe ich Euch auch gebeten, am Wagen zu warten und nicht gegen ihn zu kämpfen, falls ich besiegt worden wäre.«

»Was soll nun aus ihm werden?«

»Ich sorge dafür, dass er gerettet wird, bald.«

»Er wird wieder, oder?«

Ich nickte.

»Gut.«

Wir fuhren etwa zwei Meilen weiter, ehe ich die Pferde zügelte. Ich stieg vom Wagen.

»Bleibt ruhig«, sagte ich, »egal was passiert. Ich hole jetzt Hilfe für Benedict.«

Ich entfernte mich vom Weg und stellte mich in den Schatten. Dann nahm ich die Trümpfe zur Hand, die Benedict bei sich gehabt hatte. Ich blätterte sie durch, fand Gérard und nahm die Karte aus dem Stapel. Den Rest legte ich wieder in den seidenbespannten Intarsienkasten, in dem Benedict sie aufbewahrt hatte.

Ich hielt Gérards Trumpf vor mich hin und betrachtete ihn.

Nach einer Weile wurde das Bild real und schien sich zu bewegen. Ich spürte Gérards Gegenwart. Er war in Amber. Er ging durch eine Straße, die ich kannte. Er sieht mir ziemlich ähnlich, nur größer, massiger. Ich bemerkte, dass er noch immer seinen Bart trug.

Er blieb stehen und riss die Augen auf.

»Corwin!«

»Ja, Gérard. Du siehst gut aus.«

»Deine Augen! Du kannst sehen?«

»Ja, ich kann wieder sehen.«

»Wo bist du?«

»Komm zu mir, dann zeige ich es dir.«

Er kniff die Augen zusammen.

»Ich weiß nicht recht, ob ich das kann, Corwin. Ich bin gerade ziemlich beschäftigt.«

»Es geht um Benedict«, sagte ich. »Du bist der Einzige, bei dem ich mich darauf verlassen kann, dass er ihm hilft.«

»Benedict? Ist er in Schwierigkeiten?«

»Ja.«

»Warum ruft er mich dann nicht selbst?«

»Er kann nicht. Er ist verhindert.«

»Warum? Wie?«

»Die Geschichte ist zu lang und zu kompliziert, um sie jetzt zu erzählen. Glaub mir, er benötigt deine Hilfe, auf der Stelle.«

Er biss sich auf die bärtige Unterlippe.

»Und du wirst allein nicht damit fertig?«

»Auf keinen Fall.«

»Und du glaubst, ich schaffe es?«

»Ich weiß es.«

Er lockerte seine Klinge in der Scheide.

»Ich will nicht hoffen, dass das eine Art Trick ist, Corwin.«

»Ich versichere dir, dass nichts dahintersteckt. Die lange Zeit, die ich zum Nachdenken gehabt habe, hätte mir Gelegenheit gegeben, eine raffiniertere List auszutüfteln.«

Er seufzte. Dann nickte er.

»Na gut. Ich komme zu dir.«

»Bitte.«

Er verharrte kurz, dann machte er einen Schritt vorwärts.

Dann stand er neben mir. Er streckte die Hand aus und berührte mich an der Schulter. Er lächelte.

»Corwin«, sagte er. »Es freut mich, dass du dein Augenlicht wieder hast.«

Ich wandte den Blick ab.

»Mich auch. Mich auch.«

»Wer ist das auf dem Wagen?«

»Ein Freund. Er heißt Ganelon.«

»Wo ist Benedict? Was hat er für Probleme?«

Ich machte eine Armbewegung.

»Dort hinten«, sagte ich. »Etwa zwei Meilen von hier an der Straße. Er ist an einen Baum gefesselt. Sein Pferd grast in der Nähe.«

»Was machst du dann hier?«

»Ich fliehe.«

»Wovor?«

»Vor Benedict. Ich bin derjenige, der ihn gefesselt hat.«

Er runzelte die Stirn.

»Ich verstehe nicht …«

Ich schüttelte den Kopf.

»Es gibt zwischen uns ein Missverständnis, das ich nicht habe aufklären können. Er wollte mir nicht zuhören, und da haben wir gekämpft. Ich habe ihn bewusstlos geschlagen und gefesselt. Befreien kann ich ihn nicht, er würde mich sofort wieder angreifen. Andererseits kann ich ihn auch nicht hilflos zurücklassen. Er könnte Schaden nehmen, ehe er sich selbst befreien kann.

Deshalb habe ich dich gerufen. Bitte geh zu ihm, befreie ihn und begleite ihn nach Hause.«

»Was tust du inzwischen?«

»Ich verschwinde von hier, so schnell ich kann, und verliere mich in den Schatten. Wenn du ihn davon abhältst, mir erneut zu folgen, würdest du uns beiden einen Gefallen tun. Ich möchte nicht noch einmal gegen ihn kämpfen müssen.«

»Ich verstehe. Kannst du mir sagen, was geschehen ist?«

»Ich weiß es nicht genau. Er hat mich einen Mörder genannt. Ich gebe dir mein Wort, dass ich während meines Aufenthalts in Avalon keinen Menschen getötet habe. Bitte berichte ihm, dass ich das gesagt habe. Ich habe keinen Grund, dich anzulügen, und ich schwöre, dass ich die Wahrheit sage. Es gibt da noch eine andere Sache, die ihn vielleicht erzürnt hat. Wenn er darauf zu sprechen kommt, sag ihm, er müsste sich mit Daras Erklärung begnügen.«

»Und die wäre?«

Ich zuckte die Achseln.

»Du merkst schon, wenn er das Thema anschneidet. Wenn nicht, vergiss es.«

»Dara, hast du gesagt?«

»Ja.«

»Na schön. Ich tue, worum du mich gebeten hast … Sagst du mir noch, wie du deine Flucht aus Amber bewerkstelligt hast?«

Ich lächelte.

»Ist das ein rein theoretisches Interesse? Oder hast du das Gefühl, dass du dieses Wissen eines Tages brauchen könntest?«

Er lachte leise.

»Die Information könnte eines Tages ganz nützlich sein.«

»Es tut mir leid, lieber Bruder, dass die Welt für dieses Wissen noch nicht reif ist. Wenn ich es jemandem erzählen müsste, dann dir – aber es gibt keine Möglichkeit, dass es dir nützen könnte, während mir meine Verschwiegenheit auch künftig noch von Vorteil sein kann.«

»Mit anderen Worten, du kennst einen Geheimweg von und nach Amber. Was hast du vor, Corwin?«

»Was glaubst du?«

»Die Antwort liegt auf der Hand. Allerdings sehe ich die Sache mit gemischten Gefühlen.«

»Würdest du mir das erklären?«

Er deutete auf einen Teil der schwarzen Straße, die von unserem Standort aus sichtbar war.

»Dieses Ding«, sagte er. »Es führt bereits bis zum Fuße Kolvirs. Eine Unzahl bedrohlicher Geschöpfen benutzt diese Straße, um Amber anzugreifen. Wir verteidigen uns, wir sind stets siegreich. Doch die Angriffe werden heftiger und kommen häufiger. Es wäre kein günstiger Zeitpunkt für einen Staatsstreich, Corwin.«

»Oder genau der richtige Zeitpunkt«, erwiderte ich.

»Für dich vielleicht, aber nicht unbedingt für Amber.«

»Wie wird Eric mit der Situation fertig?«

»Angemessen. Wie ich schon sagte, wir sind stets siegreich.«

»Ich meine nicht die Angriffe. Ich meine das ganze Problem – die Ursache.«

»Ich bin selbst schon auf der schwarzen Straße gereist, ein langes Stück.«

»Und?«

»Ich konnte ihr nicht bis zum Ende folgen. Du weißt, dass die Schatten wilder und fremdartiger werden, je weiter man sich von Amber entfernt?«

»Ja.«

»Bis einem der Verstand verdreht und in Richtung Wahnsinn gezerrt wird.«

»Ja.«

»Und irgendwo dahinter liegen die Burgen des Chaos. Die Straße führt dorthin, Corwin. Ich bin überzeugt, sie erstreckt sich über die volle Distanz.«

»Dann ist es, wie ich befürchtet habe«, sagte ich.

»Das ist der Grund, warum ich unabhängig von meiner Sympathie für dich davon abrate, jetzt zu handeln. Die Sicherheit Ambers muss über allem anderen stehen.«

»Ich verstehe. Dann gibt es gerade nichts weiter dazu zu sagen.«

»Und deine Pläne?«

»Da du sie nicht kennst, ist es sinnlos, dir zu eröffnen, dass sie unverändert sind. Aber das sind sie.«

»Ich weiß nicht, ob ich dir Glück wünschen soll, aber ich wünsche dir alles Gute. Ich freue mich wirklich, dass du wieder sehen kannst.«

Er ergriff meine Hand. »Jetzt sollte ich mich aber um Benedict kümmern. Er ist doch nicht schwer verletzt, oder?«

»Von mir nicht. Ich habe ihn nur niedergeschlagen. Vergiss nicht, ihm meine Worte auszurichten.«

»Das werde ich nicht.«

»Und bring ihn nach Avalon zurück.«

»Ich werd's versuchen.«

»Dann erstmal Lebewohl, Gérard.«

»Leb wohl, Corwin.«

Er machte kehrt und ging die Straße entlang. Ich blickte ihm nach, bis er nicht mehr zu sehen war. Dann erst kehrte ich zum Wagen zurück, schob seinen Trumpf zwischen die anderen Karten und setzte meinen Weg nach Antwerpen fort.

8.

Ich stand auf der Spitze des Hügels und blickte auf das Haus hinab. Da ich ringsum von Gebüsch umgeben war, fiel ich nicht besonders auf.

Ich weiß eigentlich nicht, was ich zu sehen erwartete. Eine ausgebrannte Ruine? Einen Wagen in der Auffahrt? Eine Familie auf den Rotholzstühlen der Veranda? Bewaffnete Wächter?

Mir fiel auf, dass das Dach an einigen Stellen neue Schindeln vertragen konnte und dass der Rasen vor langer Zeit in seinen Naturzustand zurückgekehrt war. Es überraschte mich, dass ich an der Rückseite nur eine zerbrochene Glasscheibe sehen konnte.

Das Haus sollte also verlassen aussehen. Interessant.

Ich breitete mein Jackett auf dem Boden aus und setzte mich darauf. Dann zündete ich mir eine Zigarette an. Die nächsten Häuser lagen ziemlich weit entfernt.

Für die Diamanten hatte ich fast siebenhunderttausend Dollar bekommen. Das Geschäft war in anderthalb Wochen erledigt gewesen. Von Antwerpen waren wir nach Brüssel gereist und hatten mehrere Abende in einem Klub an der Rue de Char et Pain verbracht, ehe mich der Mann aufstöberte, den ich sprechen wollte.

Arthur zeigte sich etwas erstaunt über meine Wünsche. Er war ein schlanker, weißhaariger Mann mit gepflegtem Schnurrbart, ein ehemaliger britischer Offizier mit Oxford-Erziehung, und er hatte schon nach den ersten beiden Minuten den Kopf zu schütteln begonnen und mich mit Fragen über die Form der Lieferung unterbrochen. Er war zwar kein Sir Basil Zaharoff, doch machte er sich Sorgen, wenn ihm die Pläne eines Kunden zu unausgereift vorkamen. Es beunruhigte ihn, wenn zu bald nach der Lieferung etwas schiefgehen konnte. Er schien anzunehmen, so etwas könnte auf ihn zurückfallen. Aus diesem Grund war er bei der Verschiffung von Waffen oft nützlicher als die anderen. Und er hakte bei meinen Transportplänen ein, weil ich überhaupt keine zu haben schien.

Bei einem solchen Arrangement braucht man normalerweise eine Art Endverbraucher-Zertifikat. Im Prinzip handelt es sich dabei um ein Dokument mit der Bestätigung, dass das Land X die fraglichen Waffen bestellt hat. Man braucht diese Bescheinigung, um eine Exporterlaubnis des Herstellerlandes zu bekommen. Mit dem Dokument wahrt der Hersteller den Anschein der Seriosität, auch wenn die Sendung in das Land Y umgeleitet wird, sobald sie die Grenze überquert hat. Zur Beschaffung der Papiere versichert man sich üblicherweise durch entsprechende Zahlungen der Hilfe eines Botschaftsmitgliedes von Land X – vorzugsweise eines Mannes, der zu Hause Verwandte oder Freunde beim Verteidigungsministerium hat. Die Bescheinigung kostet ziemlich viel, und meinem Gefühl nach hatte Arthur die derzeit gültigen Tarife ausnahmslos im Kopf.

»Aber wie wollen Sie die Waffen verschicken?«, fragte er

immer wieder. »Wie wollen Sie sie ans gewünschte Ziel bringen?«

»Das«, erwiderte ich, »ist mein Problem. Darum kümmere ich mich.«

Doch er schüttelte weiter den Kopf.

»Es ist nicht ratsam, es sich in diesem Punkt leichtzumachen, Colonel«, sagte er. (Für ihn galt ich seit unserer ersten Begegnung vor einigen Dutzend Jahren als Colonel. Warum weiß ich nicht genau.) »Absolut nicht ratsam. Wenn Sie auf diese Weise ein paar Dollar sparen wollen, können Sie die ganze Ladung verlieren und sich wirklichen Ärger einhandeln. Ich könnte Sie durch eines der jungen afrikanischen Länder zu einem guten Preis absichern lassen …«

»Nein. Beschaffen Sie mir nur die Waffen.«

Während des Gesprächs saß Ganelon dabei und trank Bier, rotbärtig und düster wie eh und je, und er nickte zu allem, was ich sagte. Da er kein Englisch verstand, hatte er keine Ahnung vom Stand der Verhandlungen. Ihm war das im Grunde auch egal. Er befolgte allerdings meine Anweisungen und wandte sich von Zeit zu Zeit in Thari an mich, woraufhin wir uns einen Augenblick lang in dieser Sprache über Belanglosigkeiten unterhielten. Reine Schikane. Der arme alte Arthur war ein vorzüglicher Sprachenkenner und wollte natürlich wissen, für welches Land die Waffen bestimmt waren. Ich spürte deutlich, dass er sich große Mühe gab, die unbekannten Laute zu identifizieren. Schließlich begann er, vor sich hinzunicken, als hätte er eine Lösung gefunden.

Nach einigen weiteren Diskussionen wagte er sich vor. »Ich

kenne die Zeitungsberichte«, sagte er. »Ich bin sicher, seine Anhänger können sich die Versicherung leisten.«

Das war es fast wert, ihm die Wahrheit zu sagen.

»Nein«, sagte ich. »Glauben Sie mir, sobald ich die Gewehre übernehme, werden sie von der Erdoberfläche verschwinden.«

»Das ist ein hübscher Trick«, sagte er, »zumal ich noch nicht einmal weiß, wo wir sie übernehmen.«

»Der Ort ist egal.«

»Selbstvertrauen ist eine gute Sache. Aber Tollkühnheit …« Er zuckte die Achseln. »Wie Sie wollen – Ihr Problem.«

Dann eröffnete ich ihm meine Wünsche hinsichtlich der Munition, und das schien ihn endgültig zu überzeugen, dass ich den Verstand verloren haben müsse. Er starrte mich lange an und verzichtete diesmal sogar darauf, den Kopf zu schütteln. Es kostete mich fast zehn Minuten, ihn nur dazu zu bringen, sich die Details genauer anzusehen. Daraufhin begann er, doch wieder mit dem Kopf zu schütteln und murmelte etwas von Silberkugeln und nicht versagenden Zündern.

Der wirksamste Anreiz, Bargeld, ließ ihn schließlich auf meine Wünsche eingehen. Mit den Gewehren oder den Lastwagen gab es keine Schwierigkeiten, doch eine Waffenfabrik dazu zu bringen, meine Munition zu produzieren, würde teuer werden, meinte er. Er war nicht einmal sicher, ob er eine finden würde, die so etwas mitmachte. Als ich ihm sagte, die Kosten spielten keine Rolle, schien ihn das noch mehr aufzuregen. Wenn ich es mir leisten könnte, mit verrückter Versuchsmunition herumzuspielen, meinte er, könnte ein Endverbrauchszertifikat doch auch nicht mehr so viel ausmachen …

Ich blieb hart. »Nein«, sagte ich. »Mein Problem, denken Sie daran.«

Er seufzte und zupfte an seinen Schnurrbartspitzen. Dann nickte er. Also gut, alles sollte so geschehen, wie ich es wünschte.

Natürlich berechnete er mir viel zu viel. Da ich in allen anderen Dingen vernünftig auftrat, schien die Alternative zu einer Psychose darin zu bestehen, dass ich mich auf einen teuren Schwindel eingelassen hatte. Diese Überlegung erregte sicher sein Interesse, doch kam er anscheinend zu dem Schluss, die Nase lieber nicht zu tief in ein so undurchsichtiges Unternehmen zu stecken. Stattdessen ergriff er jede Chance, sich von dem Projekt zu distanzieren. Sobald er den Munitionshersteller gefunden hatte – eine Firma in der Schweiz, wie sich herausstellte –, erklärte er sich einverstanden, dass ich direkten Kontakt aufnahm. So hatte er nichts mehr damit zu tun, natürlich bis auf das Geld.

Ganelon und ich reisten mit falschen Papieren in die Schweiz. Er trat als Deutscher auf, ich als Portugiese. Mir war im Grunde gleichgültig, was meine Papiere auswiesen, solange die Fälschungen gut waren, doch ich hatte Deutsch als die Sprache bestimmt, die Ganelon am besten lernen konnte, schließlich musste er mindestens eine Sprache dieser Schattenwelt beherrschen, und die deutschen Touristen waren überall. Er machte schnelle Fortschritte. Wenn er von einem Deutschen oder einem Schweizer nach seiner Herkunft gefragt wurde, sollte er antworten, er sei in Finnland aufgewachsen.

Wir verbrachten drei Wochen in der Schweiz, bevor ich mit der Qualitätskontrolle meiner Munition zufrieden war. Wie angenommen, tat das Zeug in diesem Schatten keinen Muckser. Doch ich hatte die Formel sorgfältig ausgearbeitet, und nur darauf kam es jetzt an. Das Silber war natürlich teuer. Vielleicht war ich übervorsichtig. Aber immerhin gibt es in Amber einige Dinge, die man am besten mit diesem Metall beseitigt und außerdem konnte ich es mir leisten. Ganz abgesehen davon: Gibt es – einmal von Gold abgesehen – eine bessere Kugel für einen König? Wenn es dazu kam, dass ich Eric erschießen musste, beging ich auf diese Weise wenigstens keine Majestätsbeleidigung. Habt Nachsicht mit mir, Brüder.

Anschließend überließ ich Ganelon eine Zeitlang sich selbst, da er geradezu mit Begeisterung seine Touristenrolle spielte. Ich setzte ihn in Italien ab, eine Kamera vor dem Bauch und einen abwesenden Blick in den Augen, und flog zurück in die Vereinigten Staaten.

Zurück? Ja, das heruntergekommene Gebäude am Hang unter mir war fast zehn Jahre lang mein Zuhause gewesen. Zu diesem Haus war ich seinerzeit unterwegs gewesen, als ich von der Straße gedrängt und in den Unfall verwickelt wurde, welcher zu allen bisherigen Ereignissen führte.

Ich zog an meiner Zigarette und betrachtete das Gebäude. Damals war es nicht heruntergekommen gewesen. Ich hatte mich immer gut darum gekümmert. Das Haus war komplett bezahlt. Sechs Zimmer und eine angebaute Garage für zwei Wagen. Ein Grundstück von etwa sieben Morgen, praktisch der ganze Hang. Ich hatte dort die meiste Zeit allein gelebt, und das gerne. Einen großen Teil meiner Zeit hatte ich im Arbeitszimmer und in der Werkstatt verbracht. Ich fragte mich, ob der Holzschnitt von Mori noch im Arbeitszimmer hing. *Von Angesicht zu Angesicht* hieß er, die Darstellung zweier Krieger in tödlichem Kampf. Es wäre nett, das Bild zurückzuhaben. Aber sicher war es längst gestohlen, das sagte mir ein Gefühl. Wahrscheinlich war alles, was man nicht gestohlen hatte, zur Begleichung ausstehender Steuern verkauft worden. Ich konnte mir vorstellen, dass der Staat New York so etwas fertigbrachte. Es überraschte mich, dass das Haus selbst noch keine neuen Bewohner hatte. Ich beobachtete es weiter, um ganz sicherzugehen. Himmel, ich hatte keine Eile. Ich wurde nirgendwo erwartet.

Kurz nach meiner Ankunft in Belgien hatte ich Gérard kontaktiert. Ich hatte zunächst auf den Versuch verzichtet, mit Benedict zu sprechen. Ich fürchtete, dass er mich sofort wieder angreifen würde, so oder so.

Gérard hatte mich durchdringend angesehen. Er war irgendwo in offenem Gelände und schien allein zu sein.

»Corwin?«, fragte er schließlich. »Ja …«

»Richtig. Was war mit Benedict?«

»Ich fand ihn, wie du gesagt hattest, und befreite ihn. Er wollte dich sofort verfolgen, doch ich konnte ihn überzeugen, dass seit meinem Gespräch mit dir ziemlich viel Zeit vergangen sei. Da du gesagt hattest, er wäre bewusstlos gewesen, hielt ich das für den besten Weg. Außerdem war sein Pferd sehr erschöpft. Wir sind dann gemeinsam nach Avalon zurückgekehrt. Ich bin bis nach der Beerdigung bei ihm geblieben und habe mir dann ein Pferd ausgeliehen. Jetzt reite ich nach Amber zurück.«

»Beerdigung? Was für eine Beerdigung?«

Von Neuem traf mich sein prüfender Blick.

»Du weißt es wirklich nicht?«

»Verdammt – würde ich fragen, wenn ich es wüsste?«

»Seine Dienstboten. Sie wurden alle ermordet. Er behauptet, du hättest es getan.«

»Nein!«, sagte ich. »Nein. Das ist lächerlich. Warum sollte ich seine Bediensteten umbringen? Ich verstehe das alles nicht …«

»Kurz nach seiner Rückkehr begann er, sie zu suchen, da sie nicht zur Begrüßung erschienen waren. Er fand sie ermordet, während du mit deinem Begleiter verschwunden warst.«

»Ich kann mir vorstellen, wie das gewirkt haben muss«, sagte ich. »Wo waren die Leichen?«

»Vergraben, nicht sehr tief, in dem kleinen Wald hinter dem Garten.«

Aha, aha … Aber ich sollte lieber nicht erwähnen, dass ich von dem Grab gewusst hatte.

»Welchen Grund sollte ich wohl haben, so etwas zu tun?«, protestierte ich.

»Er ist inzwischen ziemlich verwirrt, Corwin. Er begreift nicht, warum du ihn nicht umgebracht hast, als du die Gelegenheit dazu hattest, und warum du mich geholt hast, wo du ihn doch hättest liegen lassen können.«

»Ich verstehe jetzt, warum er mich während unseres Kampfes immer wieder einen Mörder genannt hat, aber … Hast du ihm meine Worte ausgerichtet: Dass ich niemanden getötet habe?«

»Ja. Zuerst hat er das als Schutzbehauptung abgetan. Ich sagte ihm, du schienst es ehrlich zu meinen und wärst selbst ziemlich ratlos gewesen. Ich glaube, es hat ihm zu schaffen gemacht, dass du so beharrlich gewesen bist. Er fragte mich mehrmals, ob ich dir glaubte.«

»Und glaubst du mir?«

Er senkte den Blick.

»Verdammt, Corwin! Was soll ich glauben? Ich bin mitten in diese Sache hineingeraten! Wir waren so lange getrennt …«

Er hielt meinem Blick stand.

»Das ist aber noch nicht alles«, sagte er dann.

»Was soll das heißen?«

»Warum hast du mich gerufen? Du hattest Benedict ein komplettes Kartenspiel abgenommen. Du hättest dich an jeden von uns wenden können.«

»Du machst Witze«, sagte ich.

»Nein. Ich möchte eine Antwort haben.«

»Na schön. Du bist der Einzige, dem ich noch traue.«

»Ist das alles?«

»Nein. Benedict möchte nicht, dass sein Aufenthaltsort in Amber bekannt wird. Du und Julian seid die beiden Einzigen, von denen ich wusste, dass ihr seinen Wohnort kennt. Und Julian mag ich nicht, ich traue ihm nicht. Also habe ich dich gerufen.«

»Woher wusstest du, dass Julian und ich über Benedict Bescheid wussten?«

»Er hat euch vor einiger Zeit beigestanden, als ihr auf der schwarzen Straße Probleme hattet, und er bot euch Unterkunft, während ihr wieder zu Kräften kamt. Dara hat mir davon erzählt.«

»Dara? Wer ist diese Dara überhaupt?«

»Die Waisentochter eines Ehepaars, das einmal für Benedict gearbeitet hat«, sagte ich. »Sie war im Haus, als ihr, du und Julian, dort wart.«

»Du hast schon einmal von ihr gesprochen, am Straßenrand, als du mich gerufen hattest.«

»Richtig. Was ist denn los?«

»Nichts. Ich erinnere mich nur nicht an sie. Sag mir, warum bist du so plötzlich abgereist? Du musst doch zugeben, dass das dem Handeln eines schuldbewussten Menschen entspricht.«

»Ja«, sagte ich. »Ich war auch schuldig – aber nicht des Mordes. Ich war nach Avalon gekommen, um mir etwas zu besorgen. Ich bekam es und verschwand. Du hast ja meinen Wagen gesehen, auf dem ich meine Ladung hatte. Ich bin vor Benedicts Rückkehr verschwunden, um ihm diesbezüglich keine Fragen beantworten zu müssen. Himmel! Wenn ich nur hätte abhauen wollen, würde ich doch keinen Wagen hinter mir herziehen! Ich hätte ein Pferd genommen, schnell und mühelos.«

»Was war denn auf dem Wagen?«

»Nein«, entgegnete ich. »Ich wollte Benedict nichts darüber sagen, und ich werde dir auch nichts verraten. Oh, er kann es vermutlich herausfinden. Doch dafür soll er sich ruhig anstrengen, wenn er unbedingt will. Die Details sind letztlich unwichtig. Die Tatsache, dass ich aus einem bestimmten Grund nach Avalon gekommen bin und mir das Gewünschte geholt habe, müsste eigentlich ausreichen. In Avalon ist das Material nicht besonders wertvoll, aber an einem anderen Ort. Genügt das?«

»Ja«, sagte er. »Das scheint Sinn zu ergeben.«

»Dann beantworte meine Frage: Glaubst du, dass ich die Leute umgebracht habe?«

»Nein«, sagte er. »Ich glaube dir.«

»Was ist mit Benedict? Was glaubt er?«

»Er würde dich nicht noch einmal auf der Stelle angreifen, sondern erst mit dir sprechen. Er hat Zweifel, das weiß ich.«

»Gut. Das ist wenigstens etwas. Vielen Dank, Gérard. Ich unterbreche jetzt die Verbindung.«

Ich machte Anstalten, den Kontakt zu unterbrechen.

»Warte, Corwin! Warte!«

»Was ist?«

»Wie hast du die schwarze Straße durchtrennt? An der Stelle, an der du sie überquert hast, ist ein Stück zerstört worden. Wie ist dir das gelungen?«

»Mit dem Muster«, sagte ich. »Wenn du je Ärger mit dem Ding bekommst, verwende das Muster als Waffe. Du weißt doch, dass man es sich manchmal vorstellen muss, wenn einem die Schatten zu entgleiten drohen und die Lage chaotisch wird.«

»Ja. Ich hab's versucht, aber es klappte nicht. Ich bekam nur Kopfschmerzen davon. Die Straße ist kein Teil der Schatten.«

»Ja und nein«, sagte ich. »Ich weiß, was sie ist. Du hast dich nicht genug angestrengt. Ich habe das Muster eingesetzt, bis sich mein Kopf anfühlte, als würde er zerfetzt, bis ich vor Schmerzen halb blind und einer Ohnmacht nahe war. Dann löste sich stattdessen die Straße ringsum auf. Es war kein Spaß, aber es hat funktioniert.«

»Ich werd's mir merken«, sagte er. »Wirst du jetzt noch mit Benedict sprechen?«

»Nein«, sagte ich. »Er weiß schon alles, was wir besprochen haben. Da er sich etwas beruhigt hat, wird er sich wieder mehr mit den Tatsachen beschäftigen. Mir ist lieber, wenn er das allein tut – und ich möchte keinen neuen Kampf riskieren. Wenn ich jetzt Schluss mache, werde ich mich lange nicht mehr melden. Ich werde mich auch allen Kontaktversuchen widersetzen.«

»Was ist mit Amber, Corwin? Was ist mit Amber?«

Ich senkte den Blick.

»Bleib mir aus dem Weg, wenn ich zurückkehre, Gérard. Glaub mir, es wird kein Wettstreit.«

»Corwin … Warte. Ich möchte dich bitten, dir die Sache noch einmal zu überlegen. Greif Amber nicht jetzt an. Es ist schwach, aus den falschen Gründen.«

»Es tut mir leid, Gérard. Aber ich bin sicher, dass ich in den letzten fünf Jahren mehr und öfter über alles nachgedacht habe als ihr alle zusammen.«

»Dann tut es mir auch leid.«

»Ich sollte jetzt lieber gehen.«

Er nickte.

»Auf Wiedersehen, Corwin.«

»Auf Wiedersehen, Gérard.«

Nachdem ich mehrere Stunden lang auf den Sonnenuntergang gewartet hatte, der das Haus in ein vorzeitiges Dämmerlicht hüllte, drückte ich meine letzte Zigarette aus, zog meine Jacke an und stand auf. Auf dem Grundstück hatte sich nichts gerührt, niemand bewegte sich hinter den dreckigen Fenstern, hinter der zerbrochenen Scheibe. Langsam stieg ich den Hügel hinab.

Floras Haus in Westchester war bereits vor einigen Jahren verkauft worden, was mich nicht überraschte. Aus reiner Neugier hatte ich mich dort umgesehen, da ich zufällig in der Gegend war. Ich war sogar einmal daran vorbeigefahren. Sie hatte keinen

Grund, auf dieser Schatten-Erde zu bleiben. Nachdem ihr langes Wächteramt erfolgreich geendet hatte, stand sie am Hofe Ambers in hoher Gunst, als ich sie zum letzten Mal gesehen hatte. Ihr so lange so nahe gewesen zu sein, ohne von ihr zu wissen, verbitterte mich etwas.

Ich hatte überlegt, ob ich Random kontaktieren sollte, war aber davon abgekommen. Er konnte mir im Grunde nur mit Informationen über die aktuellen Ereignisse in Amber nützen. Das mochte zwar ganz unterhaltsam sein, war aber nicht unbedingt erforderlich. Ich war ziemlich sicher, dass ich ihm trauen konnte. Schließlich hatte er mir in der Vergangenheit schon einmal geholfen. Zugegeben, seine Motive waren nicht gerade altruistisch gewesen – aber er war etwas weiter gegangen, als er musste. Das lag allerdings schon fünf Jahre zurück, und seither war viel geschehen. Er wurde in Amber wieder geduldet und er hatte inzwischen eine Frau. Vielleicht lag ihm daran, sich etwas Ansehen zu verschaffen. Ich wusste es nicht. Doch als ich die möglichen Vorteile gegen die Risiken aufwog, hielt ich es für besser zu warten und ihn bei meinem nächsten Besuch persönlich zu sprechen.

Ich hatte mein Wort gehalten und mich allen Kontaktversuchen widersetzt. In den ersten beiden Wochen auf der Schatten-Erde verspürte ich das vertraute Bohren fast täglich. Doch inzwischen waren mehrere Wochen vergangen, ohne dass ich belästigt worden war. Warum sollte ich jemandem freien Zugang zu meinem Denken gewähren? Nein danke, Brüder.

Ich näherte mich der Rückseite des Hauses, schob mich von der Seite an ein Fenster heran, wischte es mit dem Ellbogen sauber. Drei Tage lang hatte ich das Haus nun beobachtet und hielt es für sehr unwahrscheinlich, dass sich jemand im Innern aufhielt. Trotzdem …

Ich lugte hinein.

Drinnen herrschte natürlich ein fürchterliches Durcheinander, und ein großer Teil der Einrichtung fehlte. Doch einige Stücke waren noch da. Ich bewegte mich nach links und drehte den Türknopf. Verschlossen. Leise lachte ich vor mich hin.

Ich ging auf die Terrasse. Neunter Stein von links, vierter Stein von unten. Der Schlüssel lag immer noch dort. Ich wischte ihn an meiner Jacke sauber und kehrte zurück. Dann betrat ich das Haus.

Überall lag Staub, der allerdings da und dort Spuren aufwies. Kaffeedosen, Sandwichhüllen und die Überbleibsel eines versteinerten Hamburgers im Kamin. In meiner Abwesenheit hatte sich die Natur durch den Schornstein Einlass verschafft. Ich ging hinüber und schloss die Klappe.

Ich stellte fest, dass das Schloss der Vordertür aufgebrochen worden war. Ich drückte dagegen, sie schien zugenagelt zu sein. An die Flurwand hatte jemand einen obszönen Spruch geschmiert. Ich ging in die Küche, die völlig versaut war. Was die Diebe nicht mitgenommen hatten, lag auf dem Boden herum. Herd und Eisschrank waren fort, der Fußbodenbelag zeigte noch Kratzspuren, wo sie ihn langgeschleift hatten.

Ich kehrte in den Flur zurück und sah mich in meiner Werkstatt um. Auch dort war praktisch nichts mehr übrig. Ich ging weiter und war überrascht, mein Bett vorzufinden, noch immer ungemacht, und zwei teure Stühle, die niemand angerührt hatte.

Eine noch angenehmere Überraschung wartete in meinem

Arbeitszimmer auf mich. Der große Schreibtisch war mit Unrat und Staub bedeckt, aber das war er auch schon früher gewesen. Ich zündete mir eine Zigarette an und setzte mich dahinter. Vermutlich war der Tisch zu schwer zum Mitnehmen. Meine Bücher standen auf den Regalen. Nur Freunde stehlen Bücher. Und dort …

Ich traute meinen Augen nicht. Ich stand auf und ging quer durch das Zimmer und starrte aus der Nähe darauf.

Yoshitoshi Moris herrlicher Holzschnitt hing dort, wo er immer gehangen hatte, sauber, eindrucksvoll, elegant, gewalttätig. Der Gedanke, dass sich niemand mit einem meiner Lieblingsstücke davongemacht hatte …

Sauber?

Ich untersuchte das Bild. Ich fuhr mit dem Finger über den Rahmen.

Zu sauber. Hier fehlten der Staub und Schmutz, die alles andere bedeckten.

Ich suchte nach Alarmdrähten, ohne welche zu finden, nahm das Bild vom Haken, senkte es.

Nein, die Wand dahinter war nicht heller als der Rest. Die Tapete war grau wie überall.

Ich stellte Moris Werk auf die Fensterbank und kehrte an meinen Tisch zurück. Unruhe hatte mich befallen – und das war zweifellos beabsichtigt. Jemand hatte das Bild offenbar an sich genommen und gut aufbewahrt, was ich nicht ohne Dankbarkeit vermerkte, und hatte es erst kürzlich wieder hierhergehängt. Es war, als hätte man meine Rückkehr erwartet.

Was eigentlich ein Grund zur sofortigen Flucht war, nehme

ich an. Aber das war dumm. Wenn dies zu einer Falle gehörte, war sie längst zugeschnappt. Ich zerrte die Automatik aus meiner Jackentasche und steckte sie in den Gürtel. Ich hatte ja selbst nicht gewusst, dass ich hierher kommen würde. Ich hatte mich kurzfristig dazu entschlossen, weil ich etwas Zeit hatte. Ich war mir nicht einmal sicher, warum ich das Haus eigentlich wiedersehen wollte.

Es handelte sich also um eine Art Eventualplan. Wenn ich an die alte Wirkungsstätte zurückkehrte, dann vielleicht, um den einzigen Gegenstand an mich zu bringen, dessen Besitz sich lohnte. Also galt es, diesen Gegenstand zu erhalten und so aufzuhängen, dass ich ihn bemerken *musste.* Schön, ich hatte das Bild bemerkt. Man hatte mich noch nicht angegriffen, also schien es sich nicht um eine Falle zu handeln. Was sonst?

Eine Nachricht. Eine Art Botschaft.

Was? Wie? Und von wem?

Der sicherste Ort im Haus war, wenn man ihn nicht aufgebrochen hatte, der Safe. Allerdings war er vor den Fähigkeiten meiner Geschwister nicht sicher. Ich näherte mich der rückwärtigen Wand, drückte auf die Verkleidung und ließ das Paneel aufschwingen. Ich stellte die Kombination ein, trat zurück und öffnete die Tür mit meinem alten Offiziersstab.

Keine Explosion. Gut. Ich hatte eigentlich auch keine erwartet.

Im Safe hatten sich keine sonderlich wertvollen Dinge befunden – ein paar Hundert Dollar in bar, einige Wertpapiere, Quittungen, Korrespondenz.

Ein Umschlag. Ein frischer weißer Umschlag lag ganz obenauf. Ich konnte mich nicht daran erinnern.

Darauf mein Name in eleganter Schrift. Auch nicht mit Kugelschreiber geschrieben.

Er enthielt einen Brief und eine Karte.

Bruder Corwin, begann der Brief, *wenn Du dies liest, ist unser Denken noch insoweit ähnlich, als ich in mancher Beziehung Deine Schritte vorausahnen kann. Ich danke Dir für die Leihgabe des Holzschnitts – nach meiner Auffassung einer von zwei möglichen Gründen für Deine Rückkehr in diesen trostlosen Schatten. Ich trenne mich ungern davon, da auch unser Geschmack in mancher Beziehung ähnlich ist und das Bild nun schon seit einigen Jahren meine Räume schmückt. Die Darstellung erinnert mich an etwas sehr Vertrautes. Die Rückgabe möge als Zeichen meines guten Willens verstanden werden und als Bitte um Deine Aufmerksamkeit. Da ich ehrlich sein muss, wenn ich die Chance haben will, Dich von irgendetwas zu überzeugen, werde ich mich für nichts entschuldigen. Ich bedaure nur, dass ich Dich nicht umgebracht habe, als ich die Möglichkeit dazu hatte. Es war die Eitelkeit, die mich als Narren dastehen lässt. Zwar mag die Zeit Deine Augen geheilt haben, doch ich bezweifle, dass sie es jemals vermag, unsere Gefühle füreinander zu ändern. Dein Brief »Ich komme zurück« liegt in diesem Augenblick auf meinem Schreibtisch. Hätte ich ihn geschrieben, dann wüsste ich, dass ich zurückkehren würde. Da wir in mancher Beziehung gleich sind, erwarte ich also Dein Auftauchen nicht ohne einen Anflug von Sorge. Da ich weiß, dass Du kein Dummkopf bist, rechne ich damit, dass Du mit einer Armee eintriffst. Und das ist der Punkt, wo die Eitelkeit der Vergangenheit den Stolz der Gegenwart zunichte macht. Ich würde mir Frieden zwischen uns wünschen, Corwin, im Interesse des ganzen Reiches – nicht in meinem eigenen. Aus den Schatten sind starke Kräfte hervorgebrochen und ich begreife nicht völlig, was dahintersteckt. Zur Abwehr dieser Gefahr, der schlimmsten, die meiner*

Erinnerung nach Amber jemals bedroht hat, ist die Familie geschlossen hinter mich getreten. Ich möchte auch Dich bitten, mir in diesem Kampf Deine Unterstützung zu gewähren. Wenn Du Dich dazu nicht bereit erklären kannst, bitte ich Dich, auf Deine Invasion zunächst zu verzichten. Entschließt Du Dich zur Mithilfe, erwarte ich nicht, dass Du Dich unterwirfst, sondern lediglich die Anerkennung meiner Führung für die Dauer der Krise. Dir würden Deine normalen Ehren zuteil. Es ist wichtig, dass Du mich kontaktierst, um Dich zu überzeugen, dass ich die Wahrheit sage. Da ich Dich durch Deinen Trumpf nicht erreichen konnte, lege ich den meinen bei für Deinen Gebrauch. Zwar wird Dich die Möglichkeit beschäftigen, dass ich lüge, doch ich gebe Dir mein Wort, dass das nicht der Fall ist. – Eric, Lord von Amber.

Ich las den Brief ein zweites Mal und lachte leise. Was glaubte er denn, wozu ein Fluch gut war?

Das genügt nicht, liebes Brüderchen. Es war nett von dir, in der Not an mich zu denken – und ich glaube dir, keine Sorge, denn wir sind doch alle Männer von Ehre, doch unser Zusammentreffen wird nach *meinem* Plan ablaufen, nicht nach dem deinen. Und was Amber angeht, so bin ich mir der Notwendigkeiten durchaus bewusst, und ich werde mich zu einem von mir gewählten Zeitpunkt und auf meine Weise darum kümmern. Eric, du begehst den Fehler, dich für unersetzbar zu halten. Die Friedhöfe sind voll mit Männern, die in der irrigen Auffassung lebten, es gäbe keinen Ersatz für sie. Doch ich will warten und dir das ins Gesicht sagen.

Ich schob seinen Brief und den Trumpf in meine Jackentasche. Dann drückte ich in dem schmutzigen Aschenbecher auf dem Tisch meine Zigarette aus. Schließlich holte ich ein Laken aus dem Schlafzimmer, um meine »Kämpfenden« einzuwickeln. Sie sollten diesmal an einem sichereren Ort auf mich warten.

Als ich noch ein letztes Mal durch das Haus ging, fragte ich mich, warum ich wirklich hierher zurückgekehrt war. Ich dachte an einige Menschen, die ich gekannt hatte, als ich hier lebte, und überlegte, ob sie jemals an mich dachten, ob sie sich fragten, was aus mir geworden war. Eine Frage, die natürlich niemals eine Antwort finden würde.

Die Nacht war hereingebrochen, der Himmel war klar, und die ersten Sterne schimmerten hell, als ich ins Freie trat und die Tür hinter mir verschloss. Ich ging um die Ecke und legte den Schlüssel in sein Versteck zurück. Dann erstieg ich den Hügel.

Als ich einen letzten Blick in die Tiefe warf, schien das Haus in der Dunkelheit eingeschrumpft und zu einem Stück der ganzen Trostlosigkeit ringsum geworden zu sein, wie eine leere Bierdose am Straßenrand. Ich ging über den Kamm und stieg wieder hinab, ging auf die Stelle zu, wo ich meinen Wagen abgestellt hatte, und wünschte mir, ich hätte nicht zurückgeschaut.

9.

Ganelon und ich verließen die Schweiz mit zwei Lastwagen. Wir hatten sie von Belgien aus dorthin gefahren, wobei ich die Gewehre transportierte. Die dreihundert Stück wogen etwa anderthalb Tonnen, was nicht schlecht war. Nachdem wir auch die Munition übernommen hatten, blieb dennoch genug Platz für Treibstoff und andere Vorräte. Selbstverständlich hatten wir eine Abkürzung durch die Schatten gewählt, um jenen Leuten zu entgehen, die an den Grenzen den Verkehr verzögern. Auf die gleiche Weise reisten wir wieder ab, wobei ich die Führung übernahm, um sozusagen den Weg zu bereiten.

Ich steuerte uns durch ein Land düsterer Berge und langgestreckter Dörfer, in denen wir nur an Pferdewagen vorbeikamen. Als der Himmel in einem hellen Zitronengelb schimmerte, boten sich die Lasttiere den Blicken gestreift und manchmal sogar gefiedert dar. Stundenlang fuhren wir dahin und stießen schließlich auf die schwarze Straße, bewegten uns eine Zeitlang parallel zu ihr und schlugen dann wieder eine andere Richtung ein. Der Himmel machte ein Dutzend Veränderungen durch, und die Konturen der Landschaft verschmolzen und wurden von Hügeln zu Ebenen und wölbten sich wieder auf. Wir krochen auf schlechten Straßen dahin und rutschten über ebene

Stellen, die so hart und glatt waren wie Glas. Wir mühten uns einen Berghang hinauf und wichen einem weindunklen Meer aus. Wir kamen durch Unwetter und Nebel.

Es kostete mich einen halben Tag, um sie wiederzufinden, oder zumindest einen Schatten, der so ähnlich war, dass es keinen Unterschied machte. Ja, jene Wesen, die ich schon einmal ausgenutzt hatte. Sie waren gedrungene Gestalten, sehr haarig, sehr dunkel, mit langen Schneidezähnen und einziehbaren Krallen. Doch sie hatten Finger, mit denen sich ein Abzug betätigen ließ, und sie verehrten mich. Meine Rückkehr entzückte sie. Dabei kam es wenig darauf an, dass ich vor fünf Jahren ihre besten Männer zum Sterben in ein fremdes Land geführt hatte. Göttern stellt man keine Fragen, sondern verehrt sie, betet sie an und gehorcht ihnen. Sie waren ziemlich enttäuscht, dass ich diesmal nur ein paar Hundert Mann brauchte. Tausende von Freiwilligen musste ich wieder nach Hause schicken.

Diesmal hatte ich keine moralischen Bedenken. Man könnte sagen, dass diese Gruppe das vorherige Sterben ihrer Brüder geradezu rechtfertigte. Natürlich war das Sophisterei, aber ich genoss es. Man könnte sie allerdings auch als spirituelle Söldner bezeichnen – was machte es für einen Unterschied, ob sie für Geld oder ihren Glauben starben? Ich konnte mit beidem dienen.

Zudem hatten sie nicht allzu viel zu fürchten, waren sie doch die einzigen Kämpfer vor Ort mit Schusswaffen. In ihrer Heimat war die Munition noch immer unentzündbar, und wir mussten mehrere Tage weit durch die Schatten wandern, ehe wir ein Land erreichten, das Amber so weit ähnelte, dass die Zündung endlich klappte. Das einzige Problem lag darin, dass die Schatten einem

Gesetz der Kongruenz folgen, so dass dieser Ort schon ziemlich nahe bei Amber lag. Das machte mich während der Ausbildung meiner Soldaten etwas nervös. Zwar war es unwahrscheinlich, dass einer meiner Brüder zufällig gerade durch diesen Schatten streifte, doch es hatte schon seltsamere Zufälle gegeben.

Wir übten fast drei Wochen lang, bevor ich beschloss, dass wir genügend vorbereitet waren. An einem schönen, frischen Morgen verließen wir unser Lager und bewegten uns in die Schatten. Die Kolonne der Männer marschierte hinter den Lastwagen. Die Motoren der Laster würden vollends streiken, wenn wir uns Amber näherten – sie begannen bereits, Schwierigkeiten zu machen –, doch wir hatten vor, sie zu benutzen, so lange es ging.

Diesmal gedachte ich Kolvir vom Norden her zu bezwingen und mich nicht noch einmal an den Hang, der zum Meer hin liegt, zu wagen. Die Männer kannten die Gegend von meinen Beschreibungen, und die Aufstellung der Gewehrbrigaden war bereits festgelegt und eingeübt.

Wir machten Mittagspause, aßen gut und setzten unseren Weg fort, wobei die Schatten langsam an uns vorbeiglitten. Der Himmel nahm ein leuchtend dunkles Blau an, der Himmel von Amber. Der Boden schimmerte schwarz zwischen dem Felsgestein und dem hellgrünen Gras. Das Laub von Bäumen und Büschen hatte einen feuchten Schimmer. Die Luft war süß und rein.

Bei Anbruch der Nacht hielten wir zwischen den mächtigen Bäumen am Rande des Waldes von Arden. Wir schlugen unser Lager auf und teilten ausreichend Wachen ein. Ganelon, der eine Khakiuniform mit Barett trug, saß bis spät in die Nacht bei mir und ging ein letztes Mal die Karten durch, die ich gezeichnet hatte. Bis zum Berg waren es noch etwa vierzig Meilen.

Die Laster gaben am folgenden Nachmittag den Geist auf. Sie machten mehrere Veränderungen durch, blieben wiederholt stehen und ließen sich schließlich überhaupt nicht mehr starten. Wir schoben sie in ein enges Tal und tarnten sie mit Ästen. Dann verteilten wir Waffen, Munition und den Rest der Rationen auf die Männer und marschierten weiter.

Dabei verließen wir den festgetretenen Lehmweg und arbeiteten uns durch den Wald voran. Natürlich kamen wir nicht mehr so schnell voran, allerdings verringerte sich auch die Chance, von Julians Patrouillen überrascht zu werden. Die Bäume waren riesig, da wir inzwischen schon ziemlich tief nach Arden vorgedrungen waren, und je weiter wir uns bewegten, desto bekannter kam mir die Gegend vor.

Wir sahen an diesem Tag nichts Gefährlicheres als Füchse, Rotwild, Kaninchen und Eichhörnchen. Der Geruch des Waldes, seine grünen, goldenen und braunen Farbtöne weckten die Erinnerung an glücklichere Zeiten. Kurz vor Sonnenuntergang erstieg ich einen riesigen Baum und vermochte die Bergkette auszumachen, hinter der sich Kolvir erhob. Über den Bergen entlud sich gerade ein Unwetter, dessen Wolken die höchsten Gipfel verhüllten.

Zur Mittagsstunde des nächsten Tages stießen wir auf eine Patrouille Julians. Ich weiß nicht wirklich, wer wen überraschte oder wer überraschter war. Es wurde sofort geschossen. Ich schrie mich fast heiser bei dem Versuch, das zu unterbinden, da jedermann begierig zu sein schien, seine Waffe an einem lebendigen Ziel zu erproben. Es war nur eine kleine Truppe von achtzehn Mann, und wir töteten alle. Auf unserer Seite gab es nur einen Ausfall, ein Mann verwundete einen anderen – oder er hatte sich selbst verwundet. Anschließend marschierten wir schnell weiter, denn wir hatten einen höllischen Lärm verursacht, und ich wusste nicht, ob vielleicht noch weitere Einheiten in der Nähe waren.

Bis zum Beginn der Dunkelheit legten wir eine große Strecke sowie einen großen Höhenunterschied zurück, und bei klarer Sicht konnten wir die Berge erkennen. Noch immer wallten die Gewitterwolken um die Gipfel. Meine Männer waren aufgeregt von der Schießerei und brauchten einige Zeit zum Einschlafen.

Am nächsten Tag erreichten wir das Vorgebirge, wobei wir zwei Patrouillen rechtzeitig aus dem Weg gingen. Ich ließ bis tief in die Nacht weitermarschieren, um eine geschützte Stelle zu erreichen, die ich von früher kannte. Als wir uns endlich schlafen legten, waren wir etwa eine halbe Meile höher als in der Nacht zuvor. Obwohl wir uns unter einer Wolkendecke befanden, gab es keinen Regen, nur eine atmosphärische Spannung, wie sie oft einem Unwetter vorausgeht. In dieser Nacht schlief ich sehr unruhig. Ich träumte von dem brennenden Katzenkopf und von Lorraine.

Am Morgen setzten wir unseren Marsch unter einem grauen Himmel fort. Unbarmherzig trieb ich die Männer zur Eile an, der Weg führte steil bergauf. Fernes Donnergrollen drang an unsere Ohren, und die Luft knisterte und war elektrisch geladen.

Einige Stunden später, als ich unsere Kolonne einen gewundenen Felsweg hinaufführte, hörte ich plötzlich einen Schrei hinter mir, gefolgt von mehreren Gewehrsalven. Sofort hastete ich zurück.

Eine kleine Gruppe von Männern, zu der auch Ganelon gehörte, starrte auf etwas am Boden, unterhielt sich mit leisen Stimmen. Ich drängte mich zwischen sie.

Ich wollte meinen Augen nicht trauen. So lange ich mich zurückerinnern konnte, war noch nie ein Wesen dieser Art in der Nähe Ambers gesehen worden. Vielleicht zwölf Fuß lang, mit der scheußlichen Parodie eines Menschengesichts auf den Schultern eines Löwen, adlergleichen Flügeln, die die blutigen Flanken bedeckten, einem noch immer zuckender Schwanz, der mich an einen Skorpion denken ließ. Ein einziges Mal hatte ich bisher einen Mantikor auf einer Insel im tiefen Süden gesehen – ein fürchterliches Ungeheuer, das auf meiner Liste grässlicher Lebewesen ziemlich weit oben stand.

»Es hat Rall zerrissen, es hat Rall zerrissen«, wiederholte einer der Männer immer wieder.

Etwa zwanzig Schritt entfernt sah ich die Überreste Ralls. Wir bedeckten ihn mit einer Plane, die wir mit Felsbrocken beschwerten. Mehr konnten wir nicht tun. Wenn der Zwischenfall überhaupt einen Nutzen hatte, dann den, dass wir wieder vorsichtiger wurden, etwas, das uns nach dem gestrigen leichten Sieg verlorengegangen war. Die Männer marschierten stumm und wachsam dahin.

»Ein scheußliches Wesen«, sagte Ganelon. »Besitzt es die Intelligenz eines Menschen?«

»Das weiß ich nicht.«

»Ich habe so ein merkwürdiges Gefühl, Corwin. Als würde

etwas Schreckliches passieren. Ich weiß nicht, wie ich es sonst ausdrücken soll.«

»Ich weiß.«

»Fühlt Ihr es auch?«

»Ja.«

Er nickte.

»Vielleicht ist es das Wetter«, sagte ich.

Wieder nickte er, diesmal zögerlicher.

Während wir unseren Aufstieg fortsetzten, wurde der Himmel immer dunkler, und das Donnergrollen hörte überhaupt nicht mehr auf. Im Westen zuckten Hitzeblitze auf, und der Wind wurde kräftiger. Wenn ich aufblickte, konnte ich die gewaltigen Wolkenmassen über den höheren Gipfeln erkennen. Schwarze, vogelähnliche Gestalten zeichneten sich kontinuierlich davor ab.

Kurz darauf stießen wir auf einen zweiten Mantikor, den wir aber ohne eigene Verluste töteten. Etwa eine Stunde später wurden wir von einer Horde riesiger Ungeheuer mit rasiermesserscharfen Schnäbeln angegriffen, die ich nie zuvor gesehen hatte. Wir konnten sie zwar verscheuchen, doch der Zwischenfall beunruhigte mich noch mehr.

Wir kletterten weiter und fragten uns, wann das Unwetter losbrechen würde. Der Wind wurde immer stärker.

Es wurde auch immer dunkler, obwohl ich wusste, dass die Sonne noch nicht untergegangen war. Als wir uns den Wolkenbänken näherten, bekam die Luft etwas Nebliges, Dunstiges. Ein Gefühl der Feuchtigkeit machte sich überall bemerkbar. Die Felsen wurden glitschiger. Ich war geneigt, die Truppe halten zu lassen, doch Kolvir war noch ziemlich weit, und ich wollte unsere Versorgungslage nicht gefährden, die ich ziemlich sorgfältig geplant hatte.

Wir bewältigten noch etwa vier Meilen und mehrere tausend Fuß Höhenunterschied, bevor wir schließlich doch anhalten mussten. Inzwischen war es stockdunkel geworden, die einzige Beleuchtung kam von den sporadisch zuckenden Blitzen. Wir lagerten in einem großen Kreis auf einem harten, kahlen Hang, umgeben von Posten. Der Donner erdröhnte wie die Fanfaren einer Kriegsmusik. Die Temperatur sank ins Bodenlose. Und selbst wenn ich Lagerfeuer erlaubt hätte, wäre nichts Brennbares zur Verfügung gewesen. Wir machten uns auf eine kalte, feuchte, dunkle Nacht gefasst

Mantikore griffen mehrere Stunden später an, überraschend und lautlos. Sieben Männer kamen ums Leben, und wir töteten sechzehn Ungeheuer. Ich habe keine Ahnung, wie viele fliehen konnten. Ich verfluchte Eric, während ich meine Wunden verband und mich fragte, aus welchem Schatten er diese Geschöpfe herbeigerufen hatte.

Während der Zeit, die hier als Vormittag galt, legten wir auf unserem Weg zum Kolvir noch etwa fünf Meilen zurück, bevor wir nach Westen abbogen. Wir wählten eine von drei möglichen Routen, und ich hatte sie stets für diejenige gehalten, die sich am besten zu einem Angriff eignete. Wieder belästigten uns die Vögel, und zwar mehrmals und in größerer Zahl und beharrlicher als tags zuvor. Doch wir brauchten nur ein paar zu erschießen, um die ganze Schar zu verscheuchen.

Schließlich umrundeten wir den Fuß eines riesigen Felsvorsprungs. Eben noch bewegten wir uns in schwindelnder Höhe durch Donnergrollen und Nebel, dann hatten wir plötzlich freie Sicht, weit hinab und in die Ferne, Dutzende von Meilen über das Tal von Garnath, das zu unserer Rechten lag.

Ich ließ halten und trat vor, um mir einen Überblick zu verschaffen.

Als ich dieses einst so schöne Tal zum letzten Mal gesehen hatte, war es eine verdorrte Wildnis gewesen. Inzwischen war die Lage noch schlimmer geworden. Die schwarze Straße zog sich hindurch, verlief bis zum Fuße Kolvirs und endete dort. Mitten im Tal tobte eine Schlacht. Berittene Streitkräfte galoppierten durcheinander, kämpften, drehten wieder ab. Infanteristen rückten reihenweise vor, stießen aufeinander, wichen zurück. Blitze zuckten und schlugen zwischen den Kämpfenden ein. Die schwarzen Vögel umschwirrten die Männer wie Ascheflocken im Wind.

Über allem lag die Feuchtigkeit wie eine kalte Decke. Die Echos des Donners rollten zwischen den Gipfeln hin und her. Verwirrt starrte ich auf den Konflikt tief unter uns.

Die Entfernung war zu groß, um die Kämpfenden zu erkennen. Zuerst kam mir der Gedanke, dass dort vielleicht jemand dasselbe versuchte wie ich – dass Bleys seinen damaligen Sturz vielleicht überlebt hatte und mit einer neuen Armee zurückgekehrt war.

Aber nein. Sie kamen von Westen heran, auf der schwarzen Straße. Und ich erkannte nun auch, dass die Vögel die Angreifer begleiteten, außerdem hüpfende Gestalten, die weder Pferde noch Menschen waren. Die Mantikore, vielleicht.

Die Blitze zuckten beim Näherkommen auf sie herab, versprengten, verbrannten und verglühten sie. Als mir klar wurde, dass sie niemals in der Nähe der Verteidiger einschlugen, begriff ich, dass Eric anscheinend eine gewisse Kontrolle über jenes Gebilde gewonnen hatte, das Juwel des Geschicks genannt wird. Damit hatte Vater dem Wetter rings um Amber seinen Willen aufgezwungen. Eric hatte es schon vor fünf Jahren mit erheblicher Wirkung gegen uns eingesetzt.

Die Angreifer aus den Schatten, von denen ich gehört hatte, waren also doch stärker, als ich angenommen hatte. Ich hatte mir Scharmützel vorgestellt, aber keine Entscheidungsschlacht am Fuße des Kolvir. Ich blickte auf die Bewegungen innerhalb der Schwärze. Die Straße schien sich unter der herrschenden Aktivität förmlich zu winden.

Ganelon tauchte neben mir auf. Er sagte lange Zeit nichts.

Ich wollte nicht, dass er mir die Frage stellte, doch ich konnte es auch nicht sagen, ohne gefragt worden zu sein.

»Was jetzt, Corwin?«

»Wir müssen das Tempo steigern«, sagte ich. »Ich möchte heute Abend in Amber sein.«

Wir setzten den Marsch fort. Eine Zeitlang kamen wir schneller voran, und das half. Das regenlose Unwetter ging weiter, Blitz und Donner nahmen an Helligkeit und Lautstärke zu. Wir bewegten uns durch ständiges Zwielicht.

Als wir später am Nachmittag einen sicher aussehenden Ort erreichten – eine Stelle knapp fünf Meilen vor den nördlichen Ausläufern Ambers –, ließ ich erneut halten, zur letzten Rast und Mahlzeit. Da wir einander anbrüllen mussten, wenn wir uns verständigen wollten, konnte ich nicht zu den Männern sprechen. Ich ließ einfach nur verbreiten, dass wir ziemlich nahe vor der Stadt stünden und uns zum Kampf bereithalten müssten.

Während die anderen rasteten, nahm ich meine Ration und kundschaftete das Gebiet vor uns aus. Etwa eine Meile entfernt erkletterte ich eine steile Felsformation und pausierte auf ihrem Gipfel. Auf den vor uns liegenden Hängen war ebenfalls eine Art Schlacht im Gange.

Ich blieb in Deckung und beobachtete. Eine Streitmacht Ambers war in einen Kampf gegen Angreifer verwickelt, die entweder vor uns den Hang erstiegen haben mussten oder auf einem gänzlich anderen Weg gekommen waren. Ich vermutete Letzteres, da uns keine frischen Spuren aufgefallen waren. Der Kampf erklärte auch, warum wir bei unserem Aufstieg erfreulicherweise keinen Patrouillen begegnet waren.

Ich schlich näher heran. Obwohl die Angreifer einen der beiden anderen Wege hätten benutzen können, fand ich einen weiteren Hinweis darauf, dass das wohl nicht der Fall war. Denn sie sammelten sich immer noch, und das war ein schrecklicher Anblick: Sie kamen aus der Luft.

Sie wehten aus dem Westen herbei wie gewaltige Wogen vom Wind getriebener Blätter. Die Flugbewegungen, die ich aus der Ferne wahrgenommen hatte, stammten von größeren Wesen als den angriffslustigen Vögeln. Hier oben schwebten die Angreifer auf geflügelten Zweibeinern heran, die sich am ehesten mit Flugdrachen vergleichen ließen. Nie zuvor hatte ich solche Tiere gesehen, aber ich hatte auch nie ein großes Bedürfnis danach verspürt.

In den Reihen der Verteidiger forderten zahlreiche Bogenschützen ihren tödlichen Tribut in den Reihen der heranstürmenden Flugwesen. Auch hier tobten die Elemente, Blitze zuckten und ließen die Angreifer wie Kohlestücke aufflammen und zu Boden stürzen. Doch immer noch rückten sie vor und landeten, so dass sowohl Soldaten als auch Ungeheuer die Verteidiger angreifen konnten. Ich suchte und fand den pulsierenden Schimmer, den das Juwel des Geschickes ausstrahlt, wenn es eingeschaltet ist. Er kam aus der größten Verteidigergruppe, die sich am Fuße einer hohen Klippe verschanzt hatte.

Ich starrte hinab und konzentrierte mich auf den Träger des Juwels. Nein, es konnte keinen Zweifel geben: Es war Eric.

Ich warf mich zu Boden und kroch auf dem Bauch weiter. Ich sah, wie der Anführer der nächsten Verteidigergruppe zu einem gewaltigen Schwerthieb ausholte und den Kopf eines landenden Drachen vom Rumpf trennte. Mit der linken Hand packte er die Rüstung des Reiters und schleuderte ihn gut dreißig Fuß weit fort, über die Kante des Felsplateaus. Als er sich dann umdrehte, um einen Befehl zu geben, erkannte ich Gérard. Er schien einen Flankenangriff auf eine Gruppe Angreifer zu leiten, welche die Streitkräfte am Fuß der Klippe bedrängte. Auf der gegenüberliegenden Seite führte eine andere Einheit ein ähnliches Manöver durch. Noch ein Bruder?

Ich fragte mich, wie lange die Schlacht schon im Gange war, im Tal und hier oben. Vermutlich schon ziemlich lange, wenn man bedachte, seit wann uns der unnatürliche Sturm begleitete.

Ich schob mich nach rechts und wandte meine Aufmerksamkeit dem Westen zu. Der Kampf im Tal ging mit unverminderter

Heftigkeit weiter. Aus der Entfernung ließ sich nicht erkennen, wer zu welcher Seite gehörte, geschweige denn, wer im Vorteil war. Allerdings konnte ich sehen, dass keine neuen Soldaten aus dem Westen eintrafen, um die Truppen der Angreifer zu verstärken.

Ich wusste nicht, was ich machen sollte. Auf keinen Fall konnte ich Eric angreifen, solange er in einen Kampf verwickelt war, der für den Bestand Ambers entscheidend sein konnte. Es wäre sicher am besten, abzuwarten und später die Überreste aufzusammeln. Doch schon nagten die Rattenzähne des Zweifels an diesem Plan.

Selbst ohne neue Verstärkung für die Angreifer war der Ausgang der Schlacht ungewiss. Die Invasoren waren stark und zahlreich. Ich hatte keine Ahnung, ob Eric über eine Reserve verfügte. In diesem Augenblick war es für mich unmöglich zu beurteilen, ob es sich lohnte, auf Ambers Sieg zu setzen. Wenn Eric verlor, musste ich mich später gegen die Invasoren durchsetzen, nachdem ein großer Teil von Ambers Streitkräften sinnlos aufgerieben worden war.

Schaltete ich mich jedoch mit meinen Gewehren ein, würden wir die Drachenreiter schnell niederringen, daran bestand für mich kein Zweifel. Überhaupt musste sich einer oder zwei meiner Brüder unten im Tal befinden. So ließe sich über die Trümpfe ein Tor für meine Truppen einrichten. Die unbekannten Angreifer wären sicher überrascht, wenn Amber plötzlich mit Gewehrschützen auftrumpfte.

Ich richtete meine Aufmerksamkeit wieder auf den Konflikt in meiner Nähe. Nein, die Sache stand nicht gut. Ich versuchte, mir über die Folgen meines möglichen Eingreifens klar zu werden. Eric war bestimmt nicht in der Position, sich gegen mich zu wenden. Zusätzlich zu dem Mitgefühl für die von seiner Hand erlittene Pein hätte ich ihm auch noch die Kastanien aus dem Feuer geholt. Während er für die Rettung dankbar sein würde, wäre er über die allgemeine Stimmung, die sich daraus ergab, nicht allzu glücklich. O nein. Ich wäre zurück in Amber, begleitet von einer tödlichen Leibwache und den Sympathien der Bevölkerung. Ein verführerischer Gedanke. Vielleicht bot sich mir hier ein viel eleganterer Weg zu meinem Ziel als der bisher vorgesehene brutale Angriff inklusive Königsmord.

Ja.

Ich lächelte. Ich war dabei, zum Heiden zu werden.

Doch ich muss um Nachsicht bitten. Vor die Wahl gestellt zwischen einem Amber mit Eric auf dem Thron und einem vernichteten Amber war es keine Frage, dass meine Entscheidung in jedem Falle dieselbe sein musste, nämlich anzugreifen. Der Kampf stand nicht gut genug, um sicher zu sein. Zwar mochte es zu meinem Vorteil sein, den Tag zu retten, doch in letzter Konsequenz waren meine Interessen nicht wichtig. Eric, ich könnte dich nicht so hassen, würde ich Amber nicht so lieben!

Ich zog mich zurück und eilte den Hang hinab. Die Blitze ließen meinen Schatten in alle Richtungen zucken.

Am Rand unseres Lagers blieb ich stehen. Auf der gegenüberliegenden Seite unterhielt sich Ganelon schreiend mit einem einzelnen Reiter. Ich erkannte das Pferd.

Ich eilte weiter, und auf ein Zeichen des Reiters hin setzte sich das Pferd in Bewegung, suchte sich einen Weg zwischen den Soldaten, ritt in meine Richtung. Ganelon schüttelte den Kopf und folgte.

Der Reiter war Dara. Kaum war sie in Hörweite, da begann ich auch schon zu brüllen.

»Was zum Teufel machst du hier?«

Lächelnd stieg sie ab und stand im nächsten Augenblick vor mir.

»Ich wollte doch nach Amber«, sagte sie. »Jetzt bin ich da.«

»Wie bist du hierhergekommen?«

»Ich bin Großvater gefolgt«, sagte sie. »Ich habe festgestellt, dass es leichter ist, einem anderen durch die Schatten zu folgen, als selbst den Weg zu finden.«

»Benedict ist hier?«

Sie nickte.

»Unten. Er führt die Streitkräfte im Tal. Julian ist bei ihm.«

Ganelon kam herbei und blieb in der Nähe stehen.

»Sie sagt, sie sei uns hier herauf gefolgt«, rief er. »Sie ist schon seit Tagen hinter uns.«

»Stimmt das?«, fragte ich.

Wieder nickte sie, immer noch lächelnd.

»Das war nicht weiter schwer.«

»Aber warum das alles?«

»Um nach Amber zu gelangen! Ich möchte das Muster beschreiten! Dorthin gehst du doch auch, nicht wahr?«

»Natürlich. Aber leider ist auf dem Weg dorthin noch ein Krieg im Gange!«

»Was wirst du dagegen tun?«

»Ihn gewinnen, natürlich!«

»Gut. Ich warte so lange!«

Ich fluchte einige Sekunden lang, um Zeit zum Nachdenken zu gewinnen. Dann fragte ich: »Wo warst du, als Benedict zurückkehrte?«

Das Lächeln verblasste.

»Ich weiß es nicht«, antwortete sie. »Als du abgefahren warst, bin ich ausgeritten und den ganzen Tag fortgeblieben. Ich wollte allein sein und nachdenken. Als ich am Abend zurückkehrte, war er nicht da. Am nächsten Tag bin ich wieder ausgeritten. Ich habe dabei eine ziemliche Strecke zurückgelegt, und als es dunkel wurde, beschloss ich, im Freien zu übernachten. Das tue ich oft. Als ich am nächsten Nachmittag nach Hause zurückkehrte, hielt ich auf eine Bergspitze zu und sah ihn unten vorbeireiten, in Richtung Osten. Ich beschloss, ihm zu folgen. Der Weg führte durch die Schatten. Ich weiß nicht, wie lange wir unterwegs waren. Die Zeit geriet völlig durcheinander. Er kam hierher, und ich erkannte den Ort von einem der Bilder auf den Karten. In einem Wald im Norden traf er sich mit Julian, und beide stürzten sich in die Schlacht dort unten!« Sie deutete in das Tal hinab. »Ich hielt mich mehrere Tage lang im Wald auf, denn ich wusste nicht, was ich tun sollte. Ich hatte Angst, mich zu verirren, wenn ich auf unserer Spur zurückritt. Dann sah ich deine Armee den Berg ersteigen. Ich sah dich und Ganelon an der Spitze. Da ich wusste, dass in dieser Richtung Amber lag, bin ich euch gefolgt. Mit der Kontaktaufnahme habe ich bis jetzt gewartet, weil ich wollte, dass du Amber zu nahe bist, um mich zurückzuschicken.«

»Ich glaube nicht, dass du mir die ganze Wahrheit sagst«, erwiderte ich. »Doch ich habe jetzt keine Zeit, mich damit zu beschäftigen. Wir reiten in Kürze weiter, und es wird zu einem Kampf kommen. Es wäre das Sicherste, wenn du hier bliebest. Ich stelle einige Leibwächter für dich ab.«

»Die will ich aber nicht!«

»Mir ist egal, was du willst. Du wirst dich mit ihnen abfinden müssen. Wenn der Kampf vorüber ist, lasse ich dich holen.«

Ich drehte mich um, wählte zwei Männer aus und befahl ihnen, zurückzubleiben und Dara zu bewachen. Sie waren nicht sonderlich begeistert von dieser Aussicht.

»Was sind das für Waffen, die deine Soldaten da haben?«, fragte Dara.

»Später«, entgegnete ich. »Jetzt habe ich zu tun.«

Ich gab meinen Soldaten die notwendigsten Anweisungen und teilte die Einheiten ein.

»Du scheinst nur wenige Männer zu haben«, bemerkte sie.

»Sie genügen«, erwiderte ich. »Bis später!«

Ich ließ sie mit den Wächtern zurück.

Wir schlugen die Route ein, die ich vorhin schon genommen hatte. Ein Stück weiter hörte das Donnern plötzlich auf, und die Stille war weniger eine Erleichterung als ein Grund zu weiterer Besorgnis. Dämmerlicht umgab uns, und unter der feuchten Decke der Luft begann ich zu schwitzen.

Kurz bevor wir meinen ersten Beobachtungspunkt erreichten, ließ ich halten. Dann schlich ich voran, begleitet von Ganelon.

Die Drachenreiter waren praktisch überall, und ihre Flugtiere kämpften an ihrer Seite. Sie drängten die Verteidiger am Fuße der Felswand zusammen. Ich versuchte, Eric und den glühenden Edelstein auszumachen, konnte aber nichts entdecken.

»Welches sind die Feinde?«, wollte Ganelon wissen.

»Die Drachenreiter.«

Nachdem die himmlische Artillerie das Feuer eingestellt hatte, begannen die Angreifer nun zu landen. Kaum berührten sie festen Boden, griffen sie auch schon an. Ich suchte die Reihen der Verteidiger ab, doch Gérard war nicht mehr zu sehen.

»Holt die Soldaten«, sagte ich und hob mein Gewehr. »Sagt ihnen, sie sollen sowohl auf die Reiter als auch auf die Tiere schießen!«

Ganelon zog sich zurück, und ich zielte auf einen landenden Drachen, schoss und beobachtete, wie er plötzlich wild mit den Flügeln schlug. Er prallte gegen den Hang, überschlug sich und blieb zuckend am Boden liegen. Ich schoss erneut.

Im Sterben begann das Ungeheuer zu brennen. Innerhalb kürzester Zeit hatte ich drei Freudenfeuer entfacht. Ich kroch in meine zweite Stellung vor. Dort angekommen, zielte ich und schoss noch einmal.

Ich erlegte einen weiteren Drachen, doch schon waren einige in meine Richtung geschwenkt. Ich verfeuerte den Rest meiner Munition und lud hastig nach. Mehrere Drachen kamen auf mich zu. Sie waren ziemlich schnell.

Ich konnte sie aufhalten und lud gerade nach, als die erste Schützeneinheit eintraf. Gleich darauf wehrten wir uns mit verstärkter Feuerkraft und rückten weiter vor.

Nach zehn Minuten war alles vorbei. Sehr schnell erkannten unsere Gegner offenbar, dass sie keine Chance hatten, und begannen auf den Rand des Plateaus zuzurennen, wo sie sich in die Luft warfen und davonflogen. Wir schossen sie beim Rennen herunter, und ringsum lagen brennendes Fleisch und schmorende Knochen.

Links von uns erhob sich das feuchte Felsgestein zu einer steilen Klippe, die in den Wolken verschwand und kein Ende zu haben schien. Noch immer tobte der Wind durch Rauch und Nebel, und die Felsen waren voller Blut. Als wir schießend vorrückten, erkannten die Streitkräfte Ambers sofort, dass wir zur Hilfe kamen, und begannen ihrerseits vom Fuß des Felsens her vorzurücken. Ich sah, dass sie von meinem Bruder Caine angeführt wurden. Einen Moment lang trafen sich von ferne unsere Blicke, dann stürzte er sich kopfüber ins Getümmel.

Als die Angreifer weiter zurückfielen, fanden sich verstreute Trupps von Amberianern zu einer zweiten Streitmacht zusammen. Allerdings verengten sie dabei unser Schussfeld, indem sie begannen, die gegenüberliegende Flanke der Tiermenschen auf ihren Drachen anzugreifen, doch ich hatte keine Möglichkeit, ihnen das verständlich zu machen. Wir rückten weiter vor und bemühten uns, genau zu zielen.

Ein kleiner Haufen von Männern blieb am Fuß der Felswand zurück. Ich hatte den Eindruck, sie würden Eric beschützen und er sei vielleicht verwundet worden, da das Unwetter so abrupt aufgehört hatte. Ich arbeitete mich in diese Richtung vor.

Als ich in die Nähe der Gruppe gelangte, ließ die Schießerei bereits wieder nach, und was dann geschah, bemerkte ich erst, als es zu spät war.

Etwas Großes raste von hinten heran und war in Sekundenschnelle an mir vorbei. Ich stürzte zu Boden und ließ mich abrollen, wobei ich automatisch das Gewehr hob. Doch mein Finger krümmte sich nicht um den Abzug. Es war Dara, die soeben auf dem Pferderücken an mir vorbeigaloppiert war. Als ich ihr nachbrüllte, drehte sie sich im Sattel um und lachte.

»Komm zurück! Verdammt! Du wirst dich noch umbringen!«

»Wir sehen uns in Amber!«, rief sie und galoppierte über das graue Gestein auf den Weg, der dahinter begann.

Ich war stinksauer. Aber ich konnte im Augenblick nichts unternehmen. Wutschnaubend rappelte ich mich auf und setzte meinen Weg fort.

Als ich die Gruppe erreichte, hörte ich mehrmals meinen Namen. Köpfe wandten sich in meine Richtung. Männer traten zur Seite, um mich durchzulassen. Ich erkannte viele Gesichter, doch ich kümmerte mich nicht um sie.

Ich glaube, ich entdeckte Gérard in demselben Augenblick wie er mich. Er hatte in der Mitte der Gruppe gekniet und stand jetzt auf und wartete. Sein Gesicht war ausdruckslos.

Als ich näher kam, sah ich, dass meine Vermutungen richtig gewesen waren. Gérard hatte am Boden gekniet, um einen Verwundeten zu versorgen. Es war Eric.

Ich nickte Gérard zu und blickte dann auf Eric hinab. Widerstreitende Gefühle tobten in mir. Das Blut mehrerer Brustwunden schimmerte sehr hell und es gab viel davon. Das Juwel des Geschicks, das noch an einer Kette um seinen Hals hing, war davon bedeckt. Wie ein herausgerissenes Herz pulsierte es weiter unter der roten Schicht. Erics Augen waren geschlossen, sein Kopf lag auf einem zusammengerollten Mantel. Er atmete schwer.

Ich kniete nieder, unfähig, den Blick von dem aschgrauen Gesicht zu wenden. Ich versuchte, meinen Hass beiseite zu schieben, da er offensichtlich im Sterben lag, damit ich eine Chance hatte, diesen Mann, der mein Bruder war, in den Minuten, die ihm noch blieben, ein wenig besser zu verstehen. Ich merkte, dass ich so etwas wie Mitleid aufbringen konnte, indem ich an all die Dinge dachte, die er zusammen mit dem Leben verlieren würde, und fragte mich, ob ich wohl jetzt dort läge, wenn ich vor fünf Jahren gesiegt hätte. Ich versuchte, an etwas zu denken, das zu seinen Gunsten sprach, fand aber nur die epitaphartigen Worte: *Er starb im Kampf um Amber.* Das war immerhin etwas. Der Satz ging mir immer wieder durch den Kopf.

Seine Augen verengten sich, flackerten, öffneten sich. Sein Gesicht blieb ausdruckslos, als er den Blick auf mich richtete. Ich wusste nicht, ob er mich überhaupt erkannte.

Doch er sagte meinen Namen und dann: »Ich wusste, dass du es sein würdest.« Er schwieg einige Atemzüge lang und fuhr fort: »Sie haben dir die Arbeit abgenommen, nicht wahr?«

Ich antwortete nicht. Er kannte die Antwort.

»Eines Tages bist du an der Reihe«, fuhr er fort. »Dann sind wir wieder gleich.« Er lachte leise und erkannte zu spät, dass er das lieber nicht hätte tun sollen. Ein gurgelnder Hustenreiz packte ihn. Als es vorbei war, funkelte er mich düster an.

»Ich habe deinen Fluch gespürt«, sagte er. »Überall. Die ganze Zeit. Du musstest nicht einmal sterben, um ihn wirksam werden zu lassen.«

Als könnte er meine Gedanken lesen, lächelte er schwach. »Nein, ich werde dich nicht mit meinem Todesfluch belegen. Den habe ich mir für die Feinde Ambers aufgehoben – dort draußen.«

Er machte eine Bewegung mit den Augen. Dann sprach er flüsternd den Fluch, und ich erschauderte, als ich die Worte hörte.

Schließlich kehrte sein Blick zu meinem Gesicht zurück und starrte mich einen Moment lang an. Dann griff er nach der Kette, die um seinen Hals lag.

»Das Juwel …«, sagte er. »Nimm es mit in die Mitte des Musters. Halte es empor. Ganz dicht – vor ein Auge. Schau hinein – und stell es dir als eine Art Ort vor. Versuche dich selbst – hineinzuprojizieren. Du dringst nicht direkt ein. Doch du machst – eine Erfahrung … Danach weißt du, wie du den Stein benutzen kannst …«

»Wie …?«, sagte ich und stockte. Er hatte mir bereits gesagt, wie man sich auf den Edelstein einstellte. Warum sollte er seinen Atem mit der Erklärung verschwenden, wie er darauf gekommen war?

Doch er erkannte, was ich wissen wollte. »Dworkins Notizen … unter dem Kamin … mein …«

Dann überkam ihn ein neuer Hustenreiz, und Blut quoll ihm aus Nase und Mund. Er holte tief Atem und stemmte sich mit rollenden Augen in eine sitzende Position hoch.

»Halte dich so gut, wie ich es getan habe – Bastard!«, sagte er, sank in meine Arme und machte seinen letzten blutigen Atemzug.

Ich hielt ihn für ein paar Augenblicke und brachte ihn dann in seine frühere Stellung. Seine Augen waren noch offen, und ich streckte die Hand aus und schloss sie. Fast automatisch faltete ich seine Hände auf dem erloschenen Edelstein zusammen. Ich brachte es nicht über mich, ihn ihm jetzt schon abzunehmen.

Dann stand ich auf, zog meinen Mantel aus und bedeckte ihn damit.

Als ich mich umdrehte, sah ich, dass alle mich anstarrten. Vertraute Gesichter, einige unbekannte dazwischen. Doch viele, die in jener Nacht dabei gewesen waren, als ich in Ketten zum Bankett geführt wurde …

Nein. Jetzt war nicht die Zeit, daran zu denken. Ich schlug mir den Gedanken aus dem Kopf. Das Schießen hatte aufgehört und Ganelon zog die Truppen zurück und brachte sie wieder in Formation.

Ich trat vor und ging zwischen den Amberianern hindurch. Ich schritt zwischen Toten dahin, ging an meinen Soldaten vorbei und trat an den Rand der Klippe.

Im Tal unter uns ging der Kampf weiter. Die Kavallerie strömte hierhin und dorthin wie ein aufgewühltes Gewässer, vorschäumend, Strudel bildend, zurückweichend, immer noch umschwärmt von der insektengleichen Infanterie.

Ich nahm die Karten zur Hand, die ich Benedict abgenommen hatte. Ich zog sein Abbild aus dem Spiel. Es schimmerte vor mir, und nach einer Weile kam es zum Kontakt.

Er saß auf dem selben rotschwarzgescheckten Tier, mit dem er mich verfolgt hatte. Er war in Bewegung, ringsum wurde gekämpft. Da ich sah, dass er einem anderen Reiter gegenüberstand, blieb ich still. Er sagte nur ein einziges Wort.

»Warte!«

Er erledigte seinen Gegner mit zwei schnellen Klingenbewegungen. Dann wendete er sein Pferd und begann, sich aus dem Getümmel zu lösen. Ich sah, dass die Zügel des Tieres verlängert und lose um den Stumpf seines rechten Arms gebunden waren. Es kostete ihn gut zehn Minuten, sich an eine einigermaßen sichere Stelle zurückzuziehen. Als er so weit war, nickte er mir zu, und ich erkannte, dass er sich zugleich die Szene hinter mir ansah.

»Ja, ich bin auf dem Plateau«, sagte ich. »Wir haben gesiegt. Eric ist in der Schlacht gefallen.«

Sein Blick blieb starr auf mich gerichtet, er wartete darauf, dass ich weitersprach. Sein Gesicht verriet keine Gefühlsregung.

»Wir haben gesiegt, weil ich Gewehrschützen mitgebracht habe«, sagte ich. »Ich habe schließlich doch ein Schießpulver gefunden, das hier funktioniert.«

Er kniff die Augen zusammen und nickte. Ich hatte das Gefühl, dass er sofort wusste, worum es sich dabei handelte und woher es stammte.

»Es gibt zwar viele Dinge, die ich mit dir besprechen möchte«, fuhr ich fort, »aber zunächst will ich mich unserer Feinde annehmen. Wenn du den Kontakt hältst, schicke ich dir mehrere Hundert Schützen hinunter.«

Er lächelte.

»Beeil dich«, sagte er.

Ich rief nach Ganelon, der mir ganz aus der Nähe antwortete. Ich trug ihm auf, die Männer zusammenzuholen und hintereinander Aufstellung nehmen zu lassen. Er nickte, entfernte sich und brüllte Befehle.

Während wir auf seine Rückkehr warteten, sagte ich: »Benedict, Dara ist hier. Sie konnte dir durch die Schatten folgen, als du von Avalon hierher geritten bist. Ich möchte …«

Er bleckte die Zähne und brüllte: »Wer zum Teufel ist diese Dara, von der du andauernd redest? Ich kannte sie überhaupt nicht, ehe du zu mir kamst! Bitte, sag's mir! Ich möchte es wirklich gerne wissen!«

Ich lächelte schwach.

»Sinnlos«, sagte ich und schüttelte den Kopf. »Ich weiß über sie Bescheid, auch wenn ich niemandem verraten habe, dass du eine Urenkelin hast.«

Unwillkürlich öffneten sich seine Lippen, und seine Augen waren plötzlich weit aufgerissen.

»Corwin«, sagte er. »Entweder bist du verrückt, oder du hast dich gewaltig hinters Licht führen lassen. Soweit ich weiß, besitze ich keine solche Verwandte. Und was die Möglichkeit betrifft, mir durch die Schatten zu folgen – ich bin durch Julians Trumpf hierhergelangt.«

Natürlich! Meine einzige Entschuldigung, warum ich sie nicht sofort entlarvt hatte, war meine Fixierung auf unseren Konflikt. Benedict hatte natürlich durch die Karten von der Schlacht erfahren. Warum sollte er mit einer Reise Zeit verschwenden, wenn eine sofortige Transportmöglichkeit zur Verfügung stand?

»Verdammt!«, sagte ich. »Sie muss inzwischen in Amber sein! Hör zu, Benedict! Ich hole Gérard oder Caine, um den Transport der Truppen zu dir durchzuführen. Ganelon wird die Männer begleiten. Gib deine Befehle durch ihn.«

Ich sah mich um und entdeckte Gérard, der sich mit mehreren Edelleuten unterhielt. Ich rief ihn mit dringlichem Unterton zu mir. Hastig wandte er den Kopf und rannte in meine Richtung.

»Corwin! Was ist?« Benedict hatte ebenfalls die Stimme erhoben.

»Ich weiß nicht! Aber irgendetwas stimmt nicht!«

Ich schob Gérard den Trumpf in die Hand.

»Sieh zu, dass die Soldaten zu Benedict durchkommen!«, sagte ich. »Ist Random im Palast?«

»Ja.«

»Frei oder eingesperrt?«

»Frei – mehr oder weniger. Er ist sicher in Begleitung einiger Wächter. Eric traut – traute ihm noch immer nicht.«

Ich machte kehrt. »Ganelon«, rief ich. »Tut, was Gérard Euch sagt. Er wird Euch dort hinabschicken, zu Benedict.« Ich machte eine Handbewegung. »Sorgt dafür, dass meine Männer Benedicts Befehle ausführen. Ich muss sofort nach Amber.«

»In Ordnung«, gab er zurück.

Gérard lief auf ihn zu, und ich blätterte erneut die Karten durch. Ich fand Randoms Bild und konzentrierte mich. In diesem Augenblick begann es endlich zu regnen.

Sofort hatte ich Kontakt.

»Hallo, Random«, sagte ich, als sein Bild sich belebte. »Erinnerst du dich an mich?«

»Wo bist du?«, fragte er.

»In den Bergen«, antwortete ich. »Diesen Teil der Schlacht haben wir gerade gewonnen, und ich schicke Benedict die Hilfe, die er braucht, um im Tal aufzuräumen. Doch jetzt brauche ich deine Hilfe. Hol mich zu dir!«

»Ich weiß nicht recht, Corwin. Eric …«

»Eric ist tot.«

»Wer führt dann das Kommando?«

»Na, was glaubst du? Hol mich zu dir!«

Er nickte hastig und streckte die Hand aus. Ich ergriff sie und tat einen Schritt. Im nächsten Moment stand ich neben ihm auf einem Balkon, der auf einen der Innenhöfe hinabblickte. Die Balustrade bestand aus weißem Marmor, und der Hof unten war ziemlich kahl. Wir befanden uns im zweiten Stock.

Ich schwankte, und er ergriff meinen Arm.

»Du bist verletzt!«, sagte er.

Ich schüttelte den Kopf und bemerkte, wie müde ich war. In den letzten Nächten hatte ich nicht viel geschlafen. Das und noch alles andere …

»Nein«, sagte ich und starrte auf mein blutiges Hemd. »Ich bin nur müde. Das Blut stammt von Eric.« Er fuhr sich mit der Hand durch das strohfarbene Haar und schürzte die Lippen.

»Also hast du ihn schließlich doch erledigt …«, sagte er leise.

Wieder schüttelte ich den Kopf.

»Nein. Als ich zu ihm gelangte, lag er bereits im Sterben. Komm mit! Beeil dich! Es ist wichtig!«

»Wohin? Was ist denn los?«

»Zum Muster«, sagte ich. »Warum? Ich weiß nicht genau. Ich weiß nur, dass es wichtig ist. Komm!«

Wir betraten den Palast und näherten uns einer Treppe. Zwei Wächter standen an der obersten Stufe, doch sie salutierten, als wir nähertraten, und versuchten nicht, uns aufzuhalten.

»Ich bin froh, dass die Gerüchte über deine Augen stimmen«, sagte Random auf dem Weg nach unten. »Kannst du wieder gut sehen?«

»Ja. Wie ich gehört habe, bist du noch immer verheiratet.«

»Ja, das bin ich.«

Als wir das Erdgeschoss erreichten, eilten wir nach rechts. Unten an der Treppe standen zwei weitere Wächter, doch sie kümmerten sich auch nicht um uns.

»Ja«, wiederholte er, während wir zur Mitte des Palasts strebten. »Das überrascht dich, nicht wahr?«

»Allerdings. Ich dachte, du wolltest das Jahr hinter dich bringen und die Sache dann beenden.«

»Das dachte ich auch«, sagte er. »Doch ich habe mich in sie verliebt. Wirklich und wahrhaftig.«

»Es hat schon seltsamere Dinge gegeben.«

Wir durchquerten den marmornen Speisesaal und betraten den langen schmalen Korridor, der scheinbar endlos durch Schatten und Staub führte. Ich unterdrückte einen Schauder, als ich daran dachte, in welchem Zustand ich diesen Weg das letzte Mal benutzt hatte.

»Sie mag mich wirklich«, sagte er. »Wie nie jemand zuvor.«

»Das freut mich für dich.«

Wir erreichten die Tür, die zu der Plattform am oberen Ende der langen Wendeltreppe führte. Sie stand offen. Wir gingen hindurch und begannen mit dem Abstieg.

»Mich nicht«, sagte er. »Ich wollte mich nicht verlieben. Nicht damals. Wie du weißt, waren wir die ganze Zeit in Gefangenschaft. Wie kann sie denn darauf stolz sein?«

»Das ist jetzt vorbei«, erwiderte ich. »Du bist gefangen gesetzt worden, weil du mir gefolgt bist und Eric töten wolltest, nicht wahr?«

»Ja. Aber dann kam sie hierher zu mir.«

»Das werde ich nicht vergessen«, sagte ich.

Wir eilten weiter. Es war ein weiter Weg in die Tiefe, und nur etwa alle vierzig Fuß brannte eine Laterne. Es war eine riesige, natürliche Höhle. Ich fragte mich, ob überhaupt jemand wusste, wie viele Tunnel und Korridore sie enthielt. Plötzlich überkam mich Mitleid mit den armen Schluckern, die in den Verliesen dort unten verrotteten – aus welchen Gründen auch immer. Ich beschloss, sie alle freizulassen oder eine bessere Verwendung für sie zu finden.

Lange Minuten vergingen. Ich konnte das Flackern der Fackeln und Laternen unter mir sehen.

»Es geht um ein Mädchen«, sagte ich. »Ihr Name ist Dara. Sie hat mir erzählt, sie sei Benedicts Urenkelin, und zwar äußerst glaubhaft. Ich habe ihr einiges über die Schatten, die Natur der Wirklichkeit und das Muster erzählt. Sie besitzt eine gewisse Macht über die Schatten und wollte unbedingt das Muster abschreiten. Als ich sie zuletzt sah, war sie dahin unterwegs. Benedict hat mir allerdings geschworen, sie sei nicht seine Urenkelin. Und jetzt habe ich Angst. Ich möchte sie vom Muster fernhalten. Ich möchte sie befragen.«

»Seltsam«, sagte er. »Sehr seltsam, da muss ich dir recht geben. Glaubst du, dass sie schon unten ist?«

»Wenn nicht, dann kommt sie bestimmt bald. Das sagt mir mein Gefühl.«

Endlich erreichten wir das unterste Stockwerk, und ich raste durch die Dunkelheit auf den richtigen Tunnel zu.

»Warte!«, brüllte Random mir nach.

Ich blieb stehen und drehte mich um. Es dauerte einen Augenblick, bis ich ihn entdeckte, da er sich hinter der Treppe befand. Ich kehrte um.

Meine Frage blieb unausgesprochen. Ich sah, dass er neben einem großen bärtigen Mann kniete.

»Tot«, sagte er. »Eine sehr schmale Klinge. Ein geschickter Stich. Gar nicht lange her.«

»Komm!«

Wir rannten zu dem Tunnel und bogen ein. Die siebente Abzweigung war die gewünschte. Im Laufen zog ich Grayswandir, denn die große metallbeschlagene Tür stand weit offen.

Ich stürmte hindurch, dicht gefolgt von Random. Der Boden des gewaltigen Raumes ist schwarz und wirkt eben wie Glas, wenn er auch nicht so glatt ist. Das Muster brennt darauf, darin, ein komplizierter, schimmernder Irrgarten aus gekrümmten Linien, etwa hundertundfünfzig Meter lang. Mit weit aufgerissenen Augen blieben wir am Rand stehen.

Etwas war dort draußen, schritt das Muster ab. Ich spürte den kribbelnden Kältehauch, der mich immer überfällt, wenn ich es betrachte. War es Dara? Es war schwierig, die Gestalt zu erkennen inmitten der Funkenfontänen, die immer wieder ringsum emporstiegen. Wer immer es war, musste von königlichem Blut sein, denn es war allgemein bekannt, dass jeder andere vom Muster vernichtet werden würde, und dieses Individuum hatte bereits die Große Kurve überwunden und beschäftigte sich gerade mit der komplizierten Serie von Bögen, die zum Letzten Schleier führte.

Die Flammengestalt schien mit der Bewegung auch die Form

zu verändern. Eine Zeitlang widersetzten sich meine Sinne den winzigen unterbewussten Eindrücken, die zu mir durchdrangen. Ich hörte Random neben mir keuchen, und dieser Laut schien den Damm meines Unterbewusstseins zu brechen. Eine Horde von Eindrücken überflutete meinen Geist.

In dem immateriell wirkenden Raum schien die Gestalt zu riesiger Größe anzuschwellen. Dann schien sie zu schrumpfen, zu ersterben, bis sie fast nur noch ein Nichts war. Einen Moment lang sah sie aus wie eine schlanke Frau – vielleicht Dara, deren Haar von dem Schimmer erhellt war, wehend, knisternd von statischer Elektrizität. Doch im Handumdrehen waren das keine Haare mehr, sondern mächtige Hörner auf einer breiten gewölbten Stirn, deren krummbeiniger Besitzer seine Hufe über den Funken sprühenden Weg zu ziehen versuchte. Dann wieder etwas anderes … Eine riesige Katze … Eine gesichtslose Frau … Ein hellgeflügeltes Wesen von unbeschreiblicher Schönheit … Ein Ascheturm …

»Dara!« rief ich. »Bist du das?«

Meine Stimme wurde zurückgeworfen, und das war alles. Wer auch immer, was auch immer sich dort draußen befand, kämpfte gerade mit dem Letzten Schleier. In unfreiwilliger Sympathie für die Anstrengung verkrampften sich meine Muskeln.

Schließlich brach sie durch.

Ja, es war Dara! Groß und herrlich anzuschauen. Schön und irgendwie schrecklich zugleich. Ihr Anblick rüttelte an den Grundfesten meines Verstandes. Freudig hatte sie die Arme gehoben, während ein unmenschliches Lachen über ihre Lippen kam. Ich wollte den Blick abwenden, konnte mich aber nicht bewegen. Hatte ich wahrlich dieses – *Etwas* in den Armen gehalten, gestreichelt, geliebt? Ich war von einem schrecklichen Widerwillen erfüllt und zugleich von einer so starken Sehnsucht wie nie zuvor. Ein überwältigender Widerstreit der Gefühle, den ich nicht verstand.

Dann sah sie mich an.

Das Lachen hörte auf. Ihre veränderte Stimme erklang.

»Lord Corwin. Seid Ihr jetzt Herr von Amber?«

Von irgendwoher bekam ich die Kraft zu antworten.

»Gewissermaßen schon«, sagte ich.

»Gut! Dann erblickt Eure Nemesis!«

»Wer seid Ihr? *Was* seid Ihr?«

»Das werdet Ihr niemals erfahren«, erwiderte sie. »Dazu ist es nun genau seit diesem Augenblick zu spät.«

»Das verstehe ich nicht. Was meint Ihr?«

»Amber«, sagte sie, »wird vernichtet werden.«

Und sie verschwand.

»Was zum Teufel war denn das?«, fragte Random.

Ich schüttelte den Kopf.

»Ich weiß es nicht. Ich weiß es wirklich nicht. Dabei habe ich das Gefühl, dass es auf dieser Welt nichts Wichtigeres gibt als das herauszufinden.«

Er ergriff meinen Arm.

»Corwin«, sagte er. »Sie … es … hat jedes Wort so gemeint. Und es wäre durchaus möglich, weißt du.«

Ich nickte.

»Ich weiß.«

»Was machen wir jetzt?«

Ich steckte Grayswandir in die Scheide zurück und wandte mich zur Tür.

»Wir sammeln die Scherben auf«, sagte ich. »Das, was ich seit jeher zu wollen glaubte, ist jetzt zum Greifen nah, und ich muss es mir sichern. Und ich kann nicht darauf warten, was da kommt. Ich muss es suchen und beseitigen, bevor es Amber erreicht.«

»Weißt du, wo du suchen musst?«, wollte er wissen.

Wir bogen in den Tunnel ein.

»Ich glaube, die Gefahr lauert am anderen Ende der schwarzen Straße«, sagte ich.

Wir gingen durch die Höhle zur Treppe, an deren Fuß der tote Wächter lag, und bewegten uns in der Dunkelheit über ihm immer wieder im Kreis.